Sonar 18

Ziemowit Szczerek, geboren 1978, streitbarer Intellektueller und Journalist, publiziert unter anderem in *Nowa Europa Wschodnia* und *Tygodnik Powszechny*. Er ist fasziniert vom Osten Europas, vom Gonzo-Journalismus sowie von »geopolitischen, geschichtlichen und kulturellen Kuriositäten«, wie er selbst sagt. Für *Mordor kommt und frisst uns auf* wurde er mit dem Paszport-Preis der *Polityka* ausgezeichnet und für den Nike-Literaturpreis, die wichtigste literarische Auszeichnung Polens, nominiert.

Ziemowit Szczerek hat die Ukraine jahrelang intensiv bereist. Seine Eindrücke haben sich niedergeschlagen in einem reichlich unkonventionellen Roman. Korruption, Alkoholismus, Verfall – alles erscheint hier karikaturenhaft verzerrt. Szczerek führt die gängigen Stereotype über den »Wilden Osten« und den »postsowjetischen Dschungel« ad absurdum und entlarvt die Überheblichkeit und Ignoranz des westlichen Blicks.

Thomas Weiler, 1978 im Schwarzwald geboren, studierte nach seinem Ersatzdienst in Minsk Russisch und Polnisch in Leipzig, Berlin und Sankt Petersburg. Er lebt als Übersetzer und Vermittler russischer, polnischer und belarussischer Literatur mit seiner Familie in Markkleeberg.

Ziemowit Szczerek

Mordor kommt und frisst uns auf

Der Übersetzer dankt der Perewest-Stiftung und dem Freundeskreis Literaturübersetzer e.V. für die Vergabe des Perewest-Stipendiums 2016.

DIESE PUBLIKATION WURDE GEFÖRDERT VOM POLNISCHEN BUCHINSTITUT
THE ©POLAND TRANSLATION PROGRAM
INSTYTUT KSIĄŻKI
©POLAND

Originaltitel: Przyjdzie Mordor i nas zje, czyli tajna historia Słowian, erschienen bei Korporacja Ha!art, Kraków 2013

DEUTSCHE ERSTAUSGABE
1. Auflage 2017

Verlag Voland & Quist, Dresden und Leipzig, 2017

Korrektorat: Annegret Schenkel
Umschlaggestaltung: HawaiiF3
Satz: Fred Uhde
Druck und Bindung: CPI books GmbH, Leck

www.voland-quist.de

Aus dem Polnischen von Thomas Weiler

Mordor kommt und frisst uns auf

Roman

Ziemowit Szczerek

Voland & Quist

Inhalt

Es tut mir leid, meine Herren, es tut mir wirklich leid. So war das nicht gedacht.

Józef Piłsudski zu den von der Rzeczpospolita verschaukelten Ukrainern. Internierungslager in Szczypiorno, 15. Mai 1921

1. O yeah

Der Grenzer mit seiner Gullydeckel-Mütze schaute in meinen Pass.

»Łukasz Ponczyński«, las er.

»Genau«, sagte ich, »ist nicht zu ändern.«

»Drogen hast du nicht mit?«, fragte er in merkwürdig akzentfreiem Polnisch, und dieser fehlende Akzent passte nicht zu seiner hässlichen Uniform, zu dieser Mütze vom Durchmesser eines Fahrradreifens, zu der wiederum der ukrainische Dreizack nicht passte, weil der Dreizack nun mal zur österreichischen Mützenform passt und nicht zu diesem sowjetischen Speckbrett.

»Was?«, fragte ich und starrte die Mütze an. »Drogen? Nie gehört!«

Er musste grinsen und sah mit diesem Grinsen für einen Augenblick so aus wie Eugeniusz Bodo auf den Filmplakaten der Vorkriegszeit. Dann knallte er mir den Stempel in den Pass. »Und weshalb in die Ukraine?«, fragte Bodo noch.

»Die Knochen meiner Ahnen knutschen«, antwortete ich, obwohl ich gar nicht so richtig Ahnen in der Ukraine hatte. Der Grenzer lachte.

»Geh schon«, sagte er und schob meinen Pass über das Tischchen mit der abblätternden Politur, »geh knutschen.«

Die Kleinbusse nannten sie hier »Marschrutka«. Das wusste ich von Hawran, der schon mal in der Ukraine gewesen war. Jetzt schlenderten wir zu zweit über den angestaubten, holprigen Maidan. Ich schaute mich um. Diesen postsowjetischen Raum sah ich zum ersten Mal. Eine Welt, die ich mir bis dahin nur hatte ausmalen können, hatte Gestalt angenommen, und was für eine! Ein paar Typen spazierten in karierten Hausschlappen herum. Der Jesus auf einer Kirchenwand war dunkel wie ein Kaukasier. Von den Blechkuppeln stach einem die Sonne in die Augen.

Verstohlen beobachtete ich die halbstarken Russen in ihren schwarzen Hosen und Slippern. Zum ersten Mal erlebte ich sie in ihrer natürlichen Umgebung. Sie strahlten eine kriminelle Ruhe aus, aber es war deutlich zu sehen, dass eine Sekunde ausreichen würde, ein Impuls, ein halber, sie austicken zu lassen. Ich spürte das. Sie standen da, rotzten einander vor die Füße, besprachen sich halblaut und ließen das Weiß ihrer Augen hin und her huschen.

Die Marschrutkas waren alte Sprinter, Ducatos oder VW-Transporter. Sie wirkten wie Lastochsen – groß, staubig und von der ständigen Überbeanspruchung aus dem Leim gegangen. Manche trugen deutsche Aufschriften: KREUZBERG KEBAB MUSTAFA oder WURST UND SCHINKEN GmbH. Sie sahen aus, als wären sie unter die Türken gefallen. Hier konnten sie ihr einstiges glückliches Westleben vergessen, die ebenmäßigen Schnellstraßen, automatischen Waschanlagen, die Werkstätten und die zarten Hände, die ihre Polster abgesaugt hatten. Hier waren sie eingespannt für Kärrnerarbeit in Schmutz und Mühsal bis in den Tod. Ein Sklavendasein. Ihre metallenen Knochen würden in diesem Morast für immer versacken, ohne auch nur irgendetwas darin fruchtbarer zu machen. Die Sprinter und VW-Transporter würden ihr gelecktes Vaterland nie wiedersehen, oh du lieber Augustin, alles ist hin. Und so standen sie nun, arm und abgewrackt, in dieser gelben Gluthitze, die den westlichen Saum der Ukraine überschwemmt hatte.

Die Karosserie unserer Marschrutka mit dem LWIW-Pappschild auf dem Armaturenbrett war aufgeheizt wie das Backblech in einer alten Küche. Man durfte sie nicht berühren. Ich sog diese neue Wirklichkeit in mich auf wie heißen, angedickten Fruchtpudding.

Wir verstauten unsere Rucksäcke im Kofferraum und setzten uns. Im erhitzten, noch leeren Innenraum tanzten Staubkörner. Es roch nach dem Kunstleder der Sitze, nach Schmierfett und Benzin. Angenehm.

Die Unterarme des Fahrers waren von grünen Tätowierungen übersät. Da gab es einen Hai, eine Nixe. Ich schaute, ob ich einen Lenin fand, aber da war keiner. Zum Glück wenigstens ein roter Stern. Er machte keinen Mucks, bis nicht die ganze Marschrutka von Wand zu Wand und vom Boden bis zur Decke mit rosigen Menschenleibern in ausgewaschener Baumwolle vollgestopft war. Erst dann zuckten seine Muskeln unter den grünen Stichen. Er legte den ersten Gang ein und die Marschrutka setzte sich in Bewegung. Zunächst sah es so aus, als würde das fünfmal überladene Büslein auf dem maroden Asphalt die Hufe hochnehmen, aber dann fand es doch noch in die Senkrechte und schleppte sich auf wundersame Weise vom Maidan auf die Straße.

So heiß und stickig es war, die Fenster durften nicht geöffnet werden. Als ich es versuchte, keifte die halbe Marschrutka auf mich ein, ich sollte zumachen, weil alle Zug bekämen und sterben müssten. Die Omas schrien mich an, die Jungspunde mit den Schnabelschuhen schrien genauso wie die Mädels mit den Handys um den Hals, aus denen russische Discomucke summte.

»Lass es«, sagte Hawran mit blasierter Kennermiene, »bringt eh nichts. Hier werden keine Fenster geöffnet. Nicht im Bus und nicht in der Bahn. Verboten. Ist nicht. Punkt. Bei uns trinkt man keine Milch zum Fleisch und kein Wasser zum Obst, hier öffnet man während der Fahrt keine Fenster. Setz dich auf deinen Arsch und respektier das einfach.«

Ja, Hawran war schon mal in der Ukraine gewesen. Deshalb ließ er jetzt den Klugscheißer und Reiseleiter raushängen.

Er war aus der Ukraine zurückgekehrt wie ein Trapper aus den rauen Bergen und hatte in Kraków so ausführlich von den Wundern und Absonderlichkeiten seiner Reise erzählt, dass ich schließlich mitkam, um es mit eigenen Augen zu sehen. Und da war ich nun.

Vor den schmutzigen Gardinen erstreckte sich Galizien. Jetzt ukrainisch, früher polnisch. Und es sah ganz danach aus, als hätte ich mich auf das Terrain einer alternativen Geschichte meines eigenen Landes begeben. So war es ja auch in echt.

Dann begann Lwiw.

Diese Stadt dürfte gar nicht existieren, dachte ich beim Blick aus dem Fenster. Der polnische Mythos vom Verlust dieser Stadt war so machtvoll, dass es sie einfach nicht geben durfte. Aber sie stand seelenruhig da und besaß auch noch die Frechheit, fast genauso auszusehen wie vor ihrer regionalen Apokalypse …

Kaum hatten wir die Marschrutka verlassen und Lemberger Boden betreten, stürzte Hawran in die nächste Apotheke und kaufte den legendären Vigor-Balsam, über den ich schon so viel von ihm gehört hatte.

»Dieser Vigor«, erklärte Hawran, »läuft formal unter Medizin, deswegen kriegst du ihn nur in der Apotheke. Keine Ahnung, wogegen er helfen soll, irgendwas halt, ein Extrakt aus zwölf Kräutern, zwölf ukrainischen Recken, Alter, und er wirkt wie der baltische Tee bei Pelewin, Wodka mit Kokain. Alle Polen, die nach Lwiw kommen, trinken das.«

Wir hockten uns auf einen Horrorspielplatz, überall Kippen und Glasscherben. Gleich nebenan stand ein Stepan-Bandera-Denkmal. Er trug Krawatte, einen wehenden, gebauschten Staubmantel und zog ein Gesicht, als wäre ihm an der Straßenbahnhaltestelle eingefallen, dass er daheim das Bügeleisen nicht ausgesteckt hat. In seiner hoffnungslosen Riesenhaftigkeit erweckte er vor allem Mitleid.

Wir hockten uns also hin, und Hawran mixte Vigor mit Kwass. Trinkend sahen wir zu, wie Leute langsam über den Platz liefen. Der passte perfekt in die Umgebung, er konnte wie sie nur mit Müh und Not die eigene Form halten.

Und der Balsam funktionierte tatsächlich. Ich trank davon und, Tatsache, ich konnte spüren, wie Energie durch meine Adern flutete, Kraft und Euphorie, wie ich sie schon lange, lange nicht mehr gespürt hatte.

Je mehr ich trank, desto besser gefiel es mir hier. Weil alles voll aufgedreht war. Bis zum Anschlag.

Die sowjetischen Autos rasten durch die Monsterschlaglöcher wie bescheuert und verloren dabei irgendwelche durchgerosteten Bauteile. Wie die lebenden Toten in diesen Zombie-Apokalypse-Filmen. Aus den Wänden der Altbauten ragten die Rohre der Kanonenöfchen. Auf den Dächern wuchsen kleine Bäume. Auf dem Rasen, irgendwo in der Żółkiewski-Vorstadt, lag eine alte Frau. Wir liefen hin, um ihr zu helfen, und bekamen sofort ihre Alkoholfahne ab. Schnell versuchten wir, sie wieder auf die Beine zu bringen, aber die Alte brauchte unsere Hilfe gar nicht. Sie lag gemütlich in der Sonne, dünstete Alkohol aus und ließ es sich wohl sein, wie Diogenes vor seinem Fass. Mit sanfter Stimme schickte sie uns zum Teufel, bis wir sie endlich auf ihrem Rasen liegen ließen und uns selbst die Kante gaben. Mit allem, was zu haben war.

Von oben knallte die Sonne, und die Verkäuferinnen, die zum Rauchen vor die Tür gingen, verdrückten sich in die schmalen Schattenecken, die die Dachtraufen warfen. Als wollten sie sich unterstellen. Die Straße sah aus, als hätte sie sich die letzten hundert Jahre darauf beschränkt, zu altern. Enger zu werden. Und weiter nichts. Das Pflaster war abgefahren und versank im Morast. Die Gehwege erinnerten an ein eigenwilliges, Beton gewordenes Bächlein. Hier und dort gähnten offene Gullyschächte. Die Häuser starrten vor Alter, Schmutz und Verfall.

Mir war unbegreiflich, wieso ich mich so wohlfühlte.

Über den Marktplatz spazierten ältere Polen, Hiesige wie Zugereiste. Man konnte auf den ersten Blick erkennen, wer wer war. Die Zugereisten setzten ihre Schritte gemächlich und andachtsvoll, irgendwie beseelt, und sie schimpften dazu halblaut. Richtig laut zu werden trauten sie sich dann doch nicht. Sie meckerten über das Abgewrackte, Kaputte, die UPA, Bandera, lamentierten über Jalta und Stalin, schwadronierten von Szczepcio und Tońcio.

Die hiesigen Polen wieselten dagegen herum, die funkelnden Augen immer in Bewegung, als witterten sie schon das nächste Geschäft. Unfehlbar identifizierten sie in der Menge die polnischen Touristen und sprachen sie an, ob sie nicht ein Zimmer mieten wollten oder einen Stadtplan mit polnischen Straßennamen bräuchten. Als Dreingabe warfen sie noch drei Worte über die bösen Ukrainer und die einstige Größe der Rzeczpospolita hinterher.

Und die polnischen Polen stürzten sich auf die Köder der ukrainischen Polen wie ein Schwarm junger Fische. Es genügte schon, dass so ein Lemberger Pole ankam, ein bisschen vom Lwów der Vorkriegszeit erzählte, den *Marsch der Kinder von Lwów* trällerte und Dialekt vortäuschte, »a joj, sollt ihr sich filn als wie dahejm, is jo auch die ejer Stadt«, schon schwammen die polnischen Polen in Tränen, gänzlich aufgelöst, geplättet, wie vom Auto überrollt, schon schluchzten sie und schnieften, griffen zu den Brieftaschen, kauften Stadtpläne, Führer und mieteten Wohnungen.

So ein Lemberger Pole kam nun auch auf uns zu. Er hieß Juri. Und obwohl sein Polnisch nur mittelmäßig war, schwor er hoch und heilig, er sei Pole durch und durch. Was uns nicht besonders beeindruckte, weil das Letzte, was wir damals in Lwiw suchten, das Polnische war.

»Gut, dass Lwiw nicht polnisch ist«, sagte ich gerade zu Hawran in einer Anwandlung von postvigoralem Sprechdurchfall. »Fetzt doch nicht, ins polnische Lwiw zu fahren. Das ist ja dann wie nach Poznań. Oder nach Wrocław. Aber so macht das Laune. Schau dir das an. Das haut dich um. Das macht dich fertig, Alter.«

Ich nahm noch einen Schluck Vigor-Balsam zu mir, und die Welt war nicht mehr die, die sie war.

Also, da kam dieser Juri. Schnauzbart unter der Nase, traurige Augen und einen Lwiw-Stadtplan zu verkaufen. Und ein günstiges Zimmer, sagte er. Einen Plan wollten wir nicht, aber irgendeine Bleibe wäre schon nicht verkehrt, meinte Hawran, und da konnte man ihm schwerlich widersprechen, denn es wurde schon Abend, und wir waren hübsch angeheitert, dabei aber ziemlich verpeilt. Wir fragten Juri, wo denn die Wohnung wäre, und er nur: gleich um die Ecke, kein Ding.

»Okay«, sagte Hawran, »dann lassen wir die Rucksäcke fallen und hauen uns hin. Und dann«, er senkte die Stimme und warf mir einen verschwörerischen Blick zu, »haben wir ja einen Eingeborenen. Du weißt schon.«

Ich nickte. Aber nach kurzem Nachdenken sagte ich, dass ich doch nicht wusste.

»Mann«, stöhnte Hawran, als hätte er es mit einem Idioten zu tun, »wir haben einen Eingeborenen zum Saufen! Alter, ist doch sonst keine Ukraine und kein Hardcore, ohne Besäufnis mit den Eingeborenen. In Russenland musst du dich mit den Russen besaufen. Alles andere gilt nicht.«

»Aber der sagt doch, er ist Pole.«

»Ein Scheißdreck von einem Polen ist der«, antwortete Hawran. »Und selbst wenn er ein Pole wäre, ist er trotzdem ein Russe. Denk doch mal nach, dein Leben lang hier leben und kein Russe sein?«

»Gehen wir, gehen wir«, drängelte Pan Juri und schaute sich sonderbar verängstigt um.

Gleich um die Ecke war es dann doch nicht. Wir folgten den Straßenbahnschienen, die durch das Pflaster brachen wie freigelegte Sehnen, und bogen dann nach rechts in einen Durchlass zwischen kleinwüchsigen Wohnhäusern.

Wir betraten eine andere Welt.

»Wo sind wir?«, fragte Hawran und sah sich mit großen Augen um.

»Samarstyniw«, antwortete der Pole Juri. »Ich meine: Zamarstynów«, verbesserte er sich.

»-ynów, -ynów, nicht -yniw«, klopfte er Hawran auf die Schulter.

Dieses Viertel erinnerte an nichts, was ich bislang gesehen hatte. Es erbrachte den Beweis, dass Siedlungen selbstständig wuchern und sich ausbreiten konnten, so wie Wälder oder Gestrüpp. Wenn man sie nicht daran hinderte. Dass das Menschengemachte sich in nichts von der Natur unterschied, denn wie der Wald mit Sträuchern, Moos und Misteln zuwächst, so wuchsen auch hier jedem Haus irgendwelche Anbauten, Spanplatten, sogar Teile von Reklametafeln, die als Wand oder Dach für einen Schuppen dienten. Diese Wirklichkeit erschuf sich selbst, gesteuert allein von der inneren Notwendigkeit und der Möglichkeit zur Umsetzung. Ästhetik und Form wurden verworfen als absolut untergeordnete Kategorien. Als Absonderlichkeiten.

Und das alles war in ein grünes Schaumbad getaucht. Bäume und Sträucher tobten sich aus. Wilde Horden von Gräsern überrannten alles, was ihnen in den Weg kam, Natur verschmolz hemmungslos mit Nichtnatur: Bündel von Kabeln hingen herum wie Lianen, die Haufen rostigen Eisenschrotts und überhaupt alles, was wild in den Höfen verstreut lag, hatte etwas Organisches, als wollte es gleich austreiben und sich weiter verzweigen.

Dabei gab es keinerlei Gemeinschaftsflächen – öffentlicher Raum existierte einfach nicht. Es gab keine Straße, denn dieses ausgewalzte löchrige Etwas konnte man schwerlich als Straße bezeichnen. An Schickimickrigkeiten wie Trottoirs war gar nicht zu denken.

Und in all dem, in dieser ganzen Herrlichkeit, roch es verheerend nach frisch gebrühtem Kaffee.

»Die Kaffeefabrik«, sagte Juri, der gesehen hatte, dass wir schnupperten wie die Karnickel, und deutete auf einen Ziegelbau hinter einer Häuserreihe. »Da machen sie Kaffee.«

In Juris Haus wohnte noch seine Frau, dauerbeleidigt und mit einer bleistiftspitzen Nase. Und die alten Eltern. Opi, fidel wie ein junger Hund, und eine bezaubernde Omi. Das Haus wirkte wie ein gutes Dutzend zusammengeschobener und zu einem Organismus verbundener Gartenhäuschen. Jedes Zimmer aus einem anderen Film. Besonders anrührend erschienen die Versuche, diese Formlosigkeit zu schmücken. Die Rabatten im Hof waren von einem Pseudomäuerchen aus aufgeschichtetem Ziegelschutt eingefasst, das sie allen Ernstes weiß gestrichen hatten. An den Wänden klebte Gipsstuck, der irgendwann von einem Altbau gefallen sein musste.

Ein Gespräch mit den Großeltern war nicht möglich. Auf alle Fragen antworteten sie nur so was wie: »Jezus Chrystus, König Polens, Alleluja, Alleluja, Amen«, oder: »Wer bist du? Ein kleiner Pole, Bolschewisten pfui, pfui, pfui.« Es wirkte, als wussten sie selber nicht genau, was sie da erzählten.

Wir warfen unsere Rucksäcke in einem Zimmerchen ab, das aussah wie die Kajüte in einem kleinen Kahn, gaben Juri sein Geld und gingen raus in den Hof.

»Na? Und?«, fragte Hawran mit einem angestrengten Grinsen, die kalte Kippe zwischen den Lippen.

»Doch«, musste ich zugeben. »Nicht übel.«

Wir setzten uns an ein Tischchen unter einem Kirschbaum. Die Wachstuchdecke war mit Reißzwecken an die Tischplatte geheftet, damit sie nicht davonflog. Ich gab Hawran Feuer. Omi kam mit zwei Gläsern Tee. Opi kam auch raus. Er zückte eine Zigarette und zündete sie mit einem Streichholz an.

Hawran räusperte sich.

»Proszu pana«, machte er einen auf Ostsprech und schaute dem Alten ins Gesicht, »wo kann man hier Wodka kaufen?«

Ich prustete los. Der Alte bleckte auch die Zähne und antworte dann in zittrigem Polnisch:

»Noch ist Polen nicht verloren, schenke uns Gesundheit, Herrgott.«

»Er hat Alzheimer«, erklärte uns Juri, der plötzlich in der Tür stand. »Wollt ihr nicht noch in die Stadt gehen, die Herren? Poguljat? Bald wird es dunkel.«

»Ah …, äh …« Hawran gab nicht auf. »Wie wär's mit einem Gläschen vor dem Aufbruch? Ein Absacker?«

»Absacker?« Juri stellte sich doof, dabei war ihm anzusehen, dass ihn die Gläschenidee nur mäßig begeisterte.

»Na, wir könnten doch«, Hawran schlug sich ein paar Mal mit der Handkante seitlich gegen den Hals, »einen heben.«

Juri sah erst Hawran, dann mich finster an, seufzte und verschwand im Haus. Mit einer Flasche Wodka und zwei Gläschen kam er zurück. Er schenkte uns ein.

»Und selbst?«, fragte ein sichtlich enttäuschter Hawran.

»Ich trinke nicht«, antwortete Juri.

Wir kippten stumm unsere Gläser, dankten und gingen los.

Hawran fühlte sich betrogen.

»Ein Zimmer bei einem Russen, der nicht trinkt«, knurrte er. »Hätte er ja gleich sagen können, dann hätten wir einen anderen genommen! Schöne Scheiße das …«

»Schon«, antwortete ich ziemlich gedankenlos und schaute mich um. »Guck mal. Da ist ein Laden. Komm, lass uns ein paar Bierchen holen.«

Es gab etwas Besseres als Bier. Es nannte sich *Dshintonik* und wurde in 0,33er-Flaschen verkauft. Die Kassenfrau rechnete mit Abakus, wie viel wir zu zahlen hatten. Wir kauften noch, aus reiner Neugierde, ein paar Päckchen gesalzene Anchovis und traten wieder hinaus in das abendliche Kaffeearoma. In der Tür begegneten wir einem Soldaten aus den Truppen des Innenministeriums. Lang wie ein Leuchtturm. Mit schwarzem Barett und steifen, weit abstehenden Monsterschulterklappen. Er musterte uns interessiert, als wären wir eine neue, bislang unbekannte Gattung von Menschen.

Mit demselben Blick bedachte uns die Kartenverkäuferin in der Straßenbahn. Sie zappelte auf ihrem Plastiksitz herum, blauer Kittel, Puschen an den Füßen, die Fahrkartenrolle um den Hals und beobachtete uns verstohlen. Und wir beobachteten sie.

Und wieder waren wir auf dem Marktplatz von Lwiw, nur dass es jetzt schon dunkel wurde. Wir zogen durch heruntergekommene Gassen, tranken Dshintonik und Vigor durcheinander, und unsere Köpfe waren kurz davor zu platzen.

Wir torkelten gerade wild vor der Armenischen Kathedrale herum, als ein rosa onduliertes Weibsbild auf uns zukam, auf Polnisch den Herrn Jesus pries und uns fragte, ob wir nicht vielleicht ein Zimmer suchten, weil sie hätte da etwas.

»Haben wir schon«, sagte Hawran, »besten Dank.«

»Und bei wem?«, fragte sie mit gerunzelter Stirn.

»Bei so einem Juri«, antwortete Hawran.

»Und wo?« Sie ließ nicht locker. »Juri, Juri«, überlegte sie.

»In Zamarstynów. In der Kwiatowa. Das heißt, Kwitowa. Kwiatowa, heißt das. Das heißt, ja.«

»Nicht euer Ernst!«, brüllte sie, als sie kapiert hatte, welcher Juri. »Bei dem Halsabschneider!«

»Ach«, meinte Hawran, »der hat nicht viel verlangt. Wollte aber keinen Wodka mit uns trinken«, beschwerte er sich.

»Aber der ist gar kein Pole! Der tut bloß so!«, ruderte sie mit den Armen. »Der ist ein falscher Pole ohne Konzession, der die polnischen Touristen in Versuchung führt!«

»Pech«, murmelte ich. »Kann man nichts machen.«

»Umziehen!«, befahl sie. Sie sah aus wie die Klischeerussin, Goldzähne, Rouge auf welken Wangen. Eine Russin mit verunglückter polnischer Synchronstimme. »Zu echten Polen! Polen zu Polen!«

»Ja, nächstes Mal dann«, sagte Hawran, »ganz bestimmt. Polen zu Polen und so, aber jetzt, Sie werden entschuldigen ...«

»Wir haben hier einen Verein.« Sie bohrte mir einen purpurnen Nagel schmerzhaft in den Solarplexus. »Den Verein Polnischer Eigentümer Polnischer Wohnungen Zur Vermietung An Polnische Reise-Touristen Im Lemberger Land, kurz PeEPeWeZetVauAPeeRTeIeLeL e.V., sprechen Sie mir nach, dann prägt es sich besser ein ...«

»Popocatepetl«, wiederholte ich brav.

»Ja, und nur wir sind konzessioniert als polnische Organisation mit dem Monopol auf Wohnungsvermietungen von Polen an Polen ...«

»Und wer verleiht diese Konzession?«, wollte Hawran wissen. Das überhörte sie geflissentlich.

»Wir bitten darum, jeden Missbrauchsfall zu melden und überhaupt, also, jeden Fall, wo ein Nicht-Pole den Polen herauskehrt. Am besten, Sie fahren jetzt gleich zu diesem Juri, holen Ihr Gepäck und, wie der Zufall so will, ich habe da ein hübsches Zimmerchen gleich um die Ecke, in der Doro… der Sykstuska-Straße, also los, pajedjom …«

»Danke, danke, Gott segne Sie, wenn wir dann noch einmal kommen, um die Stadt Lwów zu sehen, semper fidelis, karius baktus«, versuchte sich Hawran herauszureden, während er dienernd den Rückzug antrat. Ich schloss mich seiner Strategie spontan an und tat dasselbe. Wir mussten komisch ausgesehen haben, wie wir uns vor der ondulierten Furie mit den Vampirkrallen einen abbuckelten, denn die Leute blieben stehen und schauten zu, was das werden mochte – vielleicht Straßentheater? Aber wir drehten uns um und zogen weiter. In die Wirmenska-Straße.

Nach zweiundzwanzig Uhr machte hier alles dicht. So war das damals, im Jahr 2002. Um zweiundzwanzig Uhr erstarb das Leben, und Lwiw verwandelte sich, nicht anders als Warschau zu jener Zeit, in ein großes Schlafzimmer. Ordentlich vollgetankt wankten wir durch die Gassen auf der Suche nach irgendetwas, das noch offen haben und uns Hochprozentiges verkaufen könnte.

Endlich hörten wir irgendwo um die Lesja-Ukrainka-Straße vertraute Geräusche. Verdammt vertraute. Das war der *Veteranenball*. Das Lokal befand sich im Parterre, durchs Fenster waren die Musiker zu sehen: Sie sahen aus wie richtige Lemberger Jungs – karierte Schiebermützen, Jackett, Seidentüchlein, das ganze Programm. Wir gingen rein, setzten uns an einen Tisch, und der Sänger, ein zerknitterter Alter, bei dessen Anblick sich selbst Himilsbach Sorgen gemacht hätte, krächzte:

»Und um Mitarnacht arscheinten dann zwei Zywylysten. Raudige Visage, Nasabein zarschmißen.«

»Du«, sagte Hawran konsterniert.

»Echt jetzt«, antwortete ich mit großen Ohren.

»Uohne noch ein Wuort zu sagen, schwangen sie die Fysten …«, sang der Alte.

»Zum Kotzen ist das«, meinte Hawran gedankenverloren.

»Schon«, antwortete ich.

»Bier oder Wodka?«, fragte der Kellner.

»Wodka«, sagten wir wie aus einem Mund.

»A scho«, meinte der Kellner auf Ukrainisch, während er uns mit seinem ausgesprochen kellnerigen Schnurrbart dreist ins Gesicht grinste, »habt ihr etwa gedacht, es hätte unter den echten Lemberger Jungs keine Ukrainer gegeben, tschy scho?«

»Selber Tschyscho«, brummelte Hawran, während der Kellner mit unserer Bestellung verschwand.

2. Der Selbstmord des Bruno Schulz

Wir waren quasi auf der Suche nach Bruno Schulz nach Drohobytsch gekommen, aber eigentlich suchten wir den Osten. Diese östliche, postsowjetische Exotik. Das Russige.

Der Marschrutka-Fahrer sah aus wie ein Psycho. Er war ein ziemliches Arschloch, und er ranzte alles und jeden an. Hawran und mich auch.

Sein eines Auge war grün, das andere blau. Das war mir aufgefallen, als ich ihm die beiden blauen Lappen mit Jaroslaw dem Weisen als Fahrgeld aufs Armaturenbrett geworfen hatte. Ein Blick aus diesen Psychoaugen, und ich wusste, das würde kritisch werden. War es dann auch, weil der Psycho mit Todesverachtung mitten auf der Straße raste, genau da, wo normalerweise der Mittelstreifen aufgemalt ist (den es aber nicht gab). Dafür stand ich Todesängste aus, für ihn gleich mit. Hawran eigentlich auch, das konnte ich sehen, aber er tat so, als wäre nichts, er, der alte Hase und Ostversteher.

Der Psycho war die ganze Zeit am Überholen. Es sah ganz danach aus, als wäre das sein Lebenszweck. Möglichst viele Autos überholen. Es fehlten immer nur ein paar Millimeter, aber er vernaschte Auto um Auto, das ganze postsowjetische Klapperkistenkuriositätenkabinett. Das war ja ein Festival der lebenden Toten, was da auf der Straße abging. Krepierende

Shiguli, halb tote Sapos, die sich nur noch durch Zauberkraft fortbewegen konnten, Wolgas, die um Gnade winselten, um Erlösung von ihren Leiden.

Es war Nachmittag, die Sonne knallte, die Felder bis zum Horizont sahen aus, als stünden sie in grünen Flammen.

»Findest du auch, dass der Horizont hier irgendwie weiter weg ist als bei uns?«, fragte ich Hawran etwas schwelgerisch.

»Nö«, brummte Hawran, ohne auch nur aus dem Fenster zu sehen. Er schaute sich die Fotos auf seiner Kamera an und war sauer. Die Aufnahmen waren von gestern Abend und heute früh, aus Lwiw. Vor allem Gebröckel, Kaputtheit und Trümmer. Sehr malerisch. Und ein paar Schätzchen: die englische Speisekarte aus einem Restaurant, in der Hähnchenschenkel »chicken foot« hießen und Hühnchen Chinesisch »chicken on People's Republic of China«. Oder ein Typ im Schweinekostüm, der für eine lokale Metzgerei werben sollte, deren Chef die Prinzipien westlichen Marketings offenbar überverinnerlicht hatte. Und eben der geheime Schnappschuss eines Polizisten, der auf einer der nicht asphaltierten Sträßchen von Samarstyniw gegen den Reifen des eigenen Streifenwagens, Marke Lada Samara, pisste. Das heißt, Hawran hatte geglaubt, ihm wäre ein geheimer Schnappschuss gelungen. Der Polizist, so ein Jungscher, der aussah, als hätte er grade erst die Schule hinter sich, hatte Hawran nämlich bemerkt und Theater gemacht. Als ich mich einmischte, brüllte er mich auch noch an. Er wollte unsere Pässe haben, die wir ihm nicht gaben – hat so ein Drecksack erst deine Papiere, musst du sie dir teuer zurückkaufen. Aber es war gleich klar, dass es ihm bloß ums Geld ging. Was denn sonst? Hundert Dollar wollte er wegen Herabwürdigung einer Amtsperson.

Hawran lachte ihm ins Gesicht. Da gab ihm der Polizist plötzlich einen Schubs und schnappte seinen Arm. Noch bevor er reagieren konnte, fand sich der verdatterte Hawran mit dem Gesicht am Zaun wieder, die Hände oben auf den Latten, die Beine breit, und der Jungsche klopfte ihm die Taschen ab. In seiner Trekkinghose fand er ein Stück Schnur, warf es weg und stieß dann auf das Taschenmesser. Das protzige Schweizer Messer mit bestimmt fünfzig Klingen: für Fisch, Filet, Konserven, dann noch irgendwelche Dietriche, sogar eine Lampe, fehlte nur noch die Bohrmaschine. Der Jungsche spielte ein bisschen damit herum, hielt dann Hawran eine Klinge unter die Nase und setzte ihn darüber in Kenntnis, dass dies eine Blankwaffe sei und damit ein ernsthafter Gesetzesverstoß vorliege, weil solche Waffen nicht in die Ukraine eingeschmuggelt werden dürften und dass wir dafür ins Gefängnis gehen würden.

»Okay, Kumpel«, sagte Hawran auf Polnisch, »jetzt mal Klartext: Wie viel?«

»Hundert«, antwortete der Jungsche, scheinbar ganz auf das Aus- und wieder Einklappen der Klingen konzentriert. Hawran griff in seinen Geldbeutel und zog einen Hundert-Hrywnja-Schein heraus. Der Jungsche lachte bloß.

»Dollar. Hab ich doch gesagt.«

»Du hast sie doch nicht alle«, knurrte Hawran.

»Wie viel zahlst du denn?«, fing der Polizist an zu handeln.

»Fünf kannst du kriegen.«

»Den Pass.«

»Zehn.«

»Deinen Pass.«

»Also wie viel.«

»Siebzig.«

»Jetzt pass mal auf … « Hawran war darum bemüht, wenigstens einen Rest seiner Würde zu bewahren, deshalb blaffte er ihn an: »Ich kann dir höchstens zwanzig geben und keinen beschissenen Cent mehr!«

Der Bulle kniff die Augen zusammen, blassblau waren sie, wie der Mantel der allerheiligsten Gottesmutter.

»Gut«, sagte er, »gib mir zwanzig.«

Hawran zog zwei Zehner aus der Innentasche seiner Hose. Er musste sie eigens für solche Fälle dort deponiert haben. Der Bulle legte seine Hand auf Hawrans und ließ das Geld verschwinden wie Houdini.

»Das Messer.« Hawran streckte ihm die offene Hand hin. Der Bulle hielt ihm das geschlossene Taschenmesser unter die Nase.

»Ist konfisziert«, sagte er. »Das ist ein hochgefährliches Werkzeug.« Er steckte sich das Messer in die Tasche, ging mit rollenden Schultern wie ein Cowboy zu seinem Lada Samara, stieg ein und fuhr davon. Das Foto hatte er vergessen. Oder es war ihm von Anfang an am Arsch vorbeigegangen. Hawran feuerte ihm eine Schimpfkanonade hinterher, dass die Weiber aus den Nachbarhäusern auf ihren Veranden erschienen.

Und jetzt fühlte er sich eben gedemütigt und war sauer.

Auf dem Bahnhof von Drohobytsch verkauften traurige Babuschkas, was sich verkaufen ließ. Luftballons, Messer, Handtücher. Sie veräußerten der Reihe nach die Dinge, die sie im Laufe ihres Lebens angesammelt hatten, um die letzten Jahre noch irgendwie zu überstehen. Niemand kaufte etwas, weil niemand diese Leben gebrauchen konnte. Jeder hatte schon genug damit zu schaffen, sein eigenes irgendwie auf die Reihe zu bekommen.

Die Jungs in der Bahnhofskneipe befanden einmütig, dass es bei den Sowjets besser gewesen wäre, und man musste schon blind sein, um nolens volens nicht einsehen zu können, dass sie recht hatten.

»Es ist doch so«, erklärte uns ein Typ mit Siebziger-Frisur à la Kazimierz Deyna, »dass sich einfach die Falschen den Kommunismus vorgenommen haben. Die Moskalen. Die verkacken doch alles, was sie anfassen«, meinte er und trank sein Bier mit einer Ruhe, die in seltsamem Widerspruch zu der apokalyptischen Abgewracktheit ringsum stand.

Seine Gemütsruhe konnte nur die berühmte Ruhe vor dem Sturm sein, und es sah ganz so aus, als würde der Typ gleich sein MG unterm Tisch hervorziehen und den ganzen Laden in Schutt und Asche legen. Als wollte er alles hier zusammenschießen: Bar, Barmann, die paar Flaschen in den Regalen, den kleinen Fernseher auf dem Kühlschrank und die Gäste, uns natürlich inbegriffen. Aber nicht nur uns, zum Zusammenschießen gab es außerdem einen Fettsack mit Specknacken, der sich mit dem Schlüsselbund die Eier kratzte, einen unbestimmten Alten, der früher sonst was gewesen sein konnte, Kleinganove oder General und ein paar kurz geschorene Jugendliche mit Raubvogelgesichtern. Da hing etwas in der Luft, so eine Spannung, irgendwie sah es aus, als würde gleich etwas losgehen, und Deyna war in dieser Situation viel zu cool. Er war wie der gespannte Abzug, der gleich gedrückt werden sollte.

»Wenn die Deutschen den Kommunismus angepackt hätten oder noch besser die Schweden«, fuhr Deyna fort, »sähe die Welt heute anders aus. Alle hätten kapiert, dass er das beste System ist, das es überhaupt gibt. Ist doch so …«, Deyna klappte der Reihe nach die Finger aus, »du hast Arbeit, ein

Haus hast du, Ruhe im Kopf, Urlaub, alles hast du. Bloß«, er hörte auf, die Finger auszuklappen, und schnippte gegen seine Zigarette, die er aus dem Ascher genommen hatte, »hat es halt der Russe gemacht. Und der hat es verkackt, wie immer. So eine schöne Idee, einfach verkackt!«, stöhnte er in aufrichtigem Bedauern und verband so seine galizische Westorientierung mit dem Bewusstsein, das er einfach nicht beiseiteschieben konnte: dass es bei den Sowjets besser gewesen war.

Wir tranken unser Bier aus und bewegten uns langsam in Richtung Ausgang. Nicht, dass wir noch miterleben mussten, wie sich die Energie entlud, die sich hier anreicherte wie Gas aus dem Kocher.

»Da irrst du dich, Bohdan«, sagte unterdessen der unbestimmte Alte und drückte seine Zigarette in einem riesigen, schweren Aschenbecher aus, mit dem man locker jemandem den Schädel zertrümmern konnte. »Wenn die Deutschen oder die Franzosen den Weltkommunismus gemacht hätten, müssten wir wieder Komplexe vor ihnen haben. Aber bei den Sowjets hatten die Moskalen Komplexe vor uns, weil bei uns immer alles zivilisierter war als bei ihnen.«

»Und bei den Esten war es noch besser als bei euch. Fickt euch doch alle ins Knie, Bandera-Faschistenpack«, sagte der Fette, der sich jetzt nicht mehr die Eier kratzte, laut auf Russisch, stürzte sein Bier hinunter, drückte die Kippe aus, ging und schlug krachend die Tür hinter sich zu. Durchs Fenster konnten wir sehen, wie er sich in einen klapprigen Audi 100 setzte und einen Kavalierstart hinlegte, dass eine Babuschka, die in der Nähe Eier verkaufte, fast einen Herzkasper bekam.

Sowjetische Plattenbauten beherrschten die galizischen Hügel wie ein Heer, das die gesamte Anhöhe strategisch gesichert hat. Ins Stadtzentrum gelangten wir über einen ermüdend langen, von Chruschtschow-Bauten gesäumten Weg. Ein altes Kirchlein inmitten der Plattenbauviertel war die letzte Spur dessen, was hier früher einmal gestanden hatte. Die Platten umstanden sie wie die Ghettokids das Opfer, dem sie gleich die Fresse polieren würden. Auf den Balkons lagerte Brennholz, aus den Fenstern ragten die Rohre der Kanonenöfen.

Vor der Kirche trafen wir einen jungen Polen mit Rucksack. Unser genaues Ebenbild. Hinterm Zaun versteckt versuchte er mit einem Riesenobjektiv die Opas auf der Bank vor einem der Plattenbauten zu fotografieren. Seine Vigor-Fahne war kilometerweit zu riechen.

»Schaut euch die Opas an«, sagte er, als wir herangekommen waren. »Die haben so was …«, er steckte sich eine Kippe an, »so was Seliges irgendwie. So eine urewige Weisheit, versteht ihr, steht denen ins Gesicht geschrieben. So eine … entspannte Fügung in ihr Schicksal, ja … eine innere Erleuchtung oder so.«

»Klar«, erwiderte Hawran, der sich dringend an jemandem abreagieren musste, »die Arbeitslosen und Angeschissenen sind überhaupt die größten Leuchten.«

Der Typ starrte uns an wie die letzten Barbaren.

»Ihr habt echt noch gar nichts kapiert«, antwortete er.

Ein Mädel kam aus dem Kirchlein. Kurzhaarschnitt, Flipflops, schlanke Füße und Beine, die in kurzen Jeans endeten, abgeschnitten im Schritt. Sie hatte schwarze, tiefschwarze Augen. Als hätte ihr einer zwei Löcher in den Kopf geschossen. Ihr auf den Fersen folgte der Pope. Sie redeten Ukrainisch. Der Pope machte ein Gesicht, als überlegte er fieberhaft, wo er sie hinschleppen könnte, um sie in Ruhe flachzulegen. Er war sichtlich enttäuscht, als sie auf den Kerl mit der Kamera zuging und ihn umarmte. Pole und Ukrainerin. Der Fotograf registrierte die Blicke, mit denen wir an der Kurzhaarigen klebten, und setzte dieses Grinsen auf, das so typisch ist für die Jungs mit den unverschämt gut aussehenden Freundinnen – diese verkrampfte Mischung aus Nachsicht und geheuchelter Ironie.

»Wollt ihr zu Schulz?«, fragte er. »Die Stelle, wo sie ihn erschossen haben, erkennt ihr am Grablicht. Das hab ich nämlich angezündet«, erklärte er stolz.

»Das wird dir die Heimat niemals vergessen.« Hawran tätschelte ihm den Arm und zwinkerte Schenkeln und Waden zu. Die Kurzhaarige schaute verächtlich zurück. Aus ihren Einschusslöchern.

Da stand das Grablicht, Tatsache. Vor den Stufen zu einer Bäckerei, deren Schild auf Ukrainisch »Frisches Brot« anpries. Es brannte sogar noch. Hier hatte also der Leichnam von Bruno Schulz einen ganzen Tag lang gelegen, weil die Deutschen irgendwie nicht erlaubt hatten, ihn von dort zu entfernen. Ich versuchte mir das vorzustellen. Ihn, liegend, klein, schwarz, im schweren Wintermantel – aber es gelang mir nicht. Genauso wenig, wie ich mir hier die erotischen Reigentänze aus seinem *Götzenbuch* vorstellen konnte. Das hätte einfach nur peinlich ausgesehen. Aber es war überhaupt schwierig, sich in Drohobytsch irgendetwas vorzustellen, das sich vor der Sowjetzeit abgespielt hatte. Selbst Galizien. Die Sowjetunion hatte Galizien mit ihrem plumpen Riesenleib plattgemacht, und dieser Leib lag immer noch hier herum, krepiert zwar, aber unmöglich zu beerdigen.

Ich ging also in die Apotheke Vigor-Balsam kaufen, Hawran holte Kwass im nächsten Laden. Wie immer, wenn ich Vigor kaufte, grinste sich die Apothekerin eins. Das verunsicherte mich.

»Was ist denn so komisch an Vigor-Balsam?«, fragte ich.

»Nichts, gar nichts«, antwortete sie.

»Ich seh doch, dass was ist«, sagte ich. Sie schüttelte den Kopf und meinte, ich sollte mir keine Sorgen machen, es wäre schon alles in Ordnung. Ich zuckte mit den Schultern. Mit zwei Flaschen unterm Arm ging ich zurück zu den Stufen vor der Bäckerei. Hawran saß schon. Das Grablicht, das der Fotograf angezündet hatte, brannte zu seinen Füßen. Wir tranken und schauten über den Marktplatz von Drohobytsch.

»Ihr habt ein Grablicht angezündet? Wie schön«, hörten wir plötzlich Polnisch. Neben uns standen zwei Mädels. Auf dem T-Shirt der einen stand »Bruno Schulz«, auf dem der anderen »Franz Kafka«. Beide hatten schwarz getönte Haare, nur waren sie bei der einen kurz und bei der anderen lang, achsellang. Jede hielt eine schwarze Kerze in der Hand.

Sie studierten Polonistik. In Warschau. Die mit den kurzen Haaren hieß Marzena. Die mit den langen Bożena. Sie waren hier, um, wie sie sagten, »dem großen polnisch-jüdischen Schriftsteller und Meister der polnischen Sprache ihre Huldigung darzubringen«. Das waren ihre Worte. Ihre Huldigung darzubringen und natürlich die legendäre Krokodilstraße zu finden.

Sie zündeten ihre schwarzen Kerzen an (die sie garantiert schon in einem Designshop in Warschau gekauft hatten), stellten sie vor die Stufen und setzten sich neben uns. Wir ließen den Vigor kreisen.

»Großer Gott, so ein armes und gleichzeitig faszinierendes Land, nicht?«, sagte Bożena mit einer nervtötenden Stimme. Einer Quäkstimme, nennen wir es beim Namen, und sie zerhackte das Gesagte in einzelne Silben. »Ich lebte liebend gern eine Weile hier. Ich fühle mich hier wie im Märchen. Es wirkt so beruhigend auf mich, nicht? Es stimmt mich milde. Dieser Zerstörung, die wir hier gegenwärtigen können, wohnt so etwas Schulzeskes inne, nicht?« Bożena fuchtelte beim Sprechen ein bisschen mit den Armen. Auf dem Handgelenk hatte sie Yin und Yang tätowiert. Das bedeutete, dass sie sich nach ihrem Studium für längere Zeit nicht auf dem Arbeitsmarkt wiederfinden würde. Und mehr wohl auch nicht. »Ich bin tatsächlich voll der Verzückung. In diesem Lande. Alles hier ist so, öhm, abgeranzt wie bei Schulz. Alles so unfertig. So … schneiderpuppig, nicht? Der Form verlustig gegangen. Ganz meines Geschmackes.«

»Voll der Verzückung?« Hawran war inzwischen auch schon gut dabei. »Meines Geschmackes? Wieso sagst du so was?«

»Oh, das ist der schöne alte Genitivus«, erklärte die ebenfalls ordentlich vigorisierte Marzena anstelle ihrer Freundin, »wie er noch bei Bolesław Leśmian und Brunon Schulz häufig anzutreffen ist, der im Genitivus übrigens Brunona und keineswegs Bruna heißt, ich weiß ja nicht, ob ihr das wisst, und überhaupt haben früher alle mal so gesprochen. Als alles noch besser und klüger war und in den Zeitungen eine schicke Sprache gepflogen wurde, nicht nur Doda Elektroda hier und Titten da, und in den Cafés wurde über kluge und tiefgründige Dinge gesprochen. In den Cafés saß nämlich Witkacy.«

»Und wieso hängst du an jeden Satz hinten ein ›nicht?‹ an?«, fragte ich Bożena.

Bożena warf mir einen vernichtenden Blick zu.

»Gar nicht an jedes Satzes Ende, nicht?«, entgegnete sie. »Ich weiß im Grunde selbst nicht, weshalb ich mich seiner bediene. Warum, stört es dich etwa?«

Eigentlich hätten wir sie dort auf den Stufen sitzen lassen sollen, aber die Hormone verlangtem nach ihrem Recht: Marzena war durchaus geil. Bożena weniger, aber Marzena, doch, doch … Ihr saß der Schalk in den Wangen, in der Art, wie sie die Lippen spitzte, so ein bisschen vogelmäßig, und es sah ganz danach aus, als wäre Hawran ebenfalls scharf auf sie. Na dann, auf in den Zweikampf, dachte ich mir. Sport ist gesund. Also kauften wir noch mehr Kwass, mixten ihn mit Vigor und machten uns mit den beiden auf die Suche nach der Krokodilstraße.

Bei unserem Streifzug durch die Straßen von Drohobytsch musste ich erkennen, dass Bożena, wiewohl eine Freundin von Genitivus und »nicht?«, in vielen Dingen richtiglag. Form existierte hier tatsächlich nur noch als Antiquität. Der gesamte zivilisatorische Überwurf, der sich in den vergangenen Jahrzehnten auf Drohobytsch gelegt hatte, war billigster Sorte. Provisorien. Postnomadentum oder so. Genau wie in Polen, nur krasser. »Der Pseudoamerikanismus«, las Bożena mit ihrer Quäkstimme vor, denn sie hatte, klarer Fall, die *Zimtläden* dabei, »der dem alten und morschen Stadtboden aufgepfropft worden war, hatte hier eine üppige, wenn auch leere und farblose Vegetation des minderwertigen, armseligen Schwulsts emporschießen lassen.«

Aber in Wirklichkeit war es noch viel schlimmer, als Schulz das prophezeit hatte.

»Man sah hier billige, miserabel gebaute Häuser, deren karikatureske Fassaden mit monströser Stukkatur aus rissigem Gips beklebt waren. Den alten, windschiefen Vorstadthäuschen waren hastig zusammengepfuschte Portale verpaßt worden, die sich erst bei näherer Betrachtung als erbärmliche Imitation großstädtischer Anlagen entpuppten.«

Nur war es so, dass man sie gar nicht erst näher betrachten musste. Alles, der ganze Schwulst und Schwindel, stach auf den ersten Blick ins Auge. Die Schönheit war nicht einmal vorgeschützt, sie blieb ganz förmlich. Ein bloßes Signal. Wenn zum Beispiel ein Händler, der eine Butze auf dem Markt pachtet, sich einen ollen Kübel vor diese Butze stellt und Erde in diesen Kübel packt und in diese Erde blindlings ein paar Blumen steckt, dann war das natürlich ein Scheiß von einer Schönheit. Aber es war ein Signal, dass dieser Händler uns eifrig zu verstehen zu geben versuchte: Er wollte an dieser Stelle etwas Schönes anbringen und hatte getan, was er konnte.

»So standen Schneidermagazine, Konfektions- und Porzellanlager, Drogerien und Friseurbetriebe in einer Reihe nebeneinander. Ihre riesigen grauen Schaufenster trugen schräg oder bogenförmig verlaufende Aufschriften aus vergoldeten, plastischen Lettern: KONGFISERIE, MANIKIR, KONG OF ONGLOND.«

Großer Gott, dachte ich, schon leicht taumelnd. Unser Absturz, dachte ich, ist ein absoluter. Was Schulz damals verachtete, gilt uns heute als die Krönung in Sachen Schnitt und Fasson. Im heutigen Drohobytsch würde er nicht eine Minute überleben. Er würde nicht erst auf die Gestapo-Leute warten, sondern sich selbst die beiden Kugeln in den Hinterkopf jagen.

Wir gaben uns unterdessen die klassische Tour de Schulz. Zuerst machten wir die Brache ausfindig, wo früher einmal der berühmte Tuchladen von Schulz senior gestanden hatte. Dann steuerten wir auf sein früheres Wohnhaus zu. Bożena und Marzena wollten unbedingt rein, aber die aktuelle Bewohnerin, eine massige Frau mit orange gefärbter Mähne, empfahl uns, schnellstens auf die Bäume zu klettern, sie würde den Hund auf uns hetzen. Bożena und Marzena verbuchten das unter Lokalkolorit und waren selig. Sie hatten Notizbücher dabei, in denen sie so was vermerkten. Sie setzten sich auf den hohen geweißten Bordstein und machten sich ihre Notizen.

Bożena war schon hoffnungslos besoffen. Sie war die Straßen auf und ab gerannt, hatte herumgebrüllt, sie liebe die Ukraine und wolle bis in alle Ewigkeit hier leben. Eines dieser abgefuckten Häuser würde sie besetzen oder irgendeinen Speicher oder so, aus dem Dachgeschoss auf die Stadt Drohobytsch glotzen, Bücher lesen und schöne Gedichte schreiben – so sollte, sagte sie, ihr weiteres Leben verstreichen. Marzena war zwar nicht ganz so dicht, ließ sich aber von Bożenas Stimmung anstecken. Sie saßen nebeneinander auf dem Bordstein, ließen die Balsamflasche hin und her gehen und verabredeten sich, gleich nach Abschluss des Studiums sofort nach Drohobytsch zu gehen. Sich gemeinsam wo einmieten, EU-Gelder abgreifen und ein Drohobytscher Kulturhaus aufmachen, in dem es um Bruno Schulz geht und die Nałkowska, die ihn entdeckt hat, gleich mit, überhaupt um die Zwischenkriegszeit. Um Witkacy vor allem. Sie waren komplett witkacyfiziert, die ganze Zeit ging es nur Stasiek hier und Stasiek da, bis sie am Ende über sein Ding philosophierten. Ich setzte mich zu ihnen, rauchte eine nach der anderen und sah zu, wie ein Hündchen, so eine bessere Ratte, einen Laster ankläffte. Der Fahrer gab sich alle Mühe, das Hündchen platt zu fahren, was ihm schließlich auch gelang. Es gab ein schrilles Quietschen von sich und kotzte dann die eigenen Kutteln aus. Bożena und Marzena brachen mitten im Wort ab. Kurz darauf fingen auch sie an zu kotzen.

Wer weiß, wie die Sache ausgegangen wäre, hätten wir nicht noch nach Lwiw zurückgemusst. Wir hatten noch eine halbe Stunde bis zum letzten Zug. Mit der gebotenen Sorgfalt wählten wir das kaputteste Taxi für die Fahrt zum Bahnhof.

Die Bahnhofskneipe, in der noch am Morgen Bohdan seine Vision einer schwedischen Sowjetunion entwickelt hatte, war rußgeschwärzt. Die Fenster hatten keine Scheiben mehr, die Tür fehlte auch. Feuerwehrleute wickelten ihre Schläuche auf. »Gasexplosion«, raunte eine Babuschka, die vor dem Bahnhof Eier verkaufte und alles mit angesehen hatte. »So eine Tragödie.«

Die Kasse hatte geschlossen. Nur ein Zettel hing da: technische Pause. Also mussten wir den Schaffner schmieren, was die Polonistinnen als neuerliche Anzeichen von Lokalkolorit penibel in ihren Notizbüchern notierten. Die Waggons waren breit, viel breiter als bei uns. Das wurde ebenfalls notiert.

»Scheiße, was geht ab in diesem Land?«, meinte Marzena kopfschüttelnd. »Krass, krass!«

»Aber echt«, quäkte Bożena, »das glaubt mir doch wieder kein Mensch, wenn wir das zurück am Institut erzählen, nicht?«

»Dritte Welt, voll Dritte Welt«, ergänzte Marzena. »Die wollen Europa kopieren, aber aus diesen beschissenen Kopierversuchen wird nur eine Parodie auf Europa. Jesu Christe … Ich weiß ja, dass Polen ist, wie es ist, aber ich werde ordentlich die Erde küssen wie so ein Papst, sobald ich zurück bin!«

Sie packten ihre Dshintoniks aus und versuchten, die Kronkorken mit den Zähnen zu knacken. Die Versuche endeten mit einem Aufschrei Marzenas – sie hatte sich die Sieben abgebrochen. Keine Ahnung, woher sie so schnell wusste, dass es die Sieben war, aber keine halbe Sekunde nach dem Bruch brüllte sie durch den ganzen Waggon: »Die Schieben isch rausch! Die Schieben isch rausch!« Hawran, der Drecksack, reagierte schneller als ich und warf sich ihr als Tröster an den Hals. Ein paar Sekunden später knutschten sie schon. Trotz abgebrochener Sieben. Bożena sah mich erwartungsvoll an. Ich gab mir alle Mühe, ihrem Blick auszuweichen. Das grüne Galizien, das da vor dem Zugfenster vorbeizog, erforderte plötzlich meine gesammelte Aufmerksamkeit.

An meinem Sitz kam die Kurzhaarige vorbei. Mit den langen Beinen und den schlanken Flipflopfüßen. Zwei schwarze Löcher im Kopf. Die Fotografenbraut. Aber sie war allein. Sie ging zur Plattform zwischen den Waggons und zog die Tür hinter sich zu. Kurz darauf strömte der Geruch von Zigarettenrauch in den Gang.

Ich zog meine Kippen aus der Tasche, erhob mich mit einem entschuldigenden Blick für die nette Polonistin, die den Namen Brunon so unvergleichlich durch sämtliche Fälle deklinieren konnte, und folgte der Schwarzäugigen.

Sie stand auf der Plattform und rauchte, lässig an die Wand gelehnt. Kaum hatte ich die Tür geöffnet, durchbohrte sie mich schon mit ihren beiden schwarzen Löchern. Das brachte mich aus dem Konzept. Deshalb tat ich, als ignorierte ich sie. Ich schnippte eine Zigarette aus der Schachtel, rauchte und betrachtete schon wieder mit gespieltem Interesse die grünen Weiten Galiziens.

»Was wollt ihr hier?«, fragte die Lochäugige plötzlich auf Polnisch, mit starkem ukrainischem Akzent.

»Wie bitte?« Ich war platt.

»Was ihr hier wollt, ihr, die Polen?«, fragte sie noch einmal. »Ich höre euch zu, seit ihr in den Zug gestiegen seid. Klingt ganz so, als ob es euch hier überhaupt nicht gefällt.«

»Woher kannst du denn so gut Polnisch?«, versuchte ich das Thema zu wechseln, weil ich nicht vorhatte, mich für Marzena und Bożena fremdzuschämen. Das heißt, da dachte ich noch, dass es nur um Marzena und Bożena ging.

Sie überhörte meine Frage einfach. »Dann will ich dir mal sagen, was ihr hier wollt. Ihr kommt hierher, weil ihr woanders ausgelacht werdet. In anderen Ländern seid ihr das, was wir hier für euch sind: Rückständige Hinterwäldler, über die man ablästern kann. Denen man sich überlegen fühlen kann.«

»›Hinterwäldler‹, ›ablästern‹«, gab ich den Coolen. »Alles klar, du hast in Polen studiert. In Kraków bestimmt.«

»Weil ihr für alle anderen bloß das verarmte Ostpack seid«, fuhr sie fort und sah mir mit ihren schwarzen Löchern direkt in die Augen, »nicht nur für die Deutschen, auch für die Tschechen, sogar für die Slowaken und Ungarn. Ihr denkt doch nur, dass die Ungarn eure dicksten Freunde sind. In Wirklichkeit lästern die genauso über euch ab wie alle anderen. Von den Serben und den Kroaten ganz zu schweigen. Sogar, Freundchen, sogar die Litauer. Alle halten euch für einen Russlandverschnitt. Für Dritte Welt. Nur bei uns könnt ihr mal kurz den Hochmütigen spielen. Euch dafür abreagieren, dass ihr überall sonst die Arschkarte habt.«

Sie ließ mich die ganze Zeit nicht aus dem Blick. Ich versuchte dagegenzuhalten, gab aber schließlich auf. Die grünen Weiten Galiziens zogen vorbei wie eh und je.

»Und ihr«, fragte ich und blies Rauch aus, »wo fahrt ihr so hin, um euch besser zu fühlen? Keine Ahnung, Usbekistan? Irgendwo fahrt ihr doch auch hin.«

»Sag mal, wieso«, sie deutete mit dem Kinn auf die Vigor-Flasche in meiner Hand, »trinkst du eigentlich so ostentativ in aller Öffentlichkeit dieses Potenzmittel?«

Verdattert brachte ich das Etikett auf Augenhöhe, um dann zu erkennen, dass diese Geste allzu erniedrigend war, also ließ ich den Arm wieder sinken, aber dieses Sinkenlassen des Armes war als affiger Verdrängungsversuch noch erniedrigender, weshalb ich ihn doch noch einmal hob. Tatsächlich: Dort stand in winzigen Buchstaben etwas von »erektylnoji dysfunkzii«.

»Ach du Scheiße«, entfuhr es mir. Ich musste daran denken, wie wir kürzlich in Lwiw auf dem Martkplatz Vigor gesoffen hatten, direkt aus der Flasche, und dabei dachten, die Leute würden uns wegen unserer endgeilen Performance mit ihren Handys fotografieren. Jetzt war mir klar, wieso sie es getan hatten. Zwei stattliche Polen, die sich öffentlich mit Potenzmittel abfüllten – was für ein Motiv.

Die Lochäugige schoss ihre Kippe an die Wand gegenüber, einen halben Meter neben meinem Kopf. Ich bekam den Funkenregen ab. Dann stieß sie sich ab und ging an mir vorbei in den Waggon.

Ich kehrte an meinen Platz zurück. Dabei hielt ich Ausschau nach der Lochhäugigen, sie war aber nicht im Waggon. Bożena war zum Glück eingeschlafen. Oder sie tat so, als ob sie schlief. Hawran befummelte Marzena. Der ganze Waggon tat so, als schaute er nicht hin. Schließlich standen die beiden auf und gingen zum Klo. Ich saß auf meinem Platz, nahm einen Schluck von der Flüssigkeit gegen erektile Dysfunktion und beobachtete durch die eingeschlagene Scheibe in der Waggontür, wie sie die Klotür öffneten, ungläubig anstarrten, was sie da vorfanden, sie wieder schlossen und mit finsteren Mienen auf ihre Plätze zurückkehrten.

»Was denn«, fragte ich, »Anzeichen von Lokalkolorit?«

Sie versuchten ein Grinsen, das ihnen aber ziemlich misslang.

»Hier«, ich reichte ihnen den Vigor, »trinkt euch einen.«

3. Beat

Und wir fuhren in diesen Osten, wir fuhren und fuhren. Mit der Marschrutka, mit dem Zug, mit kaputten Ladas. Mit allem, was fuhr.

Anstelle von Benzedrin hatten wir Vigor-Balsam. Anstelle des ländlichen Amerikas und des Mexikos der Fünfziger hatten wir die Ukraine. Aber es ging um dasselbe. Wir schnappten uns die Rucksäcke und waren on the road. Kerouac lasen wir nicht, das war einfach unlesbar. Ständig dieses wild pulsierende, verschlungene Gekröse. Außerdem kamen wir uns ein bisschen doof vor, weil es uns, im Gegensatz zu Kerouac, um nichts ging. Kerouac und die anderen hatten ja irgendwie Revolution gemacht, wir rannten bloß wie die Irren sperrangelweit geöffnete Türen ein. Wenn wir soffen, unsere Zeit totschlugen, Drogen nahmen, nach billigem Kitzel und großem Schwulst suchten, dann nicht, um gegen irgendwen zu rebellieren, nicht einmal, um etwas Neues zu erleben, denn das war ja alles schon durch, durch, durch – einfach nur, um überhaupt etwas zu tun. Unserem Leben wenigstens kurzfristig einen Sinn zu verpassen. Oder eher einen Pseudosinn, dessen waren wir uns bewusst, aber alles andere fanden wir letztlich auch nur pseudosinnvoll.

Und es war immer dasselbe. Fremde Stadt, dunkles Bahnhofsgebäude, bevölkert von Gesocks, Prostituierten und Bullen, die dir dreist in die Augen schauten. Und Wachleute aller Couleur, grundsätzlich uniformiert und bewaffnet, weil in der Ukraine alles bewacht, gesichert, beaufsichtigt war. Auf Schritt und Tritt begegneten einem diese Wachleute, immer mit professionell finsterer Miene, stets bemüht so auszusehen, als ruhte das gesamte Land auf ihren Schultern, und gleichzeitig irgendwie verloren und angestaubt, als hätten sie diese dämliche Bewacherei am liebsten einem anderen aufgehalst, sie entsorgt und irgendwo verscharrt.

Dann die unwirtlichen Kuttelstraßen in der Stadt, die genervten Taxifahrer, der Geruch im Inneren ihrer Ladas und Wolgas (wir setzten uns nämlich ausschließlich in Ladas und Wolgas, weil wir dachten, Ladas und Wolgas wären billiger und die Fahrer weniger schlitzohrig und dafür wohlgesinnt).

Dieser Duft von Staufferfett und Benzin, der Körperduft des Fahrers, der Duft der vorigen Fahrgäste, der Duft kalten Zigarettenrauchs, der Duft der Duftbäumchen an den blinden Rückspiegeln. Wenn man die Rucksäcke in den Kofferraum packte, musste man immer aufpassen, die fuhren alle mit Gas. Und immer war die Stimmung irgendwie drückend angespannt, weil der Fahrer mal schwieg, dann wieder knurrte und uns durch Straßen dieser ukrainischen Städte fuhr, die aussahen, als führten sie zu komplett hoffnungslosen Lokalitäten, die anzusteuern eigentlich überhaupt keinen Sinn ergab, weshalb er nur angepisst seine Fuhre abreißen konnte. Eine Tour durch labyrinthische Fabrikruinen, die irgendwer irgendwann notgedrungen bezogen hatte.

Und diese Mietwohnungen, in denen wir übernachteten. Sie lagen grundsätzlich an Straßen, die nicht an Straßen erinnerten, sondern an Hinterhöfe oder Brachflächen zwischen Teppichstangen und Müllplatz, an schmale Durchgänge zwischen zwei nackten Wänden, denn im postsowjetischen Raum war die klassische städtische Ordnung mit Plätzen und Straßen schwer gestört. Im Grunde waren das Slums, aber wir bezeichneten sie nicht so, weil niemand das tat, vielleicht auch, weil hier niemand mit Slums gerechnet hätte, weil Slums nach Indien und Lateinamerika gehörten und nicht in die ehemalige Sowjetunion. Aber das waren Slums. Zusammengeflickt aus dem, was da war. Einmal habe ich eine geklaute Plakatwand als Hauswand gesehen oder eine Lkw-Tür als Gartentor.

Innen war dann immer alles vollgestopft mit Familienerbstücken und Kleinmist, bunter Porzellankram, der diese grob zusammengeschusterten Räume wohnlich machen sollte, die Duschen – ein Rohr aus der Decke, aus dem das Wasser nicht in eine Duschwanne lief, sondern auf den blanken Boden, die Türen gerade mannshoch und -breit, Tische, an denen wir kaum Platz fanden.

Manchmal dämmerte mir, dass wir dorthin fuhren, schlicht um Elend zu sehen, und dass das nicht fair war, weil wir uns dabei selbst weniger elend fühlen wollten, und dann versuchte ich mir einzureden, dass dieses Elend auch nicht verschwinden würde, wenn wir nicht hierherkämen, dass es jenseits dieses Elends noch den großen kulturellen, soziologischen, historischen, politologischen und die ganzen anderen Kontexte gab – dann war es wieder für eine Weile gut. Und wir konnten uns wieder Wodka kaufen, Bier, gesalzene Anchovis und Tintenfischringe, Chips mit Krabbengeschmack, Belomorpapirossy, die nur zum Tütenbauen zu gebrauchen waren, konnten uns wieder die ganzen russischen Hardcore-Geschichten erzählen, wie wir mal mit einem Taxi gefahren sind, wo wir anschieben mussten, sogar im Regen, wie in einer Marschrutka die Leute oben aus der Dachluke rausschauten, so voll war es gewesen, wie uns die Bullen mal mit einer hanebüchenen Begründung festhielten und abkassieren wollten, »schtraf, schtraf«, und dann so ein Bär von einem Wachtmeister dazukam, rattendicht und in seiner Dichtheit rührselig und positiv gestimmt gegenüber der Mitwelt, so dermaßen positiv, dass er uns, seine slawischen Brüder, herzlich in die Arme schloss und uns laufen ließ, während die Polizisten betrübt danebenstanden und leise fragten: »A schtraf?«

Ich liebte dieses Land, ehrlich.

Manchmal schnappte ich mir einfach den Rucksack und fuhr los. Ich gab niemandem Bescheid, stieg in den Zug nach Przemyśl, dann in den Bus nach Medyka, schlich mich um die Ameisenstraße am Grenzübergang herum und betrat die Ukraine. Ich sah mich eine Weile um und versenkte mich in diese Wirklichkeit, die eben noch die gewöhnliche, allernormalste Fortsetzung meiner eigenen Wirklichkeit gewesen war, bis sich die neue Wirklichkeit jenseits von Medyka von meiner Wirklichkeit absonderte und eigene Wege einschlug.

Ich schmeckte den Unterschied, schmeckte diesen östlichen Film, der sich über das gute, alte Galizien gelegt hatte, versenkte mich in Gesichter, die – wäre Stalins Feder nur um ein paar Millimeter verrutscht – heute nach polnischen Lebensmitteln anstehen würden, vor polnischen Ämtern, Autos mit polnischen Nummernschildern hätten, uns vertraut wären, so millionenfach vertraut und damit nicht der Rede wert, es sei denn in engagierten journalistischen Formaten zu den sozialen Spannungen in der polnischen Provinz.

Dann hielt ich den Daumen raus oder nahm die erstbeste Marschrutka. Ganz gleich, wohin. Irgendwohin. Manchmal schaute ich nicht mal auf das Schild über dem Armaturenbrett, warf einfach meinen nicht zu schweren Rucksack in den Kofferraum, auf die blau-weiß karierten Taschen, und es ging los. Manchmal bis zur Endstation, manchmal nicht. Ich schaute, wie vor dem Fenster die fast schon schmerzhaft grüne Ukraine vorbeizog und in Richtung Osten und Süden zunehmend ins Gelblich-Bräunliche wechselte. Wie die geweißten Bordsteine vor dem Fenster an mir vorbeizogen. Geweißt oder im Wechsel gestrichen: einer schwarz, der nächste weiß. Aber immer ramponiert. Und die Zerstörung war in diesem Schwarz-Weiß konserviert. Die Farbe zeigte an, dass es so bleiben würde, dass es so zu sein hatte. Dass es sich nicht ändern würde. Das beruhigte mich auf seine Art. Übrigens wurde alles so konserviert. Rostige Tore, verbogene Geländer, verbeulte Blechzäune. Alles war dick mit Farbe zugepinselt, meistens gelb und blau. So eignete sich die Ukraine den eigenen Raum an. Stand ihr ja auch zu nach all den Jahren. Dann schlief ich ein, und durch das Fenster leckte mir die Sonne das Gesicht wie ein Hund.

Einmal war ich am Marschrutka-Bahnhof in Mukatschewe ausgestiegen, wohin es mich – wenn ich mich recht erinnere – von Stry aus bestimmt mit einem Riesenumweg über Iwano-Frankiwsk verschlagen hatte. Es hörte gerade auf zu regnen, der Bahnsteig, sofern man diesen ausgefransten Feldweg als Bahnsteig bezeichnen wollte, bestand aus einer Ansammlung von Löchern, in denen das Wasser stand. Ich stieg also aus dem Bus und sah kurz darauf, wie sich der Himmel auftat über Mukatschewe, über dem ganzen karpatischen Ruthenien, und wie er ukrainisch wurde, gelb-blau: nur noch Sonne und Azur. Nicht allen gefiel dieses Blau und das Gelb in Ruthenien, das wusste ich, und ich konnte die Ruthenen sogar verstehen – ihre Heimat war das reinste Mitteleuropa, grüne Hügel, Weinberge, Schlossruinen, unaufgeregte Vielsprachigkeit. Aber das interessierte mich in dem Moment nicht. Ich wollte weiterfahren, ohne zu wissen, wohin. Jedenfalls nicht in die Slowakei oder nach Ungarn. Da war es warm und gemütlich, aber mich zog es damals eher zur ukrainischen Nichts-ist-Unmöglichkeit als ins bräsig-laue Mitteleuropa.

Ich wusste nicht so recht, wieso ich überhaupt nach Mukatschewe gefahren war, in diese ukrainische Ecke, die sich in Europa bohrt. Die Stadt selbst ödete mich an. Das einzig Interessante an ihr war die Art und Weise, mit der der Osten Mitteleuropa nachzuahmen versuchte. Das erinnerte mich etwas an Polen, obwohl ich mir gleich einredete, dass das nicht ganz richtig war. Ich trank einen Kaffee mit Milch in einem erfolglos auf Wienerisch getrimmten Café und beobachtete die Leute bei ihrem Versuch, das Leben von Mitteleuropäern zu leben.

Ich unterhielt mich mit dem Kellner, der wegwollte von hier. Er war Ungar, also wollte er nach Ungarn. Er zeigte mir eine Ungarnkarte. Bald würde er einen ungarischen Pass bekommen und dann, hopp, jó napot kívánok, Magyarország. Dächer reparieren, wollte er dort. Er hatte, sagte er, Familie in Tokaj. Als Kind sei er mal da gewesen, und er nannte das Sträßchen den schönsten Ort auf Erden. Außer Tokaj kannte er nur Lwiw und Odessa aus dem Urlaub. Und die Krim.

Fünf Minuten später hatte er mir Ganja von seiner Zigeunerbekanntschaft besorgt. Die Zigeuner kamen auf Mountainbikes. Sie sahen aus wie Latino-Zuhälter. Und sie nutzten, was die Natur ihnen mitgegeben hatte. Einer trug sogar diesen verruchten schmalen Schnurrbart über der Oberlippe. Es sah so idiotisch aus: weiße Slipper, offene Hemden mit gestärkten Kragen, Goldkettchen, Frisuren wie aus einem Scorcese-Film und Mountainbikes. Aber ihr Ganja war gut. Auf dem Weg zum Bahnhof rauchte ich das Zeug in einer Selbstgedrehten, damit es keiner mitschnitt.

Aber einer schnitt es trotzdem mit. Auch mit Rucksack und auch aus Polen. Auch allein unterwegs. Er hieß Michał, ein Lockenkopf aus Gdańsk, und er liebte die Ukraine. Sagte er. Er fühle sich hier wohl, sagte er, als wir mit unseren widerlichen Hamburgern auf dem Bordstein vor der Bahnhofsbude saßen, irgendwann würde er hierher ziehen.

Er wollte unbedingt aufs Dorf ziehen. Das ukrainische Dorf. Nur aufs Dorf, sagte er. Die Städte hier wären kacke. Städte, sagte er, wären überhaupt kacke. Komm, sagte er, wir fahren aufs ukrainische Dorf. Gut, sagte ich, schon völlig breit, lass uns aufs ukrainische Dorf fahren. Von mir aus. Wsjo rawno. Wir standen also auf und gingen zum Taxistand. Da baten wir einen Typen, uns aufs Dorf zu fahren. Der Typ war etwas erstaunt und fragte, auf welches konkret. Wir hatten keine Karte, also sagten wir, irgendwo an der, sagen wir mal, rumänischen Grenze. Der Taxifahrer zuckte mit den Schultern und nannte seinen Preis. Wir feilschten noch etwas herum, dann ging es los. Es gab eine Zeit, da war Taxifahren in der Ukraine echt günstig. Die böse, alte Zeit.

Wir fuhren ziemlich lang, Ortsschilder in verschiedenen Sprachen flogen vorbei: Slowakisch, Rusinisch, Ungarisch, Rumänisch. Der Fahrer erzählte wie immer, dass es unter den Sowjets besser gewesen war. Wir rauchten auf der Rückbank, weil es ihn nicht störte. Michał wollte Anwalt in Gdańsk werden, genau wie sein Vater. Wie das mit seinem geplanten Umzug aufs ukrainische Dorf vereinbar sein sollte, fragte ich lieber nicht. Ich war damals auch kurz vor dem Ende meines Jurastudiums, wollte aber nicht als Notar enden. Wäre sowieso nicht passiert, den Notartitel konnte man nur erben. Ich wusste nicht, was ich werden wollte, und in dem Moment interessierte mich das auch nicht die Bohne. Mich interessierte nur, dass ein paar Kilometer weiter das rumänische Maramureş mit dem Cimitirul Vesel von Săpânţa lag, wir aber von diesen Wundern durch eine Staatsgrenze abgeschnitten waren. Die stramm bewacht wurde von Typen mit MG und Einheitsjoppen. Damals kam mir das so komisch wie absurd vor.

Der Fahrer setzte uns in einem Dorf ab, dessen Name mir wieder entfallen war, kaum dass ich ihn auf dem Ortsschild gelesen hatte, und wir machten uns auf die Suche nach einem Nachtlager, denn es ging schon auf den Abend zu. Michał behauptete, dass die Dörfler im Osten Rucksackreisende von sich aus in ihre Häuser bitten. Das hätten ihm Kumpels aus Gdańsk erzählt, die schon mal im Osten waren. Dass sie einen einladen, mit Selbstgebranntem bewirten und was zu essen hinstellen. Dass sie später dann sämtliche Schwäger und Onkel zusammentrommeln, bis das ganze Dorf versammelt ist und die Hütte brennt. Mit Musikanten und so. Mit Tanzbär, fügte ich hinzu, aber das überging er. Man müsse sich bloß zeigen im Dorf, sagte er und zwinkerte mir zu. Sich sehen lassen. Bemerkbar machen. Deshalb, so seine Schlussfolgerung, müssten wir jetzt mit unseren Rucksäcken mitten durchs Dorf marschieren. Wie jetzt, immer hin und her?, fragte ich. Wenn es sein muss, auch hin und her, entgegnete Michał ernsthaft.

Also schlappten wir los: vom einen Ende des Dorfes zum anderen, von Ende zu Ende, wie eine berucksackte Ehrenwache. Zum Gedenken an die gefallenen polnischen Backpacker oder so was in der Richtung. Kein Mensch zeigte Interesse. Nicht mal an den Zaun kam jemand. Irgendwann verließ Michał der Mut. Das ist doch fürn Arsch, sagte er, enttäuscht, dass ihn seine Kumpels angeschmiert hatten. Jetzt ging er von

Haus zu Haus und fragte. Ich hatte ihm breit grinsend erklärt, ich wäre doch nicht bescheuert, ich würde nicht fragen. Es fühlte sich schon dämlich genug an, wie ein Idiot die Dorfstraße auf und ab zu defilieren. Von mir aus, sagte ich, können wir auf der Erde schlafen. Ich hatte Schlafsack und Isomatte mit. Aber Michał beharrte darauf, sich mit den eingeborenen Bauern zu besaufen.

Ach, dieses zwanghafte Sich-besaufen-Müssen mit den Eingeborenen. Die Eingeborenen starrten uns unterdessen an wie das Wunder aus dem Wald. Sie konnten einfach nicht kapieren, was uns geritten hatte, hierherzukommen, noch dazu mitten in der Nacht. Alle waren schon auf dem Weg ins Bett, und niemand hatte Lust, mit Michał zu quatschen. Schließlich sahen wir ein, dass wir weiterfahren mussten. Wir zogen jeder einen Joint durch und kippten ein Bierchen hinterher, das wir nach Stunden in einem Laden hatten erstehen können, und auch das nur, weil die Verkäuferin gerade Inventur machte. Zärtlich hatte sie die Kugeln auf ihrem Abakus herumgeschubst, als wären es Perlen auf einem Rosenkranz.

Es war jetzt schon richtig dunkel. Kein Stern am Himmel. Der Mond orange. Niemand wollte uns mitnehmen. Die Buchenwälder dufteten nach Freiheit und Feuchte. Dann hielt ein Polizeiwagen an. Mir rutschte das Herz in die Hose. Wir hatten an die fünf Gramm Marihuana bei uns und waren rotzedicht. Und überhaupt. Aber sie waren ganz lässig. Ließen uns einsteigen und sagten, sie würden uns an der Polizeiwache in Rachiw absetzen, da wollten sie nämlich hin. Und weiter, sagten sie, wie es Gott gefällt. Sie waren mehr oder weniger in unserem Alter und auch auf Abenteuer aus. Sie fragten uns, was die polnische Polizei mit ihnen angestellt hätte, wenn sie sich mit Rucksäcken im Grenzgebiet in den Beskiden herumgetrieben hätten. Wir räumten ein, dass man sicher ihre Personalien aufgenommen und sie für eine Nacht dabehalten hätte. Sie lachten. Stolz wie Bolle, besser zu sein als die polnische Polizei.

Und dann bot dieser Vollidiot von Michał ihnen einen Joint an. Schweigen kehrte ein, und die Jungs von der Polizei sahen sich an. Sie trauten wohl einander nicht. Es sah so aus, als hätten sie eigentlich gern mitgekifft, waren aber nicht sicher, ob der andere dichthalten würde.

»Was hast du gesagt, Mischa?«, tat der eine, der ein bisschen wie der Uhu aus dem Märchen aussah, als hätte er nicht richtig gehört.

»Rauchen«, fuhr ich dazwischen, mit einem wütenden Blick zu Michał. »Ob man bei euch im Auto rauchen darf.«

»Darf man nicht«, sagte der Uhu, und damit war das Gespräch beendet.

Sobald sie uns in Rachiw abgesetzt hatten und weitergefahren waren, haute ich Michał eine in die Fresse. Das hatte der nicht erwartet. Es war mitten in der Nacht, er lag auf seinem Rucksack und strampelte mit den Beinen wie ein Käfer auf dem Rücken. Er blutete aus der Nase. Während er sich hin und her warf, kündigte er schon an, er würde mich fertigmachen, sobald er wieder stehe, aber es hatte sich nun einmal so gefügt, dass er nicht aufstehen konnte. Er kreiselte nur um die eigene Achse. Ich ließ ihn liegen und brach auf in die Dunkelheit. Dunkelheit in Rachiw – das war mal eine Dunkelheit! Nichts zu sehen. Und es gab keinen Ort, an dem ich Isomatte und Schlafsack hätte ausbreiten können.

Die ganze Nacht tigerte ich durch das Städtchen und versuchte Michał auszuweichen, der ebenfalls herumtigerte, weil man hier nichts anderes machen konnte. Er wich mir übrigens auch aus. Manchmal sah ich ihn am Ende einer Straße. Er sah mich auch und drehte ab. Zu guter Letzt, gegen Morgen, kam er dann doch auf mich zu. Er sagte, dass ich recht gehabt hätte. Dass alles cool und okay wäre, alles klar. Dass er bekifft war und nicht wusste, was er sagte. Am Morgen ging eine Marschrutka nach Iwano-Frankiwsk. Wir stiegen ein. Und pennten sofort weg. Verpassten die ganzen Karpaten und sämtliche Aussichten. Der Fahrer bekam uns nicht wach.

In Frankiwsk gerieten wir an eine polnische Reisegruppe auf dem Rückweg von einer Bergtour. Sie hatten Trekkingschuhe an und dicke Socken. Riesenkameras. Und Massen von Fotos auf ihren Speicherkarten, die sie uns unbedingt vorführen wollten. Sie waren zu einem gleichförmigen Haufen zusammengestaucht und durch ihre ganzen Karpatengeschichten fest miteinander verwoben. Ständig fiel ihnen wieder ein Schwank ein, den sie dann lautstark noch einmal durchlebten. Sie verständigten sich dabei in einer eigenen Sprache, einem internen Code. Ich hatte keinen Schimmer, wozu sie Michał und mich eigentlich brauchten, aber sie ließen uns nicht mehr weg. Es kam mir vor, als gaben sie uns eine Aufführung zum Besten, als wären sie die Schauspieler und wir das Publikum, als müssten wir ihnen zusehen und sie bewundern. Sie schleiften uns mit in eine Kneipe in der sanierten (dick mit Farbe überstrichenen) Innenstadt, wo wir alle Soljanka und Warenyky aßen. Ich hatte seit zwei Tagen kein Bett mehr gesehen und konnte mich kaum noch auf den Beinen halten. Schließlich stand ich auf, mitten in der beschissenen Diashow auf dem Mac, den einer von ihnen aus unerfindlichen Gründen mit ins Gebirge geschleppt hatte, verabschiedete mich, schnappte mir Michał und ging mit ihm in ein Hotel.

Wir sahen wohl aus wie das wandelnde Elend, die Frau an der Rezeption war wie eine Mutter zu uns. Sie gab uns ein Doppelzimmer mit Blick über die Stadt. Wir schliefen sofort ein. Ich erwachte vor Schmerzen und von einem sonderbaren Blitzlichtgewitter im Kopf. Michał stand über mir und prügelte auf mich ein. Auf mein Gesicht, die Arme. Ich rollte mich auf dem Bett zusammen, er warf mir, schon angezogen, startbereit, mit geschultertem Rucksack noch ein paar Flüche an den Kopf und stürmte aus dem Zimmer. Ich musste lachen. Auf dem Gang hörte ich ihn noch »Heilandsack!« schreien und dann die Treppe runterfallen. Dumm gelaufen. Ich wischte mir das Blut von der Lippe und versuchte weiterzuschlafen. Es ging nicht. Ich zog mich an, setzte den Rucksack auf und ging runter. Es war schon Abend, gegen sechs. Michał hatte an der Rezeption brav seinen Teil der Rechnung bezahlt. Guter Junge. Am Bahnhof sah ich ihn wieder. Er nahm dieselbe Elektritschka wie ich. Nach Lwiw. Er tat, als sehe er mich nicht. Nahm einen anderen Waggon und las ein Buch von Jacek Hugo-Bader.

4. Junge Adler

Vor dem Friedhof von Lytschakiw standen weiße Reisebusse mit polnischen Kennzeichen.

Kraków, Wrocław, Katowice, Lublin, Warszawa. Sie erinnerten mich an riesige weiße Maden, die sich auf der verwesenden Straße tummelten. Sie sahen aus, als hätten sie sich durch die Risse und Löcher im Asphalt gezwängt und bedeckten jetzt fett und behäbig die Oberfläche.

Aus den Maden ergoss sich eine bunte Menge. In Sandalen, in kurzen Hosen mit Seitentaschen, die Kamera im Anschlag. Sofort kamen ukrainische Kinder auf sie zu. »Dyj pan, dyj pan, złoty, złoty, polski złoty.« Und die aus den Reisebussen weideten sich an diesem »dyj pan«. Sie fühlten sich als hohe Herren. Die meisten sicher zum ersten Mal in ihrem Leben. Manche bekamen etwas, andere nicht – hohe Herren leisteten sich ihre Launen. Sie platzten schier vor Hochherrlichkeit, einer sagte: »Ich geb was, solln sich die Ärmsten ein Eis kaufen, die wissen ja sicher gar nich, was Eis is.« Ein anderer sagte: »Ich gebe nichts, sie werden es mir noch danken, dass ich nichts gegeben und sie nicht das Betteln gelehrt habe. Mit der Bettelei kommst du zu nichts, Fischen lehren, nicht Fisch geben, Fischen, nicht Fisch.«

Aber schon brachte einer der Jungs die altbekannte Nummer: »Dyj pan, dyj pani, ich Pole, ja Polak, Polak, tata, mama

Polaki, Ukrainer Schweine«, und hatte gleich die ganze Gruppe erwischt wie die Gürtelrose.

»Das ist ein polnisches Kind, ein polnisches Kind!«, sagte mit vor Rührung erstickter Trompetenstimme so eine Brustraus-Mutti mit Riesenbusen und Zinken und offensichtlichem Hang zu dominantem Auftreten. Sie hatte den Tonfall drauf, in dem die Helden in Hollywood-Filmen, wenn es eng wird, immer verkünden: »I'm an American citizen!«

»Das ist ein polnisches Kind! Sag mal, mein Kind, wo ist deine Mama?« Sie zog schon die Geldbörse aus der Handtasche.

»Tot, erschlagen, Ukrainer, totgeschlagen«, heulte das »polnische Kind«, dieser junge Adler von Lemberg, und sogleich fingen sämtliche jungen Bettler an zu jammern: »Wir sind Pooolen, Polaaaci, Ukrajina schlecht, Polen gut, Matka Boska, Matka Boska«, und die ganze Reisegruppe bezahlte ihre Rührung, tränenden Auges und »das ist ein polnisches Kind« schluchzend, großzügig in Scheinen, mal zehn Złoty, mal sogar zwanzig, weil fünfzig dann doch nicht.

»Verpiss dich«, sagte Hawran zu einem Kind, das sich seine dreckige Rotznase abschmierte und ihn mit »dyj pan, ja Polak« angegangen hatte.

»Verpiss dich selber, verfickter Dreck-Pszek!«, sagte das Kind und lief in weiser Voraussicht davon, nachdem es gecheckt hatte, ob Hawran vielleicht auf die Idee kommen könnte, ihm einen Arschtritt zu verpassen.

Schön war er, der Friedhof von Lytschakiw. Ich trank Potenzmittel mit Kwass und dachte: So was Schönes hast du auf der ganzen Welt noch nicht gesehen.

Jedes Grab wie aus einem Gothic-Schocker, und das Ganze eingebettet in dieses saftige Grün, dieses gleißende Gelb, durchschnitten von den sich emporwindenden Wegen – ein Garten irgendwo zwischen Erde, Traum und Jenseits.

Gemeißeltes Polnisch, reich verschnörkelt, diese sarmatischen Majuskeln und Minuskeln, abgeranzte Gräber, in denen, wenn man reinschaute, Schädel und Schienbeine zu sehen waren, Grabfiguren von prunkvoll gewandeten Bischöfen, denen jemand Arme und Beine abgehauen hatte. Einem hatten sie einen Puppenkopf auf den dekapitierten Rumpf zementiert. Einen gewöhnlichen Puppenkopf mit großen Augen und ins Gummi gestopften blonden Locken. Ein Anblick zum Hinsetzen.

Und dann die jungen Adler. Die polnischen Ausflügler suchten nach den Gräbern der Jüngsten – zwölfjährige, dreizehnjährige Jungs, die damals anno neunzehn-zwölf gefallen waren, und sie knipsten sie mit ihren Handykameras. Ich schaute mir stattdessen den Erzengel Michael bei der Konkurrenz auf dem ukrainischen Soldatenfriedhof an. Nachträglich aufgestellt, um der Aussagekraft der Adler etwas entgegenzusetzen. Der Erzengel stand auf einer hohen Säule, zeigte den Polen den Arsch und der Stadt Gesicht und Brust. Das hatten sie sauber hinbekommen, alle Achtung.

»Hättest du mitgekämpft?«, fragte Hawran plötzlich. »Damals?«

Ich sah ihn erstaunt an. Meinte er das jetzt ernst oder nicht? Ich ging auf Nummer sicher.

»Bestimmt«, antwortete ich. »Aus Geselligkeit. Wie der berühmte Zigeuner, der aus Geselligkeit mit an den Galgen ging.«

Er grinste.

»Und du?«, fragte ich.

»Ich auch aus Geselligkeit«, sagte er. »Außerdem bin ich zu alt für einen jungen Adler.«

»Für den Adler hast du auch zu wenig Charakter.«
»Du auch.«
Wir starrten noch eine Weile auf die Polen, die zwischen den Reihen weißer Kreuze herumspazierten. Hawran machte mit einem schiefen Grinsen ein Handyfoto von einem Kerl, der ein Handyfoto von seiner Frau machte, die ein Handyfoto von dem weißen Kreuz machte, unter dem der jüngste junge Adler lag: Jan, der nur zehn geworden war.

5. Business

Ich traf diesen Typen total zufällig, irgendwo am Rand von Lwiw. Unweit der Siedlung, wo man von Polen aus in die Stadt kommt. Plattenburgen, zerpflückte Gehwege. Und er voll in Schale, Anzug, weißes Hemd, Krawatte. Schnauzer, um die vierzig. Sprang in seinen eleganten Slippern über die Pfützen. In der Hand eine schwarz-weiße Plastiktüte mit der Aufschrift *Marlboro*. Die Tüte war, ich konnte diesen Eindruck nicht abschütteln, frisch gebügelt.

»Entschuldigung«, sprach er mich auf Russisch an. »Ich bin neu hier, gerade erst angekommen.«

»Ich eigentlich auch«, antwortete ich, gerade aus der Marschrutka gefallen. »Womit kann ich dienen?«

»Ich suche nach Geschäftspartnern«, erwiderte er.

»Da kann ich Ihnen nur viel Glück wünschen«, sagte ich.

»Und Sie«, der Typ klopfte mir auf die Schulter, »wollen keine Option zeichnen?«

»Ich?«, fragte ich erstaunt. »Jetzt mal ehrlich. Keine Ahnung, ich weiß ja nicht mal, worum …«

»In dieser Tasche«, sagte der Typ und riss seine *Marlboro*-Tüte hoch, »steckt mein Plan. Mein Businessplan. Muss nur noch realisiert werden. Unternehmen Spielsalon. Idee verstanden? Im PC-Zeitalter haben sie diese ganzen Automaten, die Flipper und das ganze Zeug eingemottet. Die kriegst du quasi geschenkt. Und jetzt, so als Idee: das Ganze retromäßig aufziehen. Eine Halle mieten, Automaten aufstellen. Es geht ja nicht bloß ums Spielen, man will ja auch unter Leute kommen, ein Bierchen kippen. Und wir würden das Bier verkaufen und so. Alles wär da.«

»Guter Mann«, brachte ich mühsam heraus, »ich kenne Sie doch überhaupt nicht. Wir haben uns doch grad erst hier auf der Straße getroffen …«

»Ach«, winkte er ungeduldig ab, »leckt mich doch alle am Arsch. Und da soll einer den Kapitalismus machen! ›Nimm dein Leben in die Hand‹, haben sie gesagt, Arschficker, elende.«

Und weg war er. Ich sah noch, wie er ein paar Hundert Meter weiter den nächsten Passanten anhaute. Ihm etwas erzählte und stolz seine *Marlboro*-Tüte präsentierte.

6. Kwass

Udai und Kusai hatten ihre Beziehungen in Lwiw. Sie wussten, wo sie an Ganja kamen. Der Plan war: Wir fahren in die Ukraine, decken uns mit Stoff ein, kiffen und gurken ziellos durchs Land. Damals hat uns das eigentlich vollauf genügt. Schaffen wir es auf die Krim – prima. Kommen wir in den Donbas – auch prima. Nach Huljaipole – oberprima. Wsjo rawno und scheißegal.

Udai und Kusai waren zwei reichlich abgedrehte Exemplare. Ich konnte selbst nicht begreifen, wieso ich mit ihnen fuhr. Sie rauchten, was ihnen in die Tüte kam, und warfen sich Acid ein wie andere Leute Chips. Sie waren unzertrennlich. Schwul waren sie nicht, aber unzertrennlich. Soll vorkommen. Sie wohnten zusammen und quarzten zusammen, rauchten kiloweise Hasch und zogen sich manchmal, um wieder in die Senkrechte zu kommen, alles rein, was weiß war.

Die beiden waren schwer audiophil. Sie hatten Toningenieurwesen oder so was studiert. Später wollten sie dann ein Tonstudio aufmachen. Erst mal mischten sie hier und da bei irgendwelchen Produktionen mit. Davon lebten sie, aber ihre Audiophilie beschränkte sich nicht auf das Toningenieursstudium und das Mitmischen bei Produktionen, dazu gehörte auch, dass sie das Zimmer, in dem ihre Ausrüstung stand, komplett schallgedämmt hatten, um dann (mithilfe sonderbarer

Gerätschaften) auszumessen, wo die Akustik am besten war, mit Kreide ein X auf den Boden zu malen und dann in diesem X zu sitzen und, zugedröhnt bis obenhin, ihre komische Musik zu hören. Ambient, Jungle, was weiß ich, Electro. Einmal war ich unangemeldet bei ihnen aufgekreuzt. Die Wohnungstür stand offen, also bin ich rein. Ich rief mein »Hallo«, bekam aber keine Antwort. Gedämpfte Musik war zu hören. Ich ging ins große Zimmer und öffnete die Tür: Sie saßen reglos da, direkt nebeneinander in dem großen X auf dem Boden. Die Musik, die sie hörten, vermittelte mir das Gefühl, sie krieche die Wände entlang. Die beiden trugen dunkle Sonnenbrillen und machten keinen Mucks. Sie waren von ihrem Acid oder weiß der Henker wovon so straff, dass sie mich nicht mal bemerkten. Ich war einigermaßen schockiert. Ich ging wieder raus, zog leise die Tür hinter mir zu und atmete erst unten auf der Straße wieder auf.

Später wurde ihnen die Audiophilie ein bisschen langweilig, und sie machten sich auf die Suche nach neuen Eindrücken. Eine Weile interessierten sie sich für abgefahrene Filme, aber die hatten sie auch bald wieder über. Du kannst dir ja auch nicht endlos die gesammelten Werke Jodorowskys und Pasolinis reinziehen. Ja, und dann fuhren sie das erste Mal in den Osten. Und erlebten dort ihre Erleuchtung.

»O yeah«, erzählte Udai. »Alter, wir laufen so durch den Park in Kiew, laufen so, weißt du, so quer durch, weil wir waren vom Weg abgekommen« (nur Udai und Kusai konnten es fertigbringen, in einem Park vom Weg abzukommen), »schlagen uns so durch den Heckmeck, Scheißhaufen, Kackband und das alles, wir so durch, und dann, weißt du, hören wir auf einmal *Poljuschko polje*. Kennst du? Klar. Dieses patatam, patatam, patatam und dann so ›poooljuschko poolje, poljuschko schyrooooko pooolje‹, kapierst du? Nein? Klar. Wir hören so dieses poljuschko polje, fette russische Pompmusik, und wir stehen irgendwo in der Botanik in den Scheißhaufen, leere Tomatethunfischdosen, Wodkaflaschen, weißt du …«

»Und was weiter?«, fragte ich ungeduldig.

»Na, wir so weiter durch den Heckmeck, immer weiter, und das poljuschko immer lauter, weißt du, und dann kommen wir an so einen übelst riesigen Platz mitten im Park, und auf dem Platz, Dicker, so ein Armeechor mit diesen Monstermützen, und die singen, a-Alter-cappella! Aber voll auf Anschlag.«

»Ist nicht wahr«, sagte ich, »die standen einfach in voller Montur mitten im Park und sangen *Poljuschko polje*?«

»Klar standen die«, beharrte Udai. »Da war nicht mal richtig Publikum. Paar Opas vielleicht mit Orden, die Wodka aus dem Becher gesoffen haben. Aber die standen da einfach, wie Parkbettler, sauber in vier Reihen und hauten das *Poljuschko* raus.«

»Vielleicht hatten sie Probe«, sagte ich.

»Einen Scheiß hatten die. Und die standen unter dem Lenin. Jesusmariaundjosef, haben die einen Riesenlenin in ihrem Kiew! Stell dir mal vor, du, was da in Moskau erst für einer stehen muss!«

»Scheiße, Alter«, ergänzte Kusai, »erklär mir mal, wieso die überhaupt das ›Lenin‹ auf die Sockel draufschreiben. Sieht man doch gleich, dass das Lenin ist, und dann steht da noch mal ›Lenin‹. Sogar auf Kyrillisch, also nicht für die Touristen, sondern für die selber. Das ist so, als würdest du zum Beispiel auf jedes Schaf ›Schaf‹ schreiben, dass keiner drauskommt und es mit einer Kuh verwechselt. Sag mal, du, macht das Sinn oder macht das keinen Sinn?«

Udai und Kusai fanden die ukrainische Wirklichkeit ausgesprochen kwassig und trippy. Sie waren ziemlich weit draußen und damit auch leicht unterbelichtet, aber auch wieder nicht so, dass sie ihren eigenen Stoff mit über die Grenze genommen hätten. Sie wussten, was es dafür gab, und hatten nicht vor, mehrere Jahre im ukrainischen Knast zu verbringen. Dafür waren sie, wie sie selber meinten, »zu sensibel«.

Ihre Connection waren die Hausbesetzer oder vielmehr Gruftbesetzer auf dem Friedhof von Lytschakiw. Ja. Im Sommer richteten sich die Punks aus der Gegend in den besonders verwahrlosten und entlegenen Grabstätten ihre Datschen ein. Man musste bloß wissen, wo. Angeblich zogen und verarbeiteten sie das Ganja gleich vor Ort.

Und eines schönen Tages fuhr ich, keine Ahnung, was mich da geritten hat, mit Udai und Kusai in die Ukraine. Mit dem Bus. Kaum waren wir an der Grenze und der erste ukrainische Uniformierte mit seinem Deckel von der Größe eines mittelgroßen Kleinstadtkreisverkehrs kam in Sicht, freuten sie sich wie die Kinder. Es fehlte nicht viel, und sie hätten ihn abgeklatscht. Der Uniformmann sah sie argwöhnisch an, sie schenkten ihm ihr süßestes Lächeln. »Wozu in die Ukraine?«, bellte er, und sie antworteten ihm, sie wollten die Weiten Osteuropas in der Julisonne sehen. Es war nämlich gerade Juli, sogar ein besonders schöner. Der Zöllner rollte mit den Augen und nahm sie beiseite, mich gleich mit. Wir wurden von einem Antidrogenschäferhund beschnüffelt, während die Grenzer mit ernsten Mienen unsere sämtlichen Klamotten auseinandernahmen. Ab und zu grinsten sie uns schief an und ließen eine Bemerkung über Latexhandschuhe fallen. Ich war sauer, aber Udai und Kusai hatten ihre kindliche Freude und sagten die ganze Zeit »o yeah«.

Die Grenzer sahen schließlich ein, dass sie es mit Vollidioten zu tun hatten, und gaben es auf, warfen noch einen Blick auf die Meldezettel (Udai und Kusai hatten die Methode, dort immer die erstbeste ukrainische Stadt einzutragen, die ihnen in den Sinn kam, und wenn diese im Westen des Landes lag, schrieben sie »Bandera-Straße 69«, im Osten »Lenin-Straße 69«) und ließen uns laufen.

In Lwiw nahmen wir sofort Kurs auf Lytschakiw. Mit der Straßenbahn kamen wir fast bis zum Friedhof, vorbei an zu Tränen gerührten polnischen Reisegruppen, vorbei an einem Mann mit geplatzten Äderchen auf der Knollnase, der gerade den bekannten Zweizeiler über die Wasserstoffbombe rezitierte, vorbei an Grablichtern und weiß-rot bebänderten Kränzen bei der Konopnicka, vorbei an meinem Lieblingsgrab mit dem Jesus, der aussieht, als sprühe er den Kindern (die wie empfohlen zu ihm gelassen worden waren) Pfefferspray direkt ins Gesicht, und wir drangen tief in die kleinen Alleen in den Außenbezirken des Friedhofs vor.

Wir stiegen den Friedhofshügel hinab zum Unterfriedhof, wo die Januaraufständler liegen.

Der Unterfriedhof war bis auf Brusthöhe zugewuchert, aus dem üppigen Grün ragten identische Metallkreuze hervor. Wir schlugen uns durch das Dickicht wie Indiana Jones durch den Dschungel. Am Ende des Friedhofs der Aufständischen lagen, gänzlich abgeschieden von der Welt, ein paar Magnatengräber, die von ihren Ausmaßen her getrost als Sommerhäuser hätten durchgehen können.

Waren sie ja auch. Auf den Stufen ließen sich ein paar Crustie-Punks von der Sonne bescheinen. Sie hatten alles da – Tisch, Stühle, Bierkästen. Die Luft war getränkt von ölig-süßlichem Marihuana-Duft. Sie rauchten Tüten, dick wie Havannas. Barfuß, oben ohne, komplett zugewachsen, die Haare dreckverklebt zu etwas, das eher an Weichselzöpfe erinnerte als an ordentliche Dreads. Udai und Kusai stürmten auf sie zu wie auf die eigenen Brüder. Das Schulterklopfen wollte kein Ende nehmen. Sie hatten den Punks, wie sich jetzt herausstellte, Geschenke mitgebracht: Gläser mit Mayonnaise aus Kielce, die sie den Crustie-Punks überreichten, wie man dereinst Perkal und Perlen überreicht hatte. Die Punks waren, wie mir Kusai erklärte, ganz scharf auf Mayonnaise aus Kielce, seit sie dieses Erzeugnis nach einem Konzert in Przemyśl kennengelernt hatten. Früher, als sie noch einigermaßen klar im Kopf gewesen waren, hatten sie nämlich mal eine Punkband. Wie habt ihr, fragte ich, die Mayonnaise über die Grenze bekommen? Sie hatten uns ja gefilzt, und Lebensmittel durften nicht eingeführt werden. Ach, meinte Kusai, er hätte irgendwie vergessen, die Mayo-Plastiktüte aus der Ablage im Bus über dem Sitz mit zur Abfertigung zu nehmen, und da oben hätten sie vergessen nachzusehen.

Die Punks aßen die Mayonnaise wie Quark, sie trieben irgendwo Löffel auf und fingen an zu spachteln. Offenbar kamen sie jetzt aus dem Fressflash gar nicht mehr raus. Wir tranken rasch einen selbst gemachten Wein weg und gingen dann ans Eingemachte, also an unsere Marschverpflegung. Wir wollten Ganja und Acid, das die Punks Kwass nannten. Mit dem Kwass, so die Punks, könnte es ein kleines Problem geben, sie hätten da nämlich eine Art Ernteschwemme zu verzeichnen und nur doppelt getränkte Tickets vorrätig. Mit denen sollte man sehr vorsichtig sein, weil sie mächtig abgehen und du dann hart runterkommst. Das wäre nicht jedermanns Sache. Was das Ganja anging, wies der Stammesälteste der Crustie-Punks, ein Borys mit einem einzigen Riesendread und einem Kinnbart Marke Pharaonenwalze, über die Gräber der Januaraufständler. »Da drüben«, sagte er. Tatsächlich: Kurz hinter den Büschen, durch die wir uns geschlagen hatten, standen die Cannabispflanzen in Reih und Glied. Auch hier ragten die Spitzen der Kreuze hervor.

»Was?«, staunte ich. »Hier? Auf den Aufständischen?«

»Ja, hier«, antwortete der Oberste Führer Borys. »Sind das eure Kumpels oder so?«

»Irgendwie schon«, antwortete ich. »Wobei, ich kannte keinen von denen persönlich.«

»Na, die liegen doch bestens hier«, meinte Borys und bekreuzigte sich mit einer tiefen Verbeugung, »unter den Sträuchern. Die Säfte gehen in die Erde. Da haben die ihren Spaß unten.«

Die Crustie-Punks packten uns das Ganja fachmännisch in alte Teebeutel und spendeten uns ihren Reisesegen.

Das Ganja war wirklich heftig. Die Penner hatten sie wohl vor dem Trocknen in Marinade gebadet. Ich wollte lieber nicht wissen, in was für einer. Wir rauchten das Zeug in Belomor-Spitzen. Das sind diese Papirossy, die der Wolf in *Hase und Wolf* immer geraucht hat. Sie sahen ein bisschen aus wie die Kippen in *Das fünfte Element*, die mit dem überlangen Filter, nur dass sie statt des Filters ein langes, hohles Pappröhrchen hatten. Man bog sie zu einem »S«, dann bekam man den Tabak nicht in den Mund. Der Tabak roch übrigens wie alte Strümpfe. Man musste nur seinen Stoff druntermischen, dann war der Ganjageruch weg. So konntest du auf offener Straße kiffen, ohne Stress zu schieben, dass dich jemand ausschnüffelt.

Damit war es Zeit für den nächsten Programmpunkt. Dieser Punkt hieß Taras Kabat. Taras war ein alter Kumpel von Udai.

Sie kannten sich noch aus Przemyśl, wo Udai geboren und Taras aufgewachsen war. Aber vor allem hatte Taras ein in der Ukraine zugelassenes Auto und Bock auf einen Kwass Trip durch »sein Land«.

»Sein Land« muss hier in Anführungszeichen stehen. Wenn man sich nämlich seine Herkunft näher ansah, wurde es ziemlich kompliziert.

»Mein Vater war Lemberger Pole, meine Mutter halb Ukrainerin, halb Polin«, erzählte Taras, als wir uns in der Kneipe »Zur Grünen Karaffe« gegenübersaßen. Er hatte ein furchtbar perfektes Schäferhundgesicht und sah aus wie eine Hipster-Variation auf das Thema des Osteuropäers à la Eugene Hütz von Gogol Bordello. Sein Styling war übertrieben und er war sich dessen zu bewusst, als dass es noch natürlich gewirkt hätte. Er hatte ein Jackett aus dem Altkleiderladen an, mit Sowjetstern am Revers, darunter das klassische blau-weiß gestreifte Matrosenhemd. Ins Ohr hatte er sich einen Zigeunerring gezwickt. Sein Bart war ein »five o'clock shadow«, aber der Schnurrbart trat stärker hervor, die Stoppeln dort waren einen Millimeter länger. Wirklich nur einen Millimeter. Dieser Kniff bewirkte einerseits, dass der Schnurrbart ins Auge fiel, andererseits konterkarierte er den Effekt des Baurigen. Die schwarzen Haare trug er, als er noch welche hatte, zurückgekämmt wie Nick Cave. Seine lässige, dunkelbraune Bügelfaltenhose saß auf ungeschnürten Stiefeln auf.

»Als ich noch klein war, sind wir nach Polen gegangen. Als Polen eigentlich. Nach Peremyschl …«, erzählte er.

»Nach Peremyschl«, sprach ich ihm nach, und der weitere Verlauf der Geschichte stand mir durch dieses »Peremyschl« schon klar vor Augen.

»Lass doch mal dein Peremyschl stecken«, ging Udai dazwischen.

»… und da haben meine Alten Arbeit gefunden, da bin ich zur Schule gegangen. In eine Klasse mit dem (wenn auch nur noch ziemlich eingeschränkt) hier anwesenden Udai. Und, weißt du«, er fletschte seine Zähne, er hatte nämlich wirklich ein komisches Schäferhundgebiss, »meine Eltern haben die Hoffnung immer noch nicht aufgegeben, dass sie im polnischen Przemyśl zu echten Polen werden können.«

»Du aber schon, oder?«

»Ja«, antwortete er. »Ich habe so oft gehört, ich wäre Ukrainer und mein Platz wäre bei den Räubern und Mördern in der Ukraine, dass ich mir das zu Herzen genommen habe.«

»Eeeey, ich hab das nicht zu dir gesagt«, mischte sich Udai ein.

»Wahrscheinlich, weil du gar nicht kapiert hast, was Sache war. Jedenfalls bin ich nach Lemberg zurück«, erzählte Taras, »sobald ich achtzehn war. Da hatte ich noch die Großeltern, mütterlicherseits. Hier erzählt mir kein Arsch, dass ich Polacke wäre. Hier bin ich geboren. Meine Oma ist quasi Polin, aber was ist das für ein Polentum? Nur Idioten wie meine Alten können das Polnischsein von Leuten, die unter den Sowjets aufgewachsen sind, mit dem Polnischsein von Polen aus Polen verwechseln. Und vielleicht noch polnische Politiker. Unsere lokale sogenannte Polonia weiß nur zu gut, dass sie zwar vielleicht sogar irgendwie polnisch ist, aber eine gänzlich andere Gattung Polen als die Polen-Polen. Wenn die sich an Polen ranschmeißen, dann aus eiskalter Berechnung und nicht aus irgendwelchen beschissenen Gefühlen fürs verlorene Vaterland. Die Polenkarte, Jungs, ist nur messbarer Profit, scheiß auf die Felder, prangend voll bunter Ähren und Garben.«

»Die Felder liegen jetzt auch in Belarus, nur so nebenbei«, bemerkte ich. Taras grinste.

»Und mein Großvater mütterlicherseits«, sagte er nach einer Weile, »ist Vollrohr-Ukrainer. Hat in der UPA gekämpft. Der war es auch«, fügte er hinzu, »der darauf bestanden hat, dass sie mich Taras nennen. Nach seinem Vater.«

»Echt«, sagte Udai, »dein Name ist schon der Hammer. Taras, Terrasse – dann heißt du ja eigentlich Veranda.«

»In der UPA«, wiederholte ich. »Dann hat er womöglich auf meinen Opa geschossen.«

»Kann sein«, meinte der Schäferhund achselzuckend. »Und deiner auf meinen.«

»Gut, dass sie sich nicht abgeknallt haben.«

»Sich nicht.«

»Sein Land« muss noch aus einem weiteren Grund in Anführungszeichen stehen.

Taras identifizierte sich nämlich nicht mit der gesamten Ukraine, keineswegs.

Taras war Journalist. Er arbeitete für das einflussreiche Lemberger Internetportal Occidens.ua. Wie schon der Name sagt, ein eindeutig prowestliches Forum. Und, weil in der Ukraine meistens eins zum anderen kommt, ein antiöstliches.

Der Osten seines Landes, erzählte Taras, unterscheide sich überhaupt nicht von Russland. Alles russisch, bitte sehr. Die slawische Zivilisation, meinte er, wäre eine Zivilisation, die aus Menschen Monster mache und aus Landschaften Scheißhäuser. Städte, die aussehen wie in den Sumpf gefeuerte Klötze, die Dörfer wie wilde Bretterhaufen. Keinerlei Sinn für Ästhetik, Ästhetik als bloße Spinnerei in dieser gleichzeitig an Elefantiasis und Schuppenflechte leidenden Welt.

»Die sind doch alle gleich. Die sogenannten Ukrainer aus dem Osten, die Russen, die Belarussen. Ihr Polen«, sagte Taras, »habt euch eure eigenen Stereotype über die postsowjetischen Völker ausgedacht. Die Russen sind chauvinistische Arschlöcher, die Belarussen das Großfürstentum Litauen und die Ukrainer Kosaken. Aber in Wirklichkeit gibt es da überhaupt keinen Unterschied. Nur wir stechen aus dem grauen Einheitsrussenbrei hervor, wir: die Ukrainer aus der Halytschyna. Aus Galizien, wenn euch das lieber ist. Aber die – die sind alle gleich. Alles ein Russenvolk. Ihr seid euren eigenen Stereotypen auf den Leim gegangen, weil ihr einfach so an die Vielfalt gewöhnt seid. Und dass jeder irgendwie zu sein hat: Der Deutsche ist so, der Tscheche so, der Italiener so. Aber nicht hier. Die postsowjetische Welt ist im Grunde wie die arabische. Alle sind gleich. Und am schlimmsten ist, dass sie alle so schrecklich trivial sind. Zynisch und langweilig. Allen geht es nur um den eigenen Vorteil. Kein Mensch denkt da sozial. Deswegen sieht es auch so aus, wie es aussieht. Weil keinem was dran liegt, dass es besser aussieht.«

»Heilandsack«, sagte Kusai. »Alter. Voll die krasse Phase.«

»Aber bei uns, in Galizien«, fuhr Taras fort, »ist das etwas anderes. Bei uns ist es so wie im übrigen Teil Europas. Uns geht es um etwas, wir haben soziale Reflexe. Weil wir, in Galizien, als Volk im habsburgischen Westen groß geworden sind, und es uns erst nach '45 unter die grauen Barbaren verschlagen hat. Also, Stalin uns denen zugeschlagen hat, der Wichser.«

Kurzum: Taras war ein westukrainischer Separatist. Ein galizischer. Galizien war für ihn, mochte es auch das ärmste und am geringsten geschätzte Land im österreichisch-ungarischen Imperium gewesen sein, das zivilisierteste Gebiet, auf dem

Ukrainer je gelebt hatten. Historisch betrachtet, behauptete er, hätten die Ukrainer nie so stark profitiert wie unter den Österreichern. Punkt. Oder unter den Deutschen. Es gäbe gar keinen Grund, herumzuheulen und die Fahnen zu zerreißen. Die Wirklichkeit sei, wie sie sei, und man solle seine Schlüsse aus ihr ziehen. Man müsste sich von der verrussten, versteppten Ostukraine losreißen und in Galizien alles hochhalten, was es mit der westlichen Welt verbinde. Und sich dieser Welt anschließen.

Die »Grüne Karaffe«, die Kneipe, in der wir saßen, sah aus wie eine anständige mitteleuropäische Schenke in einer der angenehmen mitteleuropäischen Städte – Prag, Kraków, Olomouc, Bratislava, Budapest, Novi Sad, Ljubljana oder Zagreb.

Vor der Kneipe hing ein schmiedeeisernes Schild. Drinnen herrschte stimmungsvolles Schummerlicht. Auf den Tischen standen Kerzen. An der Wand hing, wie man das auch aus Kraków kennt (aber komischerweise kaum aus Wien), der greise Kaiser Franz Joseph mit Schnauz- und Backenbart, wie man ihn früher trug, so Orang-Utan-mäßig. Der Barmann war ein gutmütiger Dicker mit jovialem Tschechenhumor. Gutes Bier hatten sie. Lemberger.

Und alles war in lateinischen Buchstaben gehalten. Ukrainisch, aber eben lateinisch notiert. Mit diakritischen Zeichen wie im Tschechischen: č, š und ž.

Und es war irre, was die lateinische Schreibung mit dem Ukrainischen anstellte.

Dieselben Ausdrücke wurden, lateinisch notiert, aus dem postsowjetischen Russenkontext in einen mitteleuropäischen versetzt. Sie entfernten sich vom kalten, feindseligen Russischen und näherten sich dem warmen, gutmütigen Tschechischen an. Eine Flasche Rotwein sah komplett unterschiedlich aus, je nachdem, ob sie »Пляшка червоного вина« oder »Pljaška červonoho vina« geschrieben wurde.

Später stießen noch ein paar Separatisten zu uns, Kumpels von Taras. Als sie dann betrunken waren, sangen sie das *Gott erhalte, Gott beschütze*. Ich sang auch mit, auf Polnisch, Taras und seine Kumpels sangen ukrainisch. Udai und Kusai dachten erst, das wäre *Deutschland, Deutschland*, und stimmten so mit ein, bekamen aber eins auf den Deckel und verlegten sich aufs Summen, kicherten wie die beiden Streifenhörnchen aus dem Zeichentrickfilm und wiederholten immer wieder ihr »o yeah«, »o yeah«. Später sangen wir dann noch deutsch, noch später, als wir so richtig dicht waren, holte der Barmann die ausgedruckten Textfassungen auf Tschechisch, Slowakisch, Ungarisch, Rumänisch, Kroatisch, Serbisch und Slowenisch raus. Sogar die italienische und die friaulische. Die sangen wir auch noch, logisch.

Als ich mich kaum noch auf den Beinen halten konnte, verkündete ich im Rahmen eines Trinkspruchs, dass das polnisch-ukrainische Gezerre um Lwiw ziemlich peinlich wäre. Weil wir, zwei slawische Bauernvölker, uns um die Reste kloppten, die die Österreicher uns hingeworfen haben. Weil wir selber nie im Stande wären, so eine Stadt zu bauen. Weder Polen noch Ukrainer.

»Wohlsein!« Ich erhob mein Glas.

»Das war alles?«, fragte Taras Kabat. »Der ganze Toast? Und worauf trinken wir dann, falls du recht haben solltest?«

»Auf die Wahrheit, die uns frei machen wird«, antwortete ich. »Auf ex!«

Die Separatisten sahen einander an und legten dann die Köpfe in den Nacken.

»Und?«, fragte Taras, während er sich den Tomatensaft von der Oberlippe wischte, er trank nämlich Chiliwodka-Tomate.

»Wir haben Lwiw nicht erbaut«, fuhr ich fort, »weil wir dörfliche Völker sind. Wir Polen hatten zwar unseren Kleinadel, aber der, na ja, hat dem historischen Konkurrenzdruck nicht standgehalten. Als Kommunisten verkleidete Bauern haben schließlich mit den Pans aufgeräumt«, sagte ich. »Tausend Jahre hat das gedauert, bis sie die endlich komplett plattgemacht hatten. Verehrung, die Herren Magnaten, und tschüss. Schade eigentlich, die einzige ernst zu nehmende Struktur, die es in Polen gegeben hat, war nämlich das System der Adelshäuser. Die ist jetzt futsch, und deshalb fällt alles auseinander.«

»Komm zur Sache«, knurrte Taras.

»Ich bin schon bei der Sache, das sind nämlich die Gründe, weshalb wir nie eine ordentliche Urbanistik und Architektur hatten«, fuhr ich fort, »weil weder der Adel noch die Bauern Städte bauten. Die Adligen haben sich fette Paläste mit italienischer Lizenz hingestellt, die Bauern irgendwas, Hauptsache Dach und Wände. Die Russen haben wenigstens noch Kreml und Zwiebeltürme und so was, aber der Gipfelpunkt originär polnischer Baukunst ist das hölzerne Landhaus, das untermauerte. Alles andere«, erklärte ich, »sind Kopien. Wenn dann mal Städte gebaut werden mussten, haben das die Deutschen für uns gemacht. Und wenn wir es doch mal selber getan haben, dann haben wir bloß abgekupfert. Erst bei den Italienern, dann bei den Teilungsmächten und schließlich bei irgendwem, Hauptsache aus dem Westen.«

»Genau. Aus dem Westen, das ist doch entscheidend«, warf Taras ein.

»Vor den Teilungen«, fuhr ich fort, »gab es in Lwiw nur den Marktplatz und die angrenzenden Gassen. Und alles in erbärmlichem Zustand. Not, Elend und ein paar Straßenkreuzungen. Weißt du, wie viele Pferde Lwiw stellen konnte, als die Rzeczpospolita Bedarf anmeldete? Zwanzig. Kein Witz. Denn als ein Volk, das nur kopieren konnte, hatten wir kein Gefühl für diese Städte und keinen blassen Schimmer, wie wir sie verwalten sollten. Und vor allem – wie sie unterhalten.«

»Ho, ho, ho. Was hör ich da«, grinste Taras. »Spricht da wirklich ein Pole? Selbstkritik war doch noch nie eure Stärke.«

»Denkst du«, brummte ich. »Wir waren schon immer gut in Selbstkritik, nur hat die außer uns nie jemand hören wollen. Deshalb hält uns auch alle Welt für die letzten Deppen.«

»Ihr Ärmsten«, entgegnete Taras. »Aber wenn es dich tröstet: Die Welt hält euch für überhaupt nichts, weil ihr der Welt komplett am Arsch vorbeigeht. Genau wie wir. Aber wenn wir jetzt auf deiner Linie weitermarschieren, werden wir bald dahin kommen, dass die Ukrainer erst recht keine Städte gebaut haben, am allerwenigsten Lwiw.«

»Darauf läuft es unweigerlich hinaus«, pflichtete ich ihm bei.

»Aber Kyjiw!«, schrie einer der Separatisten beinahe auf. »Das war die Traumstadt, so was hättet ihr nie im Leben gebaut! Erobern musste sie euer Bolesław …«

»Das sind doch olle Kamellen«, erwiderte Taras zu meinem Erstaunen.

Wir schliefen bei Taras' Großeltern. Sie wohnten in einem Altbau in der Bandera-, vormals Sapieha-Straße. Obwohl wir schlimm verkatert waren, wollten wir sofort aufbrechen:

Wenn Hardcore, dann Hardcore. Taras behauptete, er hätte gar nicht so viel getrunken (obwohl er hatte) und könne locker fahren.

Beim Frühstück, für das Taras' Oma schon zum Markt gerannt war, überlegten wir, wo wir hinwollten. In den Norden? Wir hatten keinen Bock auf den Norden. Es war Sommer. Außerdem verbanden alle nur Negatives mit Wolhynien. Durch die Bank. In den Osten? Der Osten wäre schon was, meinte Taras, aber nicht so direkt, immer langsam. Der Westen stand natürlich nicht zur Debatte. Da kamen wir ja her. In den Südwesten, nach Transkarpatien? Dort zog es Taras am meisten hin, aber da protestierten Udai und Kusai, weil sie unbedingt in den Osten wollten, da wäre es nämlich »o yeah«. Blieb der Süden, gegen den niemand größere Einwände hatte. Als wir also unseren Quark mit Radieschen aufgegessen hatten, stiegen wir in Taras' alten schwarzen Wolga (der, da war ich mir sicher, seinem Cool-Eastern-European-Image die Krone aufsetzen sollte) und fuhren los in Richtung Gwardyjska-Straße und weiter auf die Ausfallstraße Richtung Ternopil und Tschernowitz.

Taras saß am Steuer. Er fuhr wie alle anderen auch, leicht hektisch und ohne Rücksicht auf Verluste. Es ging gemütlich voran, zu komischer atonaler Musik, die Udai und Kusai beisteuerten, wir rauchten Belomor mit Crustie-Punk-Beigabe und genossen die Landschaft, die langsam von der senkrechten in die waagerechte Verhohlziegelung überging, als Udai Taras beiläufig fragte:

»Und, wie ist der Kwass?«

»Kwass?« Ich sah Taras erschrocken an. »Du hast Acid genommen und sitzt am Steuer?«

»Taras frisst Kwass, und der Kwass frisst Taras. Wenn Hardcore, dann Hardcore, wenn *Fear and Loathing*, dann *Fear and Loathing*, oder? Ich warte, es kickt noch nicht«, fügte er an Udai gewandt hinzu.

»Echt jetzt ...« Ich bekam es mit der Angst zu tun, wenn ich auf die Straße schaute, über die die Autowracks donnerten wie bescheuert, mittig, seitlich, wo sie wollten. »Leute, verdammt, in Nevada hatten sie freie Bahn quer durch die Wüste, aber hier ...« Ich brach mitten im Satz ab, als ich die verächtlichen Blicke aller drei bemerkte. Ich seufzte.

»Taras«, sagte ich nach einer Weile, als wir an einer Apotheke vorbeikamen. »Kannst du hier mal kurz halten?«

Ich ging rein und kam mit fünf Flaschen Vigor-Balsam wieder raus. Irgendwie musste ich mich stabilisieren. Und Speed hatten wir nicht.

Der Balsam brachte mich so weit runter, dass ich mir selbst von dem Kwass gönnte. Echt. Wenn schon para, dann para. Ich wartete, dass er kam, und schaute mir dieses Land an, das mich mehr an Polen erinnerte als jedes andere. Genauso schön von der Natur herausgeputzt und genauso verkackt durch menschliches Zutun.

»Irgendwie tut ihr mir sogar leid. Ihr Polen.« Taras fuhr, seine Ganja-Belomor zwischen die Zähne geklemmt. Er sah aus wie der Wolf aus *Hase und Wolf*. »Ihr müsst doch im tiefsten Inneren eurer polnischen Seelen bedauern, dass euch die Deutschen nicht ordentlich germanisiert haben. Sonst wärt ihr jetzt glückliche Germanen und würdet nicht mal auf die Idee kommen, ihnen das übel zu nehmen. Wieso auch. Aber so müsst ihr euch mit eurem Polentum herumschlagen.«

»Bist doch selber Pole«, antwortete ich. »Trotz allem, irgendwie.«

»›Irgendwie, trotz allem‹«, Taras verzog das Gesicht, sichtlich verärgert. »Als ich Pole sein wollte, haben deine verehrten Landsleute sich auf ihre verfluchten Hinterbeine gestellt, um mich von diesem absonderlichen Vorhaben abzubringen, und mir erklärt, diese Wurst wäre nichts für den ukrainischen Hund.« Jetzt kam er wirklich in Fahrt. »Also komm du mir jetzt nicht von der anderen Seite, verdammt. Entscheidet euch mal! Ich hab keinen Nerv, mich mit euren beschissenen polnischen Stimmungsschwankungen zu befassen … Sei froh, dass ich überhaupt Polnisch mit dir spreche …«

»Okay. Wenn wir euch also ordentlich polonisiert hätten«, sagte ich, »hättet ihr sicher auch nichts dagegen gehabt. Wobei ich mir nicht sicher bin, ob das andersrum auch funktioniert hätte. Ob wir als Ukrainer glücklich geworden wären. Jetzt nimm doch mal den Fuß vom Gas. Und fahr nicht mitten auf der Straße, du bringst uns noch um.«

Udai und Kusai saßen auf der Rückbank. Augen wie ausgeschaltete Fernseher. Sie hörten Musik. Die beiden Spackos mussten sich schon gestern Nacht den Kwass reingezogen und heute noch mal nachgelegt haben. Meiner kickte noch nicht, obwohl mir schon langsam warm wurde und die Beine angenehm kribbelten.

»Wenn sie deine Vorfahren ukrainisiert hätten, wäre dir dein Ukrainertum so normal wie jetzt dein Polentum«, sagte Taras. Er wandte sich mir zu. »Vielleicht wärst du sogar ein ukrainischer Chauvinist, wer weiß?«

»Alles Binsen«, unterbrach ich ihn, weil es ihm gar zu gut ging. »Du sollst rechts fahren.«

»Was denn?«, lachte er. »Hast du Schiss vor der ukrainischen Polizei? Dass sie uns anhalten, in den Knast stecken, und da gibt es dann Russen-Hardcore und Gemetzel? Du, der Pole, aus dem, ho, ho, dem Westen, wie ihr es gerne hättet, hast Schiss vor der ukrainischen Ostwirklichkeit?«

Das klang so eiskalt, dass es das eigentlich warme *Fear and Loathing*-Klima in den Grundfesten erschütterte.

»Nein, verdammt«, antwortete ich, obwohl ich natürlich Schiss hatte. »Ich habe Schiss, dass unsere Abenteuer gleich an einem Laternenmast enden.«

»Ist schon richtig, dass du Schiss hast«, sagte Taras nach einer Weile, ohne jedoch weiter rechts zu fahren. »Der Osten ist nämlich wirklich Hardcore und Gemetzel.«

»Ich meinte nicht …«

»Verstehst du, ich will einfach die Wahl haben.«

»Die Wahl«, gluckste ich, weil mir der Vigor aufstieß. »Welche Wahl?«

»Die zwischen dem europäischen Osten und dem Westen. Die Wahl der Zivilisation. Hast du *Wristcutters* gesehen?«

»Nein.«

»Da geht es um den Ort, wo die Selbstmörder hinkommen. Eigentlich ist da alles wie in der normalen Welt, nur schlimmer. Alles kaputt und hoffnungslos. Die Leute lächeln nicht. Alles ist verboten. Und keine Sterne am Himmel.«

»Das Fegefeuer«, sagte ich.

»Genau. Mitteleuropa, das zwischen Russland und dem Westen, ist das Fegefeuer. Der Westen ist die normale Welt, aus der die Selbstmörder kommen. Und das Fegefeuer sind wir. Keiner lächelt. Alles kaputt und hoffnungslos. Alles verboten.«

»Und wo ist der Himmel?«, fragte ich.

Er zuckte die Schultern.

»Ich weiß, wo die Hölle ist«, antwortete er.

Eine Zeit lang fuhren wir schweigend.

»Krass, Alter, was geht ab«, sagte Udai in die Stille hinein. Die leeren Fernseher in seinen Augenhöhlen schienen plötzlich aufzuflackern, »zieh dir nicht so harte Trips rein, Dicker.«

»Wieso haust du nicht einfach ab von hier, Taras?«, fragte ich.

»Weil ich Ukrainer bin und diese Marke an den Börsen nicht besonders hoch gehandelt wird. Jeder muss was sein: Pole, Deutscher, was weiß ich, Franzose. Das passt mir ja auch nicht, aber ich kann es nicht ändern.«

Der Wolga beschleunigte so lahm, dass ich kurz davon überzeugt war, wir müssten an dem entgegenkommenden weißnasigen Lieferwagen zerschellen.

»Dann sag halt, dass du Pole bist«, antwortete ich. Er sah mich belustigt an.

»Meinst du, das ändert so viel?«, fragte er.

»Also ich«, setzte er wieder an, nachdem er sich durch die schmale Gasse zwischen der Schnauze des Lieferwagens und dem Kotflügel des überholten Ladas gezwängt hatte, »ich scheiß auf die ganzen Nationen.«

»Da brauchst du aber einen Riesenarsch«, meldete sich Udai aus der zweiten Reihe. Taras warf einen munteren Blick auf dessen Bild im Rückspiegel.

»Gestern hast du rumgeheult, Łukasz«, sagte Taras, »dass die Polen Städte aus Deutschland und Italien kopiert haben. Aber wieso hätten sie sich denn bitte ihre eigenen erfinden sollen, wenn sie schon erfunden waren, sogar ganz ordentlich? Um ihre eigene, polnische Version davon zu schaffen? Mit

Verlaub, was soll der Scheiß? Was ist das für ein Fetisch, dass immer alles eigen sein muss?«

»Keine Ahnung. Weil jeder seine Besonderheiten hat«, sagte ich achselzuckend. »Die Mentalität.«

»Bullshit.« Taras ließ das Fenster runter und spuckte seine aufgerauchte Belomor hinaus. »Dieses Dauergelaber von den verschiedenen Nationen vernebelt nur die eigentliche Aufgabe, die der Staat zu bewältigen hat. Wozu ist, sagen wir mal, Polen da? Nicht vielleicht dazu, den Polen ein gutes Leben zu garantieren und damit Schluss?«

»Schon, aber ein Bestandteil dieses guten Lebens ist doch«, sagte ich ohne rechte Überzeugung, »das Bewusstsein, dass hier bei uns etwas erdacht wurde ...«

»Was redest du für einen Müll?«, rief Taras. »Polen will Teil des Westens sein und gut. Was ist also verkehrt daran, westliche Erkenntnisse zu übernehmen? Beschweren sie sich etwa in Małopolska darüber, dass dort Erkenntnisse aus Wielkopolska angewandt werden? Die Menschheit hat schon immer auf die Erkenntnisse anderer zurückgegriffen. Deswegen gab es überhaupt Fortschritt. Anpassung an lokale Gegebenheiten, okay, aber wozu neu erfinden? Was ist das für eine kranke, größenwahnsinnige Obsession? Und nach der Erfindung der Nationalstaaten waren alle angeschissen, und jeder musste unbedingt sein eigenes Modell zu allem und jedem erfinden. Scheiße, Mann, das hat doch was von intellektueller Degeneration. Die westlichen Gesellschaftsmodelle sind die besten, Punkt. Weil im Westen die Menschlichkeit des Einzelnen am stärksten respektiert wird. Und der Mensch will respektiert werden. Jeder, unabhängig aus welcher Kultur. So ist das nämlich, so kacksimpel.«

»Boah«, hörten wir Udais Stimme von hinten. »Ich blick nicht mehr, ob der Kwass dich nicht geflasht hat oder doch, aber du sonderst hier Phrasen ab, ey, scheiß die Wand an.«

»Udai, Schätzchen«, sagte Taras mit einem Blick in den Rückspiegel, »kau du mal hübsch dein Blättchen und quatsch den Großen nicht dazwischen.«

Udai knipste die Fernseher wieder aus.

»Kann ja sein, dass das, was du da sagst, auf unsere Kultur passt«, sagte ich. »Aber die Moslems finden die Übernahme westlicher Modelle schon nicht mehr so prall.«

»Weil den Moslems von Geburt an ins Hirn geschissen wird«, schoss Taras zurück. »Genau wie den armen Schweinen in Nordkorea. Wenn du zum Beispiel den Musliminnen ihr Leben lang eintrichterst, es wäre ihr Privileg und keine Beeinträchtigung, rund um die Uhr im Moslemschoner rumzulaufen, dann glauben die das am Ende. Wie die Koreaner glauben, dass die Vögel dem Obersten Führer, wenn er durch den Park spaziert, die *Internationale* zwitschern. Das ganze Gerede vom Respekt vor den kulturellen Besonderheiten ist Vollquark. Gib mir mal das Potenzmittel.«

Ich gab ihm die Vigor-Flasche. Er nahm einen Schluck.

»Also, ich, ein sogenannter Ukrainer und sogenannter missratener Pole«, erklärte Taras, »lebe auf der Grenze zweier Zivilisationen. Zwischen der verrussten Steppe und dem humanitären Westen. Und jetzt rate mal, wofür ich mich entscheide. Budmo!«, prostete er mir mit der Balsamflasche zu.

»Wieso entscheidet sich dann nicht ganz Russland für den Westen?«, fragte ich nach einer Weile. »Wenn diese westliche Zivilisation so attraktiv ist?«

Taras wandte mir langsam seinen Blick zu. Jetzt hatte der Kwass wohl doch schon angeschlagen.

»Weil Russland denselben Hirnschiss hat wie die Musliminnen und die Koreaner. Nur dass den Musliminnen die Muslime ins Hirn scheißen, den Koreanern der Oberste Führer und seine Kumpels, während Russland sich selber ins Hirn scheißt.«

»He«, sagte ich, als ich sah, dass wir uns dem Straßengraben näherten, »pass auf, wo du hinfährst. Wenn du willst, kann ich auch mal fahren.«

Er schaute raus und korrigierte.

»Dem Westen entkommen wir sowieso nicht, schließlich hat er uns hervorgebracht«, sagte er kurz darauf, und das Auto hüpfte munter durch die Schlaglöcher, was seinen Worten einiges von ihrem Ernst nahm. »Die Kultur, in die sich Mitteleuropa einschreibt, ist einfach die Peripherie der deutschen Kultur. Da hattest du schon recht, Łukasz. Alles, worauf Mitteleuropa stolz ist, kommt aus Deutschland: die Architektur der Städte und Kleinstädte, Kunst, Recht, Philosophie und so weiter. Das heißt, ursprünglich natürlich aus Italien und Frankreich, aber das ist eben alles über Deutschland gekommen. Vor Ort ist tatsächlich kaum etwas erdacht worden.«

Nach einer Pause fuhr er fort: »Wer sind denn eigentlich diese Slawen? Es gibt keine Slawen mehr. Das heißt, es gibt sie schon, aber das Einzige, was von ihnen geblieben ist, sind der Schlendrian und die Primitiven-Mentalität. Und die Sprache. Wir haben also mit den Slawen noch so viel zu tun wie die modernen Ungarn mit den Steppennomaden. Oder die Mexikaner mit den Azteken. Die Slawen sind bloß ein Häuflein Fossilien. Ein Freilichtmuseum. Eine krepierte Kultur, die nicht mehr gebären kann. Weil es dazu keinen Grund mehr gibt. Weil sie im Konkurrenzkampf verschissen hat. Das Slawische ist so was wie das Aztekische. Oder das Hottentottische.«

»Und deshalb«, fuhr er fort, indem er die größeren Löcher umkurvte, mit den kleineren hatte er schon seinen Frieden gemacht, »sind die Tschechen und die Slowenen so stolz auf sich. Sie sind nämlich stolz aus dem einfachen Grund, dass sie im Vergleich zu den anderen slawischen Ländern viel weiter sind. Viel westlicher. Nicht slawisch. Und eigentlich sind sie nur darauf stolz, nicht auf ihr Slawentum. In Wahrheit ist es doch so, dass ihnen an Slawischem nur noch ihre Sprache geblieben ist. Der ganze Rest ist nur eine Variante der deutschen Kultur.«

»Aber ich sehe in dieser Verdeutschung nichts Negatives«, setzte er seinen Kwass-Monolog fort. »Im Gegenteil. Die Zivilisation«, wiederholte er noch einmal, »sollte dem Menschen dienen. Dafür ist sie da. Nicht der Mensch für die Zivilisation, wie in dem Land, das sich für das Sèvres-Muster aller Slawen hält – in Russland. Für die Menschen, die in diesem Teil der Welt leben, wäre es am besten«, fügte er hinzu, »wenn sich, ähnlich wie Tschechien oder Slowenien, auch andere Länder zivilisieren würden. Ob nun slawisch oder nicht.«

»Und wie soll man in dieser Situation sein Selbstwertgefühl behalten?«, fragte ich.

»Wieso denn ›Selbstwertgefühl‹?«, erwiderte Taras. »Wir Europäer aus dem Osten brauchen keine Komplexe vor dem Westen zu haben. Es ist einfach alles gekommen, wie es kommen musste, es ging gar nicht anders. Schließlich hätten wir«, führte er aus, »um ein kulturell und zivilisatorisch so hoch entwickeltes Land wie, sagen wir mal, die Niederlande oder Frankreich zu werden, gewissen historischen oder geopolitischen Anforderungen gerecht werden müssen, die es Niederländern und Franzosen erlaubt haben, den Status quo zu erreichen, mehr noch, die sie überhaupt erst zu Niederländern und

Franzosen haben werden lassen. Wenn das so ist, hätten wir uns von unserer gemeinsamen indoeuropäischen Wurzel, die, notabene, auf dem Gebiet der heutigen Ukraine zu suchen ist, viel früher losreißen müssen, als wir das getan haben, weiter nach Westen ziehen, uns mit den Proto-Indoeuropäern vermischen, mit Rom in Berührung kommen, an der Kolonialisierung der Welt mitwirken und so weiter. Wenn wir das getan hätten, wenn wir ihre Geschichte nachvollzogen hätten, würde man uns heute Franzosen und Niederländer nennen. Aber sieh mal: Franzosen und Niederländer gibt es tatsächlich. Das alles ist also wirklich passiert. Nur waren leider weder deine noch meine Urahnen unter denjenigen, die die Franzosen und Niederländer hervorgebracht haben. Beziehungsweise, ein paar waren bestimmt dabei, nur haben die ihre Gene in den letzten anderthalbtausend Jahren über den Osten verteilt. Im Grunde geht es doch um nichts anderes. Aber das kann doch kein Grund für irgendwelche Komplexe sein.«

»Außerdem ...«, sprach Taras in die Stille hinein, die sich nun breitgemacht hatte, »wäre die Geschichte anders verlaufen, als sie verlaufen ist, gäbe es uns überhaupt nicht. Es gäbe uns ja nicht mal, wenn unsere ehrenwerten Papas mit unseren ehrenwerten Mamas um eine andere Uhrzeit in die Kiste gestiegen wären. Dann gäbe es jemand anderen. Deshalb bin ich lieber so, wie ich bin, als überhaupt nicht zu sein.«

»Mann, bist du breit, Taras«, sagte ich und spürte gleichzeitig, wie der Wolga, in dem ich saß, weich und durchsichtig wurde und sich beinah in Luft auflöste – nicht übel, dieser Kwass.

»Doppelt getränkte Tickets«, sagte Kusai von hinten, »seid ihr schon wieder runter?«

Und dann schlug der Kwass erst so richtig zu. Ich bekam einen Lachanfall und fischte die Pixel aus der Luft, die Wirklichkeit zerfiel nämlich vor meinen Augen in Pixel. Taras erwischte es irgendwo in der Pampa, vielleicht nach einem Viertel der Strecke bis Ternopil, und er bog kommentarlos von der Hauptstraße in ein Kaff namens Kurowytschi. Der Weg war nicht asphaltiert, Taras bretterte mit siebzig, achtzig Sachen über die Buckelpiste und scheuchte die Hühner auf.

»What da fuck wird das, Dicker!«, lachte Udai, high wie ein Affenbaby. »Was soll die Scheiße, das ist ja wohl nicht eure Autobahn hier, oder?«

»Eure sind auch nicht besser«, knurrte Taras und gab weiter Gas. Ein Bauer, der gerade vor die Tür gehen wollte, zuckte zurück, als ihm Taras im schwarzen Wolga vor der Nase vorbeirauschte.

»Ich konnte da nicht weiterfahren«, sagte er nach einer Weile, nun wieder mit leicht gedrosseltem Tempo.

»Wieso denn, Alter?«, hakte Kusai nach.

»Weil es mir so aussah, dass die Straße voll Öl war«, gestand Taras zerknirscht. »Und dass wir gleich ins Schleudern kommen würden. Außerdem ist mir irgendwie komisch. Kontrollverlust, weiß auch nicht …«

»He«, meinte ich mit einem breiten Grinsen, »du wolltest doch Hardcore, oder?«

»So?« Taras warf mir einen Wolfsblick zu, offenbar nahm der Kwass ihn jetzt auseinander, »dann fahr du doch, wenn du so schlau bist.«

»Nur zu gern, Kumpel«, sagte ich. Taras latschte auf die Bremse und stieg aus. Ich machte auch die Tür auf. Er ging vorn ums Auto, ich hintenrum. Ich setzte mich ans Steuer. Es dauerte einen Moment, bis ich kapiert hatte, was wo war.

Dann ging es los. Der Wolga fuhr sich beschissen, so folgsam wie die Kuh auf dem Weg zum Schlachter, aber irgendwie hatte es auch etwas. Der Wolga war ein massives, wuchtiges Gerät, Plagiat hin oder her, jedenfalls ein Straßenkreuzer. Ich fuhr mitten auf der Landstraße und obwohl wir durchgeschüttelt wurden, fühlte es sich an wie die Fahrt über ein flauschiges Federbett. Die ganze Welt erschien mir gütig und warm.

»Bruder«, ich hielt Taras die Hand hin, »gib mir den Balsam.«

Ich trank und gab dann die Flasche weiter nach hinten, zu Udai und Kusai. Sie hatten die Köpfe aus dem Fenster gehängt wie zwei Hunde. Die Landschaft sah aus wie daheim, sogar noch etwas harmonischer, weil es hier keine dieser urpolnischen Hohlziegelbunker gab. Hier, im Lemberger Umland, lag einfach die grüne Flur mit ihren weidenden Kühen. Ein pastorales Bild. Agrarische Idylle. Ruritanien.

Eine halbe Stunde später fuhren wir ins nächste Dorf. Es hieß Antyniwka. Die Häuser waren aus Holz, sie standen aufgereiht entlang der unbefestigten Straße. Im Herbst musste dass ein einziger Matschfluss sein. Ich hielt vor dem Lebensmittelladen. Wie immer, wie überall auf dieser Welt, hockten davor ein paar Jungs, die nichts mit sich anzufangen wussten und notdürftig die Zeit totschlugen.

»Schau dir das an, Taras«, sagte ich, »das Slawische. Siehst du? Es existiert.«

Taras sah mich mit dem Blick eines Menschen an, der keine Ahnung hat, was gerade mit ihm passiert. Der Kwass drehte ihm wohl ordentlich das Hirn durch den Wolf.

»Slawisch«, sagte Taras, »ist an diesem Dorf höchstens die Form. Beziehungsweise ihr Nichtvorhandensein. Das komplett Abgefuckte, das hier keinem mehr auffällt. Der ganze Rest ist westlich. Das Recht kommt aus Rom. Das Wirtschaftssystem aus dem Westen, Kapitalismus, wohl oder übel. Sogar zu kommunistischen Zeiten war hier der Westen, den Kommunismus haben ja nicht die Slawen erfunden. Und wenn sie ihn erfunden hätten, dann auch bloß auf Grundlage westlicher Erkenntnisse.«

»Und die Kultur?«, fragte ich.

»Was, ›die Kultur‹?«, brummte Taras.

»Ihre Kultur ist slawisch.«

»In welchem Punkt denn?«, fragte Taras. »Selbst wenn sie Russendisco hören, wurde Disco immer noch im Westen erfunden. Das ist hier nur eine Variante. Wenn sie russische Filme und Serien schauen, dann sind auch Filme und Serien im Westen erfunden worden. Sogar wenn sie, nur mal angenommen, Bücher lesen, sind die auch keine slawische Erfindung. Es gibt keine Slawen. Und wenn es sie geben sollte, ist bloß noch Rotz von ihnen übrig. Es gibt nur den Westen. Gib mir noch mal diesen Erektionsbalsam. Ich muss diesen Mörderkwass ersäufen.«

Man konnte ihn nicht ersäufen. Taras nicht, und ich auch nicht, so sehr ich es versuchte. Wir waren gefangen in diesem verwunschenen Labyrinth nicht asphaltierter Feldwege. Wir fuhren und fuhren und fanden nicht wieder hinaus. Es gab keine Karte für unsere Lage. Alles sah danach aus, als würden wir bis in alle Ewigkeit zwischen diesen Käffern hängen bleiben – zwischen Dupiwka, Oberdupiwka und Hinteroberdupiwka. Überall das Gleiche: Holzhäuser, kaputte Weiß-der-Henker, sattes Grün, weidende Kühe, Dorfköter im getrockneten Straßenmatsch und Menschen in den Lumpen des

21. Jahrhunderts, Billigstes vom Basar und vom Wühltisch, scheinbar wahllos übergeworfen.

Unser arrhythmisch wummernder Wolga musste ihnen wie ein Ungeheuer aus dem All vorkommen, das ohne Sinn und Verstand auftauchte und verschwand, bald von der einen, bald von der anderen Seite ins Dorf hineinfuhr. Wir hielten nur vor den Läden an und kauften immer neue Flaschen Dshintonik und Lwiw-Bier. Ich trank, fuhr, kämpfte gegen den Kwass, der mir das Hirn zu Kutteln verarbeitete, und dachte über den Westen nach.

Ich dachte darüber nach, wie ich in den Neunzigern als kleiner Junge die westlichen Autos auf polnischen Straßen gezählt hatte, weil ich wollte, dass es bei uns möglichst schnell wie in Deutschland sein sollte, das ich zu meinem Glück oder Leidwesen kannte, weil wir dort Familie hatten. Wie ich mir überlegt hatte, ob wir Polen uns überhaupt jemals als gleichwertig mit den Menschen aus dem Westen empfinden könnten, Menschen aus einer qualitativ in jeder Hinsicht komplett anderen Welt. Als Pole war ich ja Teil des Anspruchslosen, des Versifften, Verratzten, Schrottigen, Groben, Einfältigen, Verrohten – und ich kam da nicht so ohne Weiteres raus. In den letzten Jahren der Volksrepublik und zu Beginn der Neunziger hatte ich mich mit meinem Kindheitskomplex herumgeschlagen, danach war er, zumindest scheinbar, in Vergessenheit geraten, bis er nun, dank Taras' Gelaber, erneut mit voller Wucht zuschlug.

Taras, überlegte ich mir, markierte eigentlich gar nicht den Westler. Er wusste, dass das lächerlich wäre. Deshalb hatte er sich den aktiven Panzer für sein Quasi-Gogol-Bordello-Image zugelegt: der streitlustige Wilde aus dem Osten mit dem krächzigen Quadratakzent eines transsylvanischen Vampirs, der Wodka trank und manchmal vielleicht auch Blut, der Wolga fuhr, aber bei alledem immer cool war. Aber er hatte das alles nur getan, um sich irgendwie zu dieser Welt zu verhalten. Für den Eigengebrauch hatte er nämlich absolut alles dekonstruiert, was ihn umgab, seinen kompletten Kontext – kulturell, zivilisatorisch, alles. So dachte ich bei mir, bis ich spürte, wie mir der ganze Alkoholozean wieder hochkommen wollte. Ich ließ das Fenster runter und kotzte, eine Hand am Steuer, auf ein schwarzes Hündchen, das offenbar schon eine ganze Weile laut kläffend neben unserem Auto herrannte.

»Ich fahr nicht weiter«, sagte ich, hielt an und stellte den Motor aus. Der vollgekotzte Hund raste, hysterisch bellend, ins Dorf zurück. »Krass, bin ich alle.«

Ich hatte, wie ich erst jetzt merkte, ins Leere gesprochen. Taras schlief mit offenem Mund. Udai und Kusai lagen übereinander. Schnarchend. Ich drehte die Musik leiser, flackte mich in den breiten Wolgasitz – und war ebenfalls weg.

Geweckt wurde ich von Scheinwerferlicht, das sich durch meine geschlossenen Lider brannte, und von lauter Discomusik. Russendisco. Ich schlug die Augen auf. Sie stellten sich rasch auf den (von Schädelwummern untermalten) Cocktail aus Gleißen und Dunkelheit ein, aber ich brauchte einige Zeit, um zu kapieren, was ich da sah. Es war so schräg, dass ich erst mal auf Kwass-Hallus gewettet hätte. Aber von wegen: Neben uns, auf diesem Feldweg mitten im Nirgendwo, stand tatsächlich eine weiße, fünfzehn Meter lange Stretch-Limo, wie sie sich manche Leute für ihre Hochzeit mieten. Aus ihr dröhnte der Discobeat. Aus dem Schiebedach ragten zwei grell geschminkte junge Damen im BH und schwenkten im Takt ihre Arme. Udai und Kusai hüpften mit ein paar rattendichten Typen zu dieser Discomucke über die Wiese. Taras saß auf der Kühlerhaube und trank Mineralwasser. Keine Minute später lagen sich Udai und Kusai mit den besoffenen Jungs in den Armen, die stiegen in ihre Limousine und rumpelten weiter über die Buckelpiste. Von Dupiwka nach Oberdupiwka oder von Oberdupiwka nach Hinteroberdupiwka. Ich hatte, ehrlich gesagt, keinen Schimmer.

»Was-zum-Henker-war-das?«, fragte ich noch im Aussteigen und rieb mir meine großen roten Tomatenaugen.

»Naaa«, antwortete Udai, »ein Cadillac, oder? Krass, hast du gesehen, wie lang der war?«

»Geile Karre«, strahlte Kusai. »Oder?«

»Schon«, räumte ich ein, »aber wie kommt die hierher?«

»Was weiß ich?«, antwortete Udai. »Gefahren.«

»Mir ist das irgendwie so was von scheißegal, wo die herkommt«, kicherte Kusai.

»Genau das ist dein Problem«, meinte Taras nickend und drückte mir die Sprudelflasche in die Hand.

Wir übernachteten im Auto, standen früh am Morgen auf und fuhren weiter. Der Kaffee, den wir an einer ollen, nach Altöl stinkenden Bude tranken, war zum Weglaufen. Und das Frühstück noch übler. Ich hätte nicht gedacht, dass man Rührei verhunzen kann, aber es geht. Unsere Laune war also nicht die beste. Die Sonne ging auf und durchschnitt, rosig-golden, den Frühnebel, das war aber auch das einzig Sinnvolle an diesem Morgen.

Schließlich wurden wir angehalten. Sie standen am Straßenrand, unförmige Kartoffelmänner in ihren Uniformen und Mützen, auf den Ladatüren die beredte Aufschrift »DAI«. Sie winkten mit ihrem schwarz-weißen Stöckchen und wir fuhren raus. Nicht mal einen Blitzer hatten sie aufgestellt. Mir war ein bisschen mulmig, weil wir Stoff bis unters Dach geladen hatten. Sogar Udai und Kusai rutschten unruhig auf ihren Sitzen herum. Aber der verkaterte Taras seufzte nur und sagte, er würde das schon machen. Und er stieg aus.

Ich sah, wie sie miteinander flüsterten, die Köpfe zusammengesteckt, und wie Taras seinen Geldbeutel rauszog. Wie der Rangniedrigste sich zwanglos daraus bediente und sie Taras zum Abschied nachwinkten. Taras stieg wieder ein und setzte sich ans Steuer.

»Wie viel?«, fragte ich.

»Vergiss es«, erwiderte er, seltsam gelassen. »Ich hasse diese Arschlöcher, aber ich will mich nicht mit denen rumschlagen. Ist mir einfach zu anstrengend. Ich nehme die wie einen Regenschauer. Wenn es gießt, stellt man sich unter.«

»Trotzdem, wie viel? Das kriegst du von uns zurück.«

»Vergiss es.« Er schüttelte niedergeschlagen den Kopf. »Lass es uns einfach vergessen. Wenn ich könnte, würde ich die alle umnieten. Kann ich aber nicht. Also hab ich gezahlt, und die haben mir dafür gesagt, wo die anderen stehen, die ganze Strecke bis Tschernowitz runter. Ich meine, wo ich aufpassen soll. Weiter nichts.«

»Wie denn aufpassen?«, fragte ich. »Die halten dich doch nicht wegen überhöhter Geschwindigkeit an, sondern einfach so.«

»Irgendwelche Kriterien brauchst du aber«, brummte er zurück. »Und wenn es nur für den Eigenbedarf ist. Damit du nicht durchdrehst.«

In Tschernowitz fuhren wir gleich zum Hotel. Das billigste, so der Ukraine-Reiseführer, lag gleich neben dem Bahnhof.

Die Frau an der Rezeption händigte uns die Zimmerschlüssel aus und je ein Betttuch mit dem Stempel der Ukrainischen Eisenbahn. Dieses Betttuch kam uns einigermaßen sonderbar vor, erst recht, als wir sahen, dass die Betten schon bezogen waren. Erst als ich in den Waschraum ging und die Römer in ihren Togen sah, ging mir ein Licht auf. Diese Betttücher waren eine Kombination aus Handtuch und Bademantel. Ich betrachtete die dürren Leiber der »Römer«, ihre rissigen Fersen in den Klettschlappen, die Waden mit den nicht operierten Krampfadern, die grünlichen Tätowierungen hier und da. Die gesprungenen Bodenfliesen, die schmutzigen Rohre, den imposanten Pilz an der Wand, die runtergekommenen und komplett zugeschissenen Sanitäranlagen, und ich wusste, ich würde an Taras' Stelle genauso reden wie er.

Taras behauptete, er fühle sich wohl in Tschernowitz. Das sei ja schließlich so eine Art Mini-Lwiw. Eine österreichische Stadt, wienesk wie alle Städte im alten Kakanien, von Tarnów bis Novi Sad, von Plzeň bis Timişoara. Wir schauten uns den Wiener Jugendstil an, der entweder zu Feinstaub zerfiel oder dick mit Farbe zugekleistert war (das nannte sich dann Revitalisierung), betrachteten die Tschernowitzer, die an die Barbaren in den Ruinen Roms erinnerten. Genau wie die Polen, die heute die Gründerzeitquartiere von Wrocław bewohnen, oder die Araber in den ehemals französischen Vierteln von Tunis. Das waren Menschen, die schon immer in dieser Gegend gelebt hatten, gleich nebenan, aber nicht sie hatten diese Städte und diese Gebäude hochgezogen. Dieser Jugendstil war ihnen fremd, sie verstanden ihn nicht, wussten nichts mit ihm anzufangen, er war ihnen, nüchtern betrachtet, scheißegal, und wenn er manchen nicht egal war, dann zeugten deren

Versuche, ihn für die Nachwelt zu erhalten, von einer entwaffnenden Ungeschicktheit und Unfähigkeit. Es kam mir vor, als behandelten sie die Stadt weniger als eine von ihresgleichen erschaffene Konstruktion, denn als ein Geschenk der Natur, genau wie Wälder, Schluchten und Berge – und wer käme auf die Idee, eine Schlucht zu flicken oder einen Berg zu revitalisieren? Sie nutzten die Stadt, wie ihre Vorfahren schon immer alles andere genutzt haben: Wald, Felder, Wiesen. Sie nahmen sich, was sie brauchten, ohne sich groß um die Konsequenzen dieses Nehmens zu scheren – was man sich nahm, wuchs nach.

Die Innenstadt war in reichlich hysterischen Farben angemalt worden, angepinselt, als hätten sie so schnell wie möglich ihr Österreich zurückgewollt. Das Ergebnis waren nun verkleckste Bürgersteige und zugekleisterter Stuck, den nur noch die dicke Farbschicht notdürftig zusammenhielt.

Die Stadt war dann ziemlich unvermittelt zu Ende. Aus den alten Bürgerhäusern wurde so plötzlich ein Dorf, als hätte die Baumeister alle gleichzeitig der Schlag getroffen. Wir standen da wie erstarrt und schauten über die sanften Hügel, idyllischen Täler und Dörfer, die sich plötzlich vor unseren Augen abzeichneten. Eine Aussicht, die man Nervenkranken zur Beruhigung vorführen sollte.

Aber dann machten wir einen U-Turn zurück in die Stadt. Kaum waren wir unter die Bürgerhäuser zurückgekehrt, da stürzten sich schon die Zehngeschosser auf uns wie eine Räuberbande. Dann gab es noch Gebäude, denen man nicht ansehen konnte, ob sie gerade gebaut oder abgerissen wurden. Dazwischen eingepfercht stand ein Holzverschlag, der nach Geräteschuppen aussah. Auf dem Dach prangte ein orthodoxes Kreuz. Wir gingen rein. Es war eine Kirche. Eine gewöhnliche Kirche. Sie sah aus wie ein Behelfsbau, stand aber offensichtlich schon lange hier. Eine Frau mit Kopftuch wischte den Fußboden. Sie kippte das Wischwasser hinter die Ikonostase, in den Bereich des Allerheiligsten.

»O yeah«, sagten Udai und Kusai. Dann begann das Industriegebiet. Ich kam mir vor wie in einem sowjetischen Science-Fiction-Film, in dem rostige Maschinen der sowjetischen Schwerindustrie die Weltherrschaft übernommen hatten. Die Bushaltestelle hier nahm sich einfach skurril aus, weil es ganz danach aussah, als könnten hier höchstens Sozial-Roboter aussteigen. An Orten wie diesem glaubst du – und wirst von den Joints darin noch bestärkt –, du wärst der letzte lebende Mensch im Universum.

Gleich dahinter floss der Pruth, und zwar dermaßen pruthal, dass er dir, hättest du den Kopf reingehalten, ihn einfach abgerissen hätte.

Und hinter dem Pruth kam etwas ganz Verrücktes. Der größte Basar, den ich je gesehen habe. Er zog sich kilometerlang hin. Dort wurde alles verkauft, von Autos über Hühner bis hin zu Altkleidern zum Kilopreis. Die Bauern hier vermieteten ihre Höfe als Parkplätze. Einer saß in seinen Hausschlappen auf einem Schemel am Zaun. Mit der einen Hand fütterte er die Hühner, mit der anderen kassierte er Parkgebühren. Er hatte gut zu tun. Die Menge wogte wie im Karneval. Irgendwo im Inneren dieses Verkaufswahnsinns entstand bereits etwas Stadtähnliches. Hier war die wahre Krokodilstraße. Hier wuchsen hausartige Gebilde aus dem Boden, aus Hohlziegeln und Glas, scheinbare Provisorien, aber für die Ewigkeit. Sie hatten etwas von den Westernstädten mit ihrer Main Street, mit ihren rasch hingezimmerten Holzhäusern, die, mitten in der Prärie, den Anschein von städtischem Raum erwecken sollten. Neben diesem ganzen Irrsinn stand ein bescheidenes Kirchlein. Es sah aus wie die nächste Marktbude. Klar. Wenn alle ihre Stände aufbauen, stellt Jesus auch einen hin.

Später, auf dem Rückweg in die Stadt, fanden wir diese Bar.

Noch vor ein paar Wochen konnte man hier garantiert Soljanka und Kiewer Kotelett mit Fritten essen, aber jetzt war hier eine Sushi-Bar. Rebranding und Rebranching. Die korpulente, klassische Milchbarfrau hinterm Tresen hatten sie jetzt in einen (viel zu engen) Kimono gezwängt, aus dem der Mohairpullover hervorquoll. Müde sah sie aus, mit einem resignierten Zug um die Mundwinkel. Die Haare musste sie zu einem Dutt frisieren und durch diesen Dutt zwei Essstäbchen bohren. Die Inneneinrichtung des Restaurants hatten sie noch nicht neu arrangiert, die alten Holzpaneele zierten noch die Wände. Wir saßen auf den vertrauten Holzbänken. Am Eingang stand ein urslawischer gutmütiger Bär mit Knubbelbauch. Auch er in einen Kimono gezwängt. Immerhin hingen an den Wänden neben dem brünstigen Hirsch nun auch Geishas und kämpfende Samurai.

»O yeah!«, kreischten Udai und Kusai und fotografierten wild drauflos. Den Bären, den Hirsch, die Bardame, obwohl die gleich loskeifte, sie sollten aufhören. Aber Udai und Kusai juckte das nicht. Sie riefen »o yeah« und fotografierten. Bis Taras schließlich Udai die Kamera aus der Hand riss und wütend aus dem Lokal stürmte.

Udai und Kusai wechselten einen erstaunten Blick, dann folgten sie ihm.

Ich auch. Was denn sonst. Zumal aus den Augen der Bardame der blanke Hass zu mir sprach.

Taras rauchte draußen und brüllte Udai und Kusai zusammen.

»Sind wir überhaupt Menschen für euch?«, rief er. »Oder bloß ein, was weiß ich, ein wilder Exotenstamm? Sind wir Zootiere, oder was?«

»Allein die Tatsache, dass du Stamm und Tiere nebeneinandergestellt hast«, bemerkte Udai überraschend schlagfertig, »lässt darauf schließen, dass du selber nicht, wie heißt es so schön, mit Steinen werfen solltest …«

Kusai fing an zu kichern, aber Taras brüllte ihn an:

»Was gibt es da zu lachen, verdammt? Wofür haltet ihr uns eigentlich? Denkt ihr, wie leben hier nur zu eurem beschissenen Vergnügen?«

»Aaalter«, versuchte Udai ihn zu beruhigen, »distanzier dich mal wieder, das ist doch …«, und er wusste nicht mehr weiter. »Das ist doch nicht so, wie du denkst«, murmelte er schließlich.

»Ihr könnt mich mal«, sagte Taras erstaunlich gelassen. »Selber schuld, dass ich mit euch überhaupt weggefahren bin. Ihr seid auch nur ganz normale Wichser, ja. Stinknormale Wichser seid ihr.«

Er warf Udai die Kamera hin, Kusai bekam seine Kippe ab.

»Seht zu, wie ihr selber zurückkommt«, sagte er, »nach Polen.«

Und weg war er, aber wir waren noch da. Als wir wieder am Hotel ankamen, war der schwarze Wolga verschwunden. Und im Zimmer fehlte Taras' Rucksack. Dafür stand mit meiner Zahnpasta auf die Wände geschrieben: »PIGS« und »HELTER SKELTER«.

7. Die Syrobrzyckis

Ich hatte mir zwar geschworen, nie wieder mit Udai und Kusai irgendwohin zu fahren, aber es gab dann doch dieses zweite Mal.

Kusai hatte von seiner Mutter erfahren, dass er in einem Dorf bei Kolomyja Familie hatte. »Sie heißen Syrobrzycki«, sagte er, »alter polnischer Adel. Die haben '39 nicht als Vaterlandsverräter nach Rumänien rübergemacht, obwohl sie es nicht weit gehabt hätten. Leute mit Ehre im Leib.«

Ich wunderte mich immer wieder, wie es sein konnte, dass ein zugedröhnter, minderbemittelter Freak wie Kusai, sobald es um Historisches ging, daherredete wie ein rechter Hardliner: Verrat, Ehre. Aber gut, dachte ich. Könnte interessant werden.

In Kolomyja nahmen wir ein Taxi und ließen uns in ein Dorf namens Ropuschynez fahren. Unsere Kutsche machte wirklich Eindruck. Ich hatte noch nie ein Auto gesehen, bei dem die Stoßstange mit Klebeband am Rest befestigt war. Mit Tesa. Dafür mussten ein paar Dutzend Rollen draufgegangen sein, und es wäre sicher billiger gekommen, sie einfach anzuschweißen, aber der Fahrer, Mykola, war eher so der apathische Typ, und die ganze Schweißaktion war ihm sicher eine Nummer zu groß gewesen. Also war er dem Weg des geringsten Widerstands gefolgt, der ihn nicht in die

Werkstatt, sondern zum Schreibwarenladen um die Ecke geführt hatte.

In Ropuschynez konnte niemand etwas mit dem Namen Syrobrzycki, mit Kusais Familie anfangen, weil von der Vorkriegsbevölkerung praktisch keiner mehr da war. Dafür zeigten uns alle den Weg zum polnischen Priester, der hier der katholischen Gemeinde vorstand. Zwischen den windschiefen ostgalizischen Häuschen wirkte das Pfarrhaus wie die Diktatorenvilla einer Bananenrepublik. Schade, dass es keine Palmen gab. Ein Pitbull hielt Wache, die Berieselungsanlage berieselte den kurz geschnittenen Rasen. Nebenan stand die komplett zerstörte Kirche. Sicher, das hört sich jetzt an wie ein Auszug aus einem kirchenfeindlichen Flugblatt, aber so war es. Der Priester – groß gewachsen, jung, in feschen Sandalen und kurzen Hosen – nahm sich an diesem Ort aus wie ein britischer Kolonialherr in Indien, nur der Tropenhelm fehlte noch. Er war stark behaart und sprach mit sonorer Bassstimme. Er jammerte über das Elend hier, über das fehlende Geld für den Wiederaufbau der Kirche. Die Nonnen strömten neugierig herbei, sobald sie uns bemerkt hatten, wir mussten hier in der finstersten Provinz eine echte Attraktion sein. Sie hatten etwas von kichernden Muppets. Sie drängten sich um den Priester, der sie überragte wie eine befellte Marmorstatue, und pflichteten ihm bei: Not und Elend. Hinter ihnen berieselte die Berieselungsanlage den Rasen, der Hund wälzte sich behaglich im Geriesel. In Sachen Kusais Familie konnte uns der Priester nicht weiterhelfen. Die Kirchenbücher hätten, so behauptete er, die Bolschewisten verbrannt. Und außerdem werde sein Mittagessen kalt. Frikadellenduft lag in der Luft. Ich war fassungslos. Ich wollte einfach nicht glauben, dass dieser Typ so ein stereotyper Pfaffe sein konnte, ohne jede Ironie, einfach so.

Wahrscheinlich war er ein Hipster-Priester. Ich fragte ihn also, ob wir uns im Schatten des Lindenbaums auf dem Kirchhof einen Joint drehen dürften. Er schlug zum Abschied das heilige Kreuz über uns und sagte, wir sollten verschwinden.

Wir drehten uns trotzdem einen, gleich vor dem Tor zur Pfarrei. Es war mörderheiß. Die Häuser japsten mit ihren offenen Fenstermäulern. Einer der Frauen, die wir auf der Straße angequatscht hatten, fiel plötzlich ein, dass es hier früher tatsächlich mal Syrobrzyckis gegeben habe. Eine lebte sogar noch, heiße jetzt aber nicht mehr so. »Nach dem Mann eben. Ist aber auch ein Pole«, sagte sie nickend. »Niemand hier kann sie leiden«, fügte sie noch hinzu.

Das Haus der Ex-Syrobrzycka war eine malerische Bruchbude inmitten eines ausladenden Gartens. In einiger Entfernung ragten die Wirtschaftsgebäude der Kolchose auf. Frau Bykowska, so hieß sie inzwischen, war eine zierliche alte Dame mit Goldzähnen und imposantem Dutt. Sie freute sich, Kusai zu sehen. Tatsächlich sah sie ihn zum ersten Mal, erfuhr überhaupt erst von seiner Existenz, aber sie herzte ihn wie ihren eigenen Sohn. Und bat uns hinein.

Vor dem Fernseher saß Herr Bykowski vor einer russischen Telenovela, die an einer Kadettenschule spielte. Ein bezaubernder Hänfling, der freudig und ein bisschen hemdsärmelig grüßte. Am Wandteppich hing ein alter rostiger Säbel. Darüber ein Ringkragen mit Maria.

Aber zu Tisch gebeten wurde nur Kusai. Die Bykowskis entschuldigten sich vielmals, aber, so sagten sie, in ihrer Familie werde nur der Adel an den Tisch gelassen. Wir mussten uns mit den Fernsehsesseln zufriedengeben. Ich konnte es nicht fassen. Wie konnten sie diesen Zinnober nach einem halben

Jahrhundert in der Heimat der Werktätigen immer noch beibehalten? Jedenfalls war mir jetzt klar, wieso sie hier niemand leiden konnte.

Ich saß also mit Udai vor der Glotze, wir schauten uns die Telenovela über russische Polizeikadetten an, die zunächst unschuldig und erfüllt von hehren Idealen wie Erast Petrowitsch Fandorin waren, bald aber schon fett, abstoßend und skrupellos.

Bei Tisch zeigten Herr Bykowski und Frau Bykowska, primo voto Syrobrzycka, Kusai irgendwelche alten Adelsdokumente, die sie aus einem Versteck im Fußboden gezogen hatten.

Kusai sah sich das alles an, begutachtete es, versuchte sogar darin zu lesen und daran zu riechen, verstand aber nur Bahnhof. Er nickte einfach und war stolz darauf, dass seine Vorfahren keine Verräter waren, sondern Menschen mit Ehre im Leib.

8. Gonzo

Ja, das war der Beginn meiner Karriere als Schwarzmaler. Als Lügner. Oder etwas seriöser ausgedrückt – als Verstetiger nationaler Stereotype. Meist von der übleren Sorte.

Das bringt Geld. Nichts geht in Polen so gut wie Schadenfreude. Ich kenne mich da aus. Kaum hatte ich ein paar Ukrainetexte im Gonzo-Sound geschrieben, schon kamen die nächsten Aufträge. Ich wucherte in meinen Texten mit ukrainischer Arschderwelthaltigkeit. Dreckig sollte es sein, deftig und brutal. So geht Gonzo. Gonzo heißt Schnaps, Kippen, Drogen und Weiber. Und Vulgärsprache. Genauso schrieb ich – und alles war bestens.

Der lukrativste Langzeitauftrag kam von einem dieser neuen Internetportale in Kraków. Einmal die Woche sollte ich eine Ladung ukrainisches Frischfleisch liefern. Sie wollten Hardcore haben, also bekamen sie Hardcore.

Aber vorher brauchte ich noch ein Pseudonym. Ich wollte diesen Schwachsinn nicht unter meinem Namen veröffentlichen. Also schrieb ich als Paulus Pontinski. Das fand ich cool. Bibelpseudonyme kamen immer gut. Wie Jesus in *The Big Lebowski* oder Chris Pontius in *Jackass*.

Jedenfalls haben sie gezahlt. Und mir die nächsten Ukrainereisen gesponsert. Also malte ich in meinen Beiträgen alles tiefschwarz und spann mir Hardcore-Geschichten zusammen, dass es krachte. Ich machte aus der Ukraine das letzte Loch, eine Kusturica-Hölle, in der alles passieren konnte und auch alles passierte. Wild, wild East. Die Polen liebten es, klickten und lasen. Und je mehr Klicks, desto spendabler die Werbekunden. Mit Negativstereotypen über die Nachbarn ließ sich in Polen ganz konkret Kasse machen.

Nicht, dass ich etwas gegen die Ukraine gehabt hätte. Überhaupt nicht. Es war irgendwie eins zum andern gekommen. Wie das so ist, war ich mit den besten Vorsätzen gestartet. Jedenfalls hatte ich keine schlechten. Ja, ich weiß schon, womit der Weg zur Hölle gepflastert ist.

Ich fuhr also durch die Ukraine und suchte nach Themen. Sie lagen auf der Straße, man musste bloß die Augen offen halten.

Zum Beispiel wollte Maciek, mein Boss, einmal ein Gonzo zu einer brennenden sozialen Frage. Keine Ahnung, wieso ich auf Alkoholismus kam. Ich lieferte eine Fake-Reportage über eine Kräuterhexe ab, eine Heilerin, die die Leute von ihrer Wodkasucht kurierte. Ich hatte von ihr gehört, als ich in Lwiw rumhing. Inzwischen kann ich gar nicht mehr sagen, wo bei der Geschichte die Wahrheit aufhört und wo die Erfindung anfängt. Die Grenzen sind ordentlich verwischt.

Meine Gonzo-Reportage ging folgendermaßen: Infolge der sowjetischen Urbanisierungstendenzen war meine Kräuterhexe schon vor Jahrzehnten vom Dorf in die Stadt gezogen, sie wohnte nicht mehr stilecht im Holzhäuschen mit Knoblauchzöpfen und Kräuterbünden, sondern in einer unverputzten Chruschtschow-Platte in der Lypynski-Straße in Lwiw. Kräuter und Knoblauch hingen auf dem Balkon, der Sud köchelte im Badezimmer vor sich hin.

Die Kräuteroma wurde von Frauen mit ihren versoffenen Kerlen heimgesucht, die ihr was vorheulten: »Helfen Sie uns, Baba Lesja, helfen Sie, das ist kein Leben mehr, er säuft wie ein Loch«, dahinter standen schwankend die Kerle und glotzten dümmlich wie zurückgebliebene Kinder in die Landschaft. Baba Lesja beräucherte die Delinquenten, ließ sie irgendeinen Schweinkram trinken, fackelte ein Wollfädchen ab und kassierte. Das half natürlich überhaupt nichts, aber Placebo ist Placebo, und es kamen kaum Reklamationen. In der Kirche reklamiert ja auch niemand, dass die Gebete nicht funktionieren.

In meiner Version hat Baba Lesjas Prozedur aber geholfen, jedenfalls für die erste Zeit. Der Schweinkram enthielt nämlich auch Abflussreiniger, und der hat den Schnapsnasen den Verdauungstrakt dermaßen durchgeputzt, dass die nicht mehr nur keinen Alkohol mehr runterbrachten, sondern nicht mal mehr einen Kosakenzipfel. Die Frauen sahen darin natürlich eine Strafe Gottes, und wenn der Patient dann nach langer Genesungszeit wieder zu sich kam, war seine Speiseröhre dermaßen hinüber, dass alle Flüssigkeiten außer Milch bei ihm Schmerzen verursachten, als hätte man ihm Metallschmelze eingeflößt. Baba Lesjas Mixtur, so fantasierte ich weiter, hatte sich schon in der gesamten Ukraine durchgesetzt. Und Baba Lesja selbst plante schon den Neubau einer Villa in der Vorstadtsiedlung Santa Barbara und wollte sich einen Hummer zulegen. Mit Fahrer, weil sie keinen Führerschein hatte.

Chefredakteur Maciek las sich alles durch und fand es gut, fragte aber: »Was, wenn die Weiber hier das jetzt auch mit ihren versoffenen Typen versuchen? Was, wenn die sich vergiften und wir dann die Klagen am Hals haben, dass das beschissene Know-how von uns kommt?«

Ich ergänzte also noch einen Absatz, dass Baba Lesjas Therapie auf lange Sicht nichts bringt. Deshalb sitzen die Jungs mit den kaputten Speiseröhren jetzt mit dem nackten Arsch auf Nachttöpfen voller Spiritus und nehmen die Alkoholausdünstungen über die Analschleimhaut auf. Ihre Partys sehen folgendermaßen aus: Sechs Typen sitzen im Kreis mit runtergelassenen Hosen, qualmen und werden zusehends betrunken. Also nicht genug damit, dass es nichts bringt, dazu kommt noch der ästhetische Kollaps, und die Weiber können den Anblick dann gar nicht mehr ertragen. Schlimmer noch, ab dem Frühjahr werden die Nachttopfsitzungen unter freiem Himmel abgehalten, und die Alkis mit den von Baba Lesjas Mixtur ruinierten Speiseröhren werden zu einem festen Bestandteil des ukrainischen Landschaftsbildes.

Ich reiste also rum auf der Suche nach Themen. Mein Pass war voll mit ukrainischen Stempeln wie bei einem Kleinschmuggler. Manchmal fielen nach einer einzigen Tour ein gutes Dutzend Gonzos ab und damit Veröffentlichungen für die nächsten paar Monate. Zum Beispiel, als ich in den Budshak wollte.

Der Budshak ist das Ende der Welt. Der Blinddarm der Ukraine. Eingeklemmt zwischen Schwarzem Meer, Rumänien, Moldawien und Transnistrien. Ein Land, das nicht existiert. Kurzum, in Europa kann die tiefste Provinz kaum so tief gesunken sein wie der Budshak.

Erst mal musste ich mit dem Zug von Lwiw nach Odessa. Karten gab es angeblich keine mehr, aber ich brauchte nur über Bahnsteig 1 zur VIP-Kasse im zweiten Stock des Gebäudes zu gehen, um festzustellen, dass es doch welche gab. Die VIP-Kasse war offen für alle. Kostete bloß ein paar Hrywnja mehr. Da war schon der erste Gonzo über die korrupte Eisenbahn, die Mafia der Kassenfrauen, die Fahrkarten schwarz verkauften und den Toilettenfrauen Schutzgeld abpressten.

Ich fuhr »Coupé«. Auf »plazkartny« hatte ich keinen Bock mehr. Die Großraumschlafwagen sahen aus wie Schlachterläden mit Menschenfleisch in den Regalen. Außerdem trieben sich da die ganzen besoffenen Backpacker aus Polen auf der Suche nach einen Trinkrussen rum. Slawisten, Russlandversteher, Ukrainisten. Sobald ein Reisender so leichtsinnig war, ein Bier zu öffnen, hatte er zwanzig polnische Ostphilologen mit Wodkafahne am Hals, die russische Lieder sangen. Überhaupt benahmen sich im »plazkartny wagon« die Polen auf der Suche nach Ost-Hardcore am russigsten von allen. Daraus ließen sich natürlich auch etliche Gonzos stricken.

Die Pritsche neben mir gehörte, wie sich zeigen sollte, einem Kanadier namens Rigamonte. Als er erfuhr, dass ich aus Polen kam, ließ er sich begeistert darüber aus, wie unberührt von jeder Zivilisation das Land noch wäre, Großmütterchen mit Kopftüchern auf dem Land, nachbarschaftliche Gemeinschaften vormoderner Prägung, Traditionen und Gebräuche, wenn einer stirbt, kommen die Nachbarn, zünden Kerzen an und singen … überhaupt, eine Gesellschaft gänzlich unberührt von den Abscheulichkeiten der Gegenwart, nur die gute, alte agrarische Idylle. Ruritanien.

Er ging mir auf den Sack, also ging ich auf die Plattform zwischen den Waggons, eine rauchen. Unterwegs kam ich am Schaffnerkabuff vorbei. Dort saß die Schaffnerin mit einem Schaffner aus einem anderen Waggon. Sie tranken Wodka. Es würde nicht mehr lange dauern, bis der Schaffner die Schaffnerin flachlegte. Siehe, ich bin des Schaffners Magd, es geschehe mir in einem fort. Und es kam dann wohl auch zum Vollzug, jedenfalls blieb ihre Abteiltür über zig Kilometer verschlossen. Später stand sie wieder offen, und es wurde weiter Wodka getrunken, nur waren sie jetzt nicht mehr so zugeknöpft. Noch später kam auch der Wachmann. Setzte sich zu ihnen, aß mit ihnen, trank mit ihnen Bruderschaft. Er war rund wie ein Fässchen. Am Gürtel ein Holster mit Pistole. Vielleicht auch nur Schreckschuss, aber eher nicht. Bald war er besoffen und hatte eine rote Birne, aber das Holster behielt er an.

Ich kam nach einer neuerlichen Kippe zurück ins Abteil, da wartete schon der kranke Rigamonte. Ich musste mir anhören, was wir in Polen für einen gesunden, kernigen Primitivismus hätten, was für ein glückliches Gemeinwesen – ganz ehrlich, ich hätte ihn am liebsten verdroschen. Ein gutes Stück hinter Shmerynka, irgendwo in Dupiwka Stepiwa oder einer ähnlich faszinierenden Örtlichkeit kam der Zug zum Stehen. Ich ging schon wieder rauchen, deshalb bat mich Rigamonte, bei der Gelegenheit von den Schaffnern in Erfahrung zu bringen, wie lange wir hier stehen würden, weil er unterwegs, wie er sagte, einen offenen Laden gesehen habe und sich ein paar Bier holen wolle.

Der dicke Wachmann hatte inzwischen das Hemd ausgezogen, er saß halb nackt im Abteil. Slipper, Hose und über Gürtel und Holster wabbelnde Fettwülste. Ich fragte, wann wir weiterfahren würden. In drei Minuten, sagte er und schenkte mir ein Gläschen Wodka ein. Ich trank es aus, dankte und ging zurück ins Abteil. Zu Rigamonte sagte ich, er solle sich auf die Socken machen, er hätte eine halbe Stunde. Er freute sich und ging los. Kurz darauf fuhr der Zug wieder an. Versonnen schaute ich zu, wie der entsetzte Rigamonte den davoneilenden Waggons nachrannte, seinem Rucksack, seinen Papieren und Klamotten, nur in Flipflops und kurzen Hosen, wie er mit den Armen ruderte und brüllte.

Allein daraus ergaben sich zwei Gonzos, die ich sofort, noch im Zug, in meinen Reiselaptop hackte. Der erste handelte davon, wie ein rotzedichter Wachmann in Unterhosen und mit fetter Smith & Wesson auf der Hüfte ein Zugabteil terrorisiert. Im zweiten ging es um einen armen Kanadier, dem der Zug weggefahren war und der allein auf dem Bahnsteig zurückblieb, mitten in der Nacht, ohne Geld, Pass und Rucksack. Ich malte mir aus, was so ein Rigamonte in dieser Situation tun könnte. In meiner Geschichte ging er zum nächsten Polizeirevier und versuchte den verfetteten Bullen erst auf Englisch, dann auf Französisch zu erklären, dass er ein Bürger Kanadas und Diener Ihrer Majestät sei und dass er sofortigen Kontakt zum Konsulat wünsche. Auf dem Revier sahen sie ihn mit großen Augen an, dachten, er wäre auf Drogen, und steckten ihn in die Zelle, wo er von den degenerierten Mitgefangenen der Reihe nach vergewaltigt wurde.

Zum Beispiel.

Odessa, Odessa, Odessa. Ich liebte diese Stadt. Damals noch. Ich liebte sogar den sowjetischen Beton Odessas, den sie anstelle von kleinen Steinen mit zerstoßenen Muscheln versetzt haben. Ich liebte die Goldzahnfurien, die breitärschig die Stufen vor dem Bahnhof mit dem Stern der sowjetischen Heldenstadt blockierten und sich gegenseitig niederbrüllten, dass sie eine Unterkunft zu vermieten hätten, und wenn jemand auf eine von ihnen zusteuerte, sprangen die anderen auf, um ihn ihr mit ihren feuerrot lackierten Klauen zu entreißen.

Ich liebte diese Stadt. Ich stellte mir vor, dass so Havanna aussehen musste, nur dass in Odessa anstelle der alten Packards alte Wolgas unterwegs waren. Aber da die Wolgas die sowjetische Version der amerikanischen Straßenkreuzer waren, spielte das eigentlich keine Rolle. So wurden damals eben die Städte in den warmen Ländern gebaut, ob in der Karibik, am Indischen Ozean oder am Schwarzen Meer. Die erste Globalisierung, 19. Jahrhundert. Und zugleich ein Beleg dafür, dass Russland sich nie überlegt hat, ob es pro eurasische Steppe oder pro Europa war. Die Steppe war mit den Tataren gekommen, und das war nicht Russlands beste Zeit gewesen. Europa haben sie schon immer kopiert, schon immer bei sich installiert. Es jedenfalls versucht. Odessa war so ein Beispiel. Petersburg auch. In allen Bereichen: Verwaltung, Philosophie. Manchmal kamen bei den Kopierversuchen Parodien heraus. De Custine hat davon geschrieben. Und manchmal etwas Geniales, wie in der Literatur. Die Sonne zirpte sich in goldenen Flecken durch den Schatten der Platanen, alte Männer in braunen Hosen, kurzärmeligen Hemden und Strohhüten spielten Schach, Dame und Backgammon. Der Putz fiel fröhlich von den Wänden, die wogenden Gehwege warfen zu allen Seiten beträchtliche Löcher und sahen aus, als wollten sie bersten vor Glück. Wenn das eine Mittelmeerkopie war, dann eine gelungene.

Ich liebte Odessa.

Odessa-Gonzos gab es gleich mehrere. Zum Beispiel den über die Babuschka, die Zimmer vermietete und ihre Gäste mit einem undichten Gasofen vergiftete. Sie klaute ihnen alles, was sie mithatten, und schaffte sie dann (mit ihrem Alten, was wäre eine Babuschka ohne ihren Alten) aufs Flachdach ihrer

Platte, wo sonst nie jemand hochstieg, und ließ sie dort liegen. Aufgeflogen ist sie erst, als Google Earth in Mode kam.

So einen Schwachsinn schrieb ich, und die Leute lasen es.

Die Kneipen in der Deribassiwska waren gerade erst im Kommen. Das war alles erst im Entstehen. Die Aufmachung wirkte gewollt und nicht gekonnt, es sah aus, als hätten die Inneneinrichter versucht, den IKEA-Katalog nachzubauen. Ich kannte das nur zu gut, ich kannte das aus den polnischen Neunzigern. Die Straßennamen hallten einem in den Ohren wie Glockenschläge. Katerynynska. Mala und Welika Arnautska. Lansheroniwska.

Im Moldawanka-Viertel, wo ich aus Langeweile nach Spuren der jüdischen Ganoven von Isaak Babel suchte, war fast gar nichts los. Man konnte die Fresse poliert kriegen, das schon, aber man musste sich richtig darum bemühen. Ich bemühte mich und bekam sie poliert, im Namen der Kunst. Das gab auch einen schönen Gonzo. Von der Potemkinschen Treppe aus hatte man einen absurd scheußlichen Ausblick über den Hafen. Im Hafen hingen Julija-Tymoschenko-Plakate. Sie sah hier aus wie eine Besatzerin. Überhaupt sah das Ukrainisch, das hier und da aufblitzte, aus wie die Sprache der Besatzer. Am Ufer stand die Figur einer jungen Seemannsgattin, die mit ihrem Sohn den in die Welt hinaussegelnden Ehemann verabschiedet. Die Skulptur war unwahrscheinlich kitschig, wie die meisten modernen Skulpturen hier im Land, aber gleichzeitig extrem sinnlich. Ich stand da und schaute auf das Schwarze Meer hinaus. Ein junger Vater trat mit seinem Sohn, der ungefähr so alt war wie das Skulpturenkind, ans Geländer. Er zündete sich eine Zigarette an. Auf das Geländer gelehnt, starrte er den Horizont an.

»Papa, was ist da auf der anderen Seite?«, fragte der Junge.

»Der Balkan«, antwortete sein Vater. »Da sind unsere Freunde. Bulgaren, Serben.«

»Und Türken«, warf ich ein.

»Machen Sie mal dem Kind keine Angst«, erwiderte der Vater leicht vorwurfsvoll.

Von Odessa fuhr ich weiter nach Akkerman. »Subtropen«, raunte mir eine aufgequollene Frau im besten Beamtenalter zu, die mir in der Marschrutka gegenübersaß. Ich nickte, weil ich wusste, dass sie hier Subtropen hatten und sich damit bei jeder Gelegenheit brüsteten. Sie waren stolz wie Bolle auf ihre Subtropen, nachdem sie endlich so weit gekommen waren, aber man konnte fast meinen, sie könnten ihr Glück immer noch nicht so recht fassen. Das Volk des slawischen Nordens hatte sich (poetisch gesprochen: aus dem Land der Nebel und Eichenwälder, realistischer betrachtet: aus dem Land der Sümpfe und des dreckigen Schnees) emporgearbeitet, durchgeboxt, vorgekämpft bis zu einem Land subtropischer Seligkeit, und war damit, wohl oder übel, aus dem eigenen Kontext herausgetreten. Es war zu etwas geworden, das sich leicht von dem unterschied, was es immer gewesen war. Oder es sollte noch dazu werden, aber war es irgendwie noch nicht geworden.

»Subtropen«, wiederholte die Lady genüsslich und zerdrückte das Wort zwischen Zunge und Gaumen. »Da kommt man ins Schwitzen. Kein Wunder. Subtropen sind Subtropen.«

Ich legte mir schon einen Gonzo über ein kleines Schwarzmeernest namens Subtropikalnoje zurecht, dessen Bewohner beschlossen hatten zu leben wie die Italiener oder die Griechen – sorglos, im Freien, als große Gemeinschaft. Nach meiner Vorstellung sollte das in die Hose gehen, aber ich kam einfach nicht darauf, weshalb es in die Hose gehen sollte. Also verwarf ich das Motiv.

Akkerman, das war mal was! Ich hatte keine Ahnung, wie ich reagieren sollte auf das, was ich da sah.

Es war weder Stadt noch Dorf. An einem städtischen Straßennetz standen Dorfhäuser. Das war das Zentrum, um das Dorf herum gab es die üblichen postsowjetischen Vorstädte, Platten, Kaufhallen und so weiter. Aber das mit dem »städtischen Straßennetz« ist eine Vereinfachung. Eigentlich existierte dieses »städtische Straßennetz« nämlich nur auf dem Papier. In Wirklichkeit verschmolzen die Straßen mit den Höfen, bildeten inoffizielle Auswüchse, Durchbrüche zu anderen Straßen, und diese Durchbrüche wurden von Fußgängern und Fahrzeugen – auch von der Polizei – als offizielle Verkehrswege behandelt. In ganz Europa habe ich noch keinen Ort gesehen, der dermaßen seiner Form beraubt wäre. Der sich aus sich heraus verformte, der pulsierte, sich wandelte. Nichts hier war von Dauer. Und nichts war festgelegt. In den Fenstern von Gebäuden, die nach Geschäften aussahen, hingen Gardinen, in einigen alten, vorrevolutionären Villen waren durch die Scheiben verstaubte Päckchen zu sehen. Alles versank in wildem Grün. Zwischen zwei Einfamilienhäuschen aus einem Dorf vom Ende der Welt ragte ein Hochhaus mit Kosmonautenmosaik auf. Davor trocknete ein leeres Schwimmbecken vor sich hin. Das war alles so sinnfrei, so vollkommen absurd, dass ich mich auf den Beckenrand setzte und nicht mehr weiterwusste. Später ging ich in eine Apotheke und kaufte mir Vigor-Balsam. Den gab es zum Glück. Ich mischte ihn mit Kwass und trank. Mit meinem Verstand bekam ich diese Stadt nicht zu fassen. Es sah aber auch ganz danach aus, als wäre ich der Einzige, der das versuchte.

Ich machte mich auf in Richtung Festung. Die Türken hatten sie errichtet, aber wer dachte heute hier schon an die Türken. Das Gras war wie Steppengras. Die Steppe mündete hier ins Meer. Direkt an der Festungsmauer hatten sie auf der festgetrampelten Erde ein wildes Basketballfeld angelegt. Auf das Brett hinter dem Korb hatte jemand ganz traditionell »NBA« geschrieben, gleich daneben stand in krakeligen Lettern »Maikel Djordan«.

Akkerman. Offiziell: Bilhorod-Dnistrowsky. Vor dem Krieg war hier Rumänien. Da hieß die Stadt noch Cetatea Albă. Hier passte sowieso nichts zusammen, also wieso eigentlich nicht Cetatea Albă. Ich fragte einen Opa, der auf den Stufen vor einem Haus saß, nach diesem Rumänien. Er sagte, die Rumänen wären Tiere, sie äßen rohes Fleisch. Schreckliche Armut herrsche dort, ein einziger Saustall, ich solle da bloß nicht hinfahren. Er sagte, er erinnere sich noch, wie die Rumänen Odessa besetzt hätten. Dass sie wie wilde Bestien waren. Und dass einem die Deutschen, zu denen er in Kriegsgefangenschaft kam, dagegen wie anständige Menschen vorkamen. Er sagte, in Rumänien hätten sie die Juden richtig abgeschlachtet, hätten sie auf offener Straße gejagt wie die Hasen.

Mir wollte kein Gonzo einfallen. Ich kam mir hier komisch vor, das wurde mir alles zu viel. Ich brauchte ein Nachtquartier. Es dämmerte, und die Atmosphäre in der Stadt verdichtete sich. Ich fühlte mich allmählich bedroht, ganz direkt. In dieser Unförmigkeit. Dieser Unaufgeräumtheit. Sie erinnerte mich an den totalen Zerfall. An den Selbstmord bei Durkheim.

Ein Taxifahrer brachte mich zu einer Pension.

»Ich kenne nur die«, sagte er. »Ist vielleicht die einzige in der Stadt.«

Die Pension wurde gerade renoviert, aber ich sah, dass ich keine Wahl hatte. Ich klingelte und klingelte. Die Sprechanlage war an der Pforte befestigt. Der Klingelknopf war abgefallen, ich musste den Finger zwischen irgendwelche Kabel stecken. Ich fürchtete schon, ordentlich eine gewischt zu bekommen, die ganze Anlage sah aus, als wäre mit ihr nicht zu spaßen: Metall, reichlich und schwer. Nach vielleicht fünf Minuten ging die Tür auf, und ein Riesenhund kam rausgestürmt. Ein Mordsvieh, eine Kreuzung aus Kalb und Boxer. Er bellte wie bescheuert. Ihm hinterher kam Paris Hilton. Oder jemand, der ihr sehr ähnlich sah. Sie trug gelbe Socken zu rosa Flipflops, die die Socken zwischen dem großen und den restlichen Zehen schon deformiert hatten. Der Hund war ungefähr dreimal so groß wie sie. Sie sagte, die Pension hätte geschlossen und ihre Eltern wären nicht da. »Weggefahren«, sagte sie, »nach Odessa.« Sie war höchstens achtzehn. Ich sagte, sie sollte mich reinlassen, dann würde sie sich was dazuverdienen. Sie überlegte kurz und meinte dann, das wäre okay. Sie öffnete die Pforte. Die Miene, mit der die Hundefresse mich ansah, sagte deutlich: »Versuch du mal, hier reinzukommen, Freundchen!«

»Keine Angst«, sagte Paris Hilton, »das Hundchen beißt nicht.«

»Was brauchst du dann überhaupt dein beschissenes Hundchen?«, knurrte ich, aber nicht zu laut. Paris fasste den Hund am Halsband und drückte ihn sanft zu Boden. Er folgte ihr brav. Er setzte sich, ließ mich aber nicht aus den Augen. Ich wusste, dass er mich in Fetzen reißen würde, wenn er dürfte, und ich wusste, dass er wusste, dass ich das wusste.

Das Zimmer, das ich bekam, sah aus wie ein Sarg mit Matratze. Den Großteil des Bodens nahm das Bett ein. Es stand mittendrin. Man musste mit den Schuhen draufsteigen, wenn man vom Flur aus ins Zimmer wollte. Anders kam man nicht rein. Durchs Fenster konnte man auf das Vordach über der Tür klettern. Paris Hilton kam mit der Bettwäsche.

»Ist aber nicht gebügelt«, sagte sie naserümpfend, »ich hatte keine Gäste erwartet.«

»Okay«, antwortete ich. »Hast du Wodka?«

Sie hatte. Cola auch. Und eine Freundin. Ihr genaues Ebenbild. Wir setzten uns aufs Vordach über der Tür der renovierungsbedürftigen Pension, tranken Wodka-Cola aus Kindergläsern mit Wolf und Hase und schauten über die Dächer von Akkerman, der Stadt ohne Form.

Die Pension war übrigens genauso unförmig. Sie wurde gebaut, wo gerade Platz war. Wie ein Korallenriff. Die Flure folgten keinerlei Ordnung, sie führten dorthin, wo ein Abzweig endete. Manchmal musste man sich durch Engpässe zwängen, die man mit Rucksack kaum passieren konnte. Die Mädels waren nach kürzester Zeit betrunken und ließen dann Tatu auf ihren Handys laufen. Zu *Ja soschla s uma* fingen sie an, sich zu küssen und dabei zu mir zu schielen. Ich seufzte. Kurz darauf musste Paris' Freundin kotzen. Da wurde mir klar, dass sie nicht erst mit mir angefangen hatten zu trinken, sondern schon lange dabei waren, bestimmt seit dem Morgen. Die Alten waren ja weg, sie hatten sturmfrei. Das Mädel kotzte, dass es fast vom Dach fiel. Der Hund sah aus, als wartete er nur auf den Sturz. Wie das Krokodil bei James Bond. Wir kletterten wieder durch das Fenster. Die Mädels gingen schlafen, ich blieb allein im Zimmer. Nach einer Weile hörte ich ein Schnaufen. Das Hundchen hatte sich vor meiner Tür auf die Lauer gelegt. Ich traute mich nicht mal auf einen Schluck Wasser ins Bad, dabei hatte ich schrecklichen Durst. Durchgegrillt und im Suff blieb mir nichts anderes übrig, als zurück aufs Vordach zu gehen, weiter im Wechsel Wodka-Cola und Vigor-Kwass zu trinken und auf das Chaos der Dächer von Akkerman zu schauen, diesen unermesslichen Ozean aus Pappe, Blech und weiß der Henker was. Darüber die Sterne, die aussahen, als hätte jemand mit der Kalaschnikow in den schwarzen Himmel gefeuert. Hier war einmal Griechenland gewesen, ich konnte es nicht fassen. Schließlich legte ich mich aufs Dach und schlief ein.

Als ich abfuhr, saßen Paris und ihre Freundin (wissen deine Eltern, wo du bist?) auf Liegestühlen im Garten. Zwischen Tomaten und Kohl. Sie trugen dunkle Sonnenbrillen. Neben den Liegestühlen standen Duralex-Gläser. Darin eine dunkle Flüssigkeit. Es hätte Cola ohne Wodka sein können, aber irgendwie wollte ich das nicht recht glauben. Paris machte die Beine breit. Sie hatte keinen Slip an. Und ich hatte keinen Nerv mehr. Und ich musste den Bus nach Ismajil erwischen. Keine Minute länger wollte ich in dieser Stadt bleiben.

Der Bus hatte Verspätung. Ich setzte mich in die Bahnhofskneipe, die – wäre da nicht die Speisekarte gewesen – so auch in Indien hätte stehen können. Ein langer Lappen anstelle der Tür, Betonestrich, Plastiktischchen. Ich trank Kaffee und Tee. Abwechselnd. Aus identischen Gläsern. Ein Typ quatschte mich an. Ungefähr mein Alter und meine Größe, aber von der Statur eines Kleinpanzers. Ein Riesenvieh, aber mit gutmütigem Gesicht. Er erzählte mir, er arbeite auf dem Bau und verdiene dort großartig. Bald hätte er schon genug zusammen für seinen ersten Benz. Eine fertige, alte Kiste, aber immerhin. Ich fragte ihn, wie es im Winter so ist in Akkerman. Er dachte nach. »Dunkel«, sagte er schließlich. »Und kalt.«

Meine Fresse, dachte ich, bist du originell. Aber ich versuchte mir diese Pseudostadt, dieses Pseudodorf ohne Grün und ohne Licht vorzustellen und bekam das kalte Grausen. Ich sah eine vor Kälte schlotternde Hölle vor mir. Menschen, die sich blind durch das Dunkel tasteten, durch Unsinn und Unförmigkeit. Es musste wirklich grässlich sein. An solchen Orten sollten keine Menschen leben.

Nach Ismajil ging es durch die Steppe, aber eine Steppe mit zivilisatorischem Anstrich. Beziehungsweise einem Rest davon. Mit bröckelnden Betonfragmenten unbestimmter Funktion. Schließlich begann die Stadt. Grün und Häuser. Gleich hinter dem Bahnhof begann der Markt. Es hatte etwas von Sowjetisch-Afrika. Jeder verkaufte, was er hatte. Von Sonnenblumenkernen in Papiertütchen und ein paar Äpfeln auf kläglichen Tüchern, ausgebreitet von alten Mütterchen, bis hin zu ganzen Batterien indischer Harley-Plagiate. Es gab hier alles, ausgestellt zwischen niedrigen, neurussischen Kolonialbauten. In der Hitze und den Fliegen wuselten Leute herum, die sich wohl einfach schnell übergeworfen hatten, was ihnen als Erstes in die Finger gekommen war. Es sah aus wie irgendwo in Kinshasa. Langsam fand ich sogar Gefallen an dieser Formlosigkeit. In Polen hasste ich sie. Hier hatte ich keine Wahl. Ich habe schon lange den Verdacht, dass eine Reise in den postsowjetischen Osten eine Reise in die Tiefen dessen ist, was wir im eigenen Land hassen. Das ist ja auch der Hauptgrund, aus dem die Polen hierherkommen. Weil es eine Reise in die Schadenfreude ist, eine Reise, auf die man sich begibt, um einen

Anlass zur Rückkehr zu haben. Weil es im Grunde hier ist wie bei uns, nur deutlich intensiver. Eine Sondermülldeponie für alles, was wir loszuwerden versuchen. Ich habe schon lange diesen Verdacht, aber schreiben kann man so was nur als Journalist in einem Gonzo-Text. Sonst würde man glatt gekreuzigt.

In der Stadtmitte standen auf Podesten Lenin und Suworow. Lenin sah aus wie der Große Elektra aus *Die Reisen des Professor Klecks*, er war komplett versilbert. Mit einer dicken Schicht Farbe. Im Gesicht sah man die Pinselstriche.

Ehrlich gesagt, wollte ich nur noch weg. Das war ja auch das Ende der Ukraine hier. Ich war ganz am Ende angekommen. An der Kilija, einem Nebenarm der Donau, hinter dem schon Rumänien war. Die rumänische Seite war bewaldet. Ein Typ kam aus dem Wald, holte seinen Schwanz raus und pisste in den Grenzfluss. Ich winkte ihm zu. War ja immerhin ein EU-Landsmann. Er zeigte mir den Stinkefinger, schob das Becken vor und zielte mit dem Strahl in meine Richtung. Ich zückte meine Kamera und fotografierte ihn. Er verdeckte sein Gesicht und kehrte mir den Rücken zu, immer noch am Pinkeln. Rumänien, dachte ich, ist Europa. Da wollte ich hin.

Nicht weit entfernt lag der »Morwoksal«, der Seebahnhof. In meinem Reiseführer stand, von dort würden die Fähren zur rumänischen Seite ablegen. Ich ging rein. Das Fenster des Schalters war mit einem Gummibaum zugestellt, aber da war jemand drin. Stimmen waren zu hören. Ich klopfte an die Tür. Sie ging auf. Hinter dem Schalter saßen drei Frauen über Kreuzworträtseln und tranken Tee. Ich fragte, ob ich eine Fahrkarte nach Rumänien kaufen könnte. Sie antworteten, hier fahre schon seit Jahren nichts mehr. »Und wozu dann der Fahrkartenschalter?«, fragte ich, woraufhin sie mich darauf aufmerksam machten, dass symbolisch ein Gummibaum davor platziert sei. Der stelle ihn zu. Das bedeute: Der Schalter sei geschlossen. »Aber wieso«, ich musste einfach fragen, »sitzen Sie dann hier?« »Was denn«, fragte eine von ihnen, dick und dauergewellt, »sollen wir vielleicht in die Arbeitslosigkeit gehen? Und betteln?« »Liberaler«, brummte eine andere mit dem Phänotyp eines Perlhuhns und hatte wieder ein Wort gelöst.

Ich ging. Ich setzte mich auf eine Bank, den Rücken in Richtung Rumänien, und starrte vor mich hin. Hier also, dachte ich, fängt der Raum an, der von hier, von diesem Anfang an bis nach Wladiwostok seine Gültigkeit hat, bis Sachalin, bis Japan und Nordkorea. Ich konnte ihn mir nicht vorstellen. Diesen Raum. Wenn Russland mit dem Verstand nicht zu begreifen war, dann sein Riesenleib erst recht nicht. Das war nicht zu fassen, Punkt. Unser europäisches Raumverständnis steht da wie ein Puppenhaus vor einer Fabrikhalle. Bei uns ist eine Grenze etwas Natürliches, hier ist sie die Entartung. Irgendwann verließ ich die Bank wieder, es half ja nichts. Ich kehrte zurück in den Raum. Meinen Kwass kaufte ich mir diesmal am Kesselwagen. Ich trank noch, als ein Traktor angefahren kam. Er hatte schon fünf solcher Wagen im Schlepptau, alle hintereinandergespannt. Der Fahrer stieg aus, begrüßte herzlich die greise Verkäuferin, rangierte mit seinem Traktor und hängte auch ihren Wagen noch hinten an. Er fuhr weiter, die Babuschka klappte den Campinghocker zusammen, steckte ihn in die Plastiktüte zu ihrer Zeitung und wankte auf müden Füßen zur Marschrutka-Haltestelle.

So sah das aus. Wieder und wieder und immer wieder. Bis nach Wladiwostok.

Ich ging in eine Kneipe. Da saß schon ein Pärchen um die sechzig. Die beiden sahen aus wie eine Enklave der USA auf dem Staatsgebiet der Ukraine. Sie hatten dermaßen amerikanische Mienen, dass man sie einfach als Amerikaner erkennen musste. Diese charakteristische Mischung aus Selbstsicherheit und Orientierungslosigkeit.

Der Bereich um ihren Tisch war Amerika, Punkt. Kein Ismajil, kein Budshak, keine Ukraine. Es steckte in ihrer Mimik, ihren Gesten, in ihrem Verhältnis zum sie umgebenden Raum. Sie, gerader Rücken, als hätte sie einen Stock verschluckt, war wegen irgendetwas wütend, konnte ihre Wut aber im Zaum halten, hatte sie unter Kontrolle; die Wut äußerte sich nur in ihrer versteinerten Miene und im Getrommel ihrer langen, schlanken Finger auf der Tastatur ihres Laptops, sie trommelte wie ein Hagelschauer. Er wusste nicht so recht, wohin mit sich. Er hatte das längliche Gesicht der amerikanischen Hollywood-Dumpfbacken. Mal las er Zeitung, mal schaute er auf sein Handy, dann auf die Kilija, auf das Rumänien gleich dahinter. Ab und zu versuchte er auch, die Frau anzusprechen, aber die – rank und schlank, spitznasig, insgesamt spitz und kantig – zischte ihn nur an.

Ich setzte mich an den Nebentisch. Sie hackte in die Tasten, als wollte sie ihren Laptop zerlegen. Er warf mir immer wieder hoffnungsvolle Blicke zu. Mir, meinem Rucksack und meinen Klamotten, die mich als Ausländer auswiesen. Er dachte nach. Offensichtlich überlegte er, wie er ein Gespräch mit mir anfangen könnte. Dass er dringenden Gesprächsbedarf hatte, war nicht zu übersehen.

Schließlich stand er auf und kam herüber. Er sagte:

»Nicht übel, die Bräute bei denen hier in der Ukraine, oder?« Und leiser, damit es seine Frau nicht mitbekam: »Denen hat der Feminismus noch nicht das Hirn vernebelt.«

Es war so dämlich, jämmerlich und verzweiflungsvoll, dass er mir schon wieder leidtat. Ich bat ihn, Platz zu nehmen. Und er, klar, nahm Platz und stimmte seinen Klagegesang an, den Peace Corps worker's blues.

A-one, a-two, a-one, two, three:

Er hieß Jack. Seine Frau Ruth. Jack und Ruth kamen aus Boston. Vor gar nicht langer Zeit hatten sie noch ein typisch amerikanisches Mittelklasseleben geführt und einander versprochen, als Rentner die Welt zu erkunden. Sie – *oooh, Peace Corps worker's blues* – träumte davon, Menschen in fernen Landen zu helfen, von denen sie noch keine klar umrissene Vorstellung hatten.

Als sie dann in Pension gingen – ja, alle beide, im selben Jahr –, trafen sie die Entscheidung: Sie heuerten beim Friedenscorps an. *Oooh, Peace Corps worker's blues.*

Sie begann – wie fast jeder Amerikaner an einem bestimmten Punkt in seinem Leben – in der Familienhistorie zu wühlen, wollte wissen, wo ihre europäischen Wurzeln lagen. Alle Spuren ihrer Vorfahren waren eher unspektakulär – sie führten nach England, Schottland, Irland, Deutschland – bis auf eine: die führte in die Ukraine. *Oooh, Peace Corps worker's blues.*

Sie verpflichteten sich für zwei Jahre. Alles, was sie wussten, war, dass sie irgendwo in die Ukraine fahren würden. So ist das beim Friedenscorps, du weißt bis zuletzt nicht, wo die dich hinschicken. Sie träumten von Odessa, er trug noch ein, im Fragebogen, dass er früher bei einer Firma war, die mit der Logistik in Frachthäfen zu tun hatte. Deshalb wollten sie gerne in eine Stadt an der See. Vielleicht wäre ja eine Hafenstadt günstig. Als Berater oder so. Dann könnte er den Ostvölkern beibringen, wie man diese *fuckin'* Frachtschifflogistik richtig aufzieht. Sie saßen also auf gepackten Koffern und warteten auf den Odessa-Bescheid. *Oooh, Peace Corps worker's blues.* Aber die eigensinnige Fortuna in Gestalt eines böswilligen Funktionärs katapultierte sie nach Ismajil.

»Genau wie ihr wolltet«, hatte der Funktionär gesagt. »Ukraine, meeresnah. Bitte sehr.«

Jack sah mir traurig in die Augen, und ich blickte zu seiner Frau, die weiter ihren Laptop auseinandernahm.

»Für zwei Jahre?«, fragte ich.

»Für zwei Jahre«, antwortete er, und dann schwiegen wir eine Zeit lang.

Zu hören waren nur noch russische Discomucke und Tastaturgeklapper.

»Und wie viel habt ihr schon abgerissen?«

»Zwei Wochen.«

Oooh, Peace Corps worker's blues.

»Und?«, fragte ich und steckte mir eine Zigarette an. »Macht ihr was? Was mit Meer?«

Jack sah auf die Tischplatte und fand dort eine Bierlache. Er tunkte seine Zeigefingerspitze hinein und fing an, Kreismuster zu malen.

»Sag's ihm schon, Jack«, ließ sich plötzlich seine Frau hinter ihrem Laptop vernehmen. »Sag es.«

»Mja«, sagte Jack. »Vor ein paar Tagen … haben wir ein paar Grundschulkinder mitgenommen ans Meer. Und den Strand aufgeräumt. Flaschen und so was.«

»Kondome«, kam es hinter dem Laptop hervor.

»Und Kondome«, bestätigte Jack brav. »Aber es ist nicht so, dass es uns nicht gefallen würde«, schob er eilig nach. »Die Stadt ist … nett. Sie ist … ruhig. Nicht grad viel los, aber das ist … in unserem Alter … ein Plus. Es ist … ähm … warm.

Angenehm warm. Odessa ist gar nicht so weit weg …«, sagte er, während seine Frau immer verzweifelter den Laptop zu zerhacken versuchte.

»Schön, schön«, sagte ich. »Könnt ihr denn nicht früher wieder zurück in die Staaten? Also jetzt nur mal angenommen, dass es euch irgendwann nicht mehr so gut gefallen sollte?«

»Nein, können wir nicht.« Jack schüttelte den Kopf. »Vertrag ist Vertrag. Aber nein, weißt du, nein, nein, es ist wirklich nett hier«, plapperte er schnell drauflos, um seine amerikanisch positive Grundeinstellung wieder zum Laufen zu bringen.

Diesmal brauchte ich mir gar kein Gonzo auszudenken.

9. Kamjanez Hardcore

Wir sind schon wieder am Saufen.

Man denkt, man würde auf Reisen sonst was für Abenteuer erleben, aber am Ende ist es immer dasselbe.

Einmal bin ich mit Corvax in den Bus nach Kamjanez-Podilsky gestiegen, Kosakendörfer anschauen, die heroischen Zeiten wieder aufleben lassen.

Wir kamen kaputt und unausgeschlafen am Busbahnhof in Kamjanez an. Am Bahnhof stand auf dem geweißten Bordstein so ein Graukopf, in der Hand ein Pappschild mit der polnischen Aufschrift »kwatery« und einem laminierten Blatt Papier, auf dem stand »MÖRDERGEILE LOCATION MUSSTU ABSTEIGEN ALDA VOLL ENDKRASS«.

»Das ist ein Empfehlungsschreiben. Das haben uns«, erklärte der Zimmerwirt, der sich uns als Iwan vorstellte, »unsere lieben Gäste aus Polen geschrieben, die sich vor einer Weile bei uns aufgehalten haben. Ich habe ein Häuschen mit Garten, gar nicht teuer … Wollt ihr?«

»Na ja«, sagte ich, »bei der Empfehlung … Wollen wir?«, fragte ich Corvax, und der nickte eifrig.

Corvax war Fotograf. Gemeinsam mit Kollegen vom selben Schlag zog er durch die Ukraine, beladen mit Fototechnik wie ein ganzer Armeetross: mit Objektivbajonetten, lang wie

Kanonenrohre, mit Klappstativen, ausgefahren wie die Antennen von Feldfunkstationen, Wechselobjektiven, Filtern, Zusatzkomponenten, Aufsätzen, Absätzen, Umsätzen. Und noch ein bisschen was.

Dann packten sie ihren ganzen Krempel vor altersschwachen Hütten aus, auf dem matschigen Boden vor den Alkis, und schossen mit schwerem Gerät ihre anspruchsvollen Porträtserien. Sie verbogen sich vor den Babuschkas, um mit ihren Filtern die Lichtreflexe auf deren Goldzähnen einzufangen. Sie fotografierten ausgeweidete Moskwitschs, spielende Kinder in Häuserruinen, Hunde ohne Zähne, Pfoten, Augen, Ohren und Schwänze. Rostige Sodamaschinen, plumpe Kwass-Kübel, hinter denen Frauen mit müden, verdrehten, aufgequollenen Füßen saßen. Die Mütter von Corvax und seinen Kumpels hatten genau die gleichen Füße, von den Großmüttern ganz zu schweigen, aber das spielte überhaupt keine Rolle, denn hier ging es um den sogenannten größeren kulturellen Kontext.

Kurz gesagt, sie taten nichts anderes als ich. Sie machten aus der Ukraine das letzte Loch. Nur standen sie nicht dazu.

Später, zurück in Kraków, führten sie die Bilder ihren Bekannten vor, manchmal konnten sie irgendwo eins veröffentlichen, und sie erzählten, klarer Fall: Da, in Postsowjetien, ist alles ganz furchtbar schrecklich, aber diese armen wunderbaren Menschen aus der Ukraine, diese Heroen des Ostens, tun, was sie können, um ein Leben in Würde zu führen. Manchmal zeigten sie ihre Fotos auch in Kneipen, wo sich Studierende der Kulturwissenschaften an den Holztischen versammelten. Und Liebhaber des Ostens ganz allgemein. Corvax und Co warfen ihre Bilder im Großformat an die Wand: sechs Meter, sagen wir mal, auf, meinetwegen, viereinhalb.

Corvax und seine Kumpels sprachen dann von der Würde und der Ehre der Bewohner dieses armen Ostens, während die dicht gedrängten Kulturwissenschaftler auf dem Foto Kinder sahen, die sich mit den Schweinen im Dreck suhlten. Corvax und seine Kumpels erzählten, im Osten lebten stolze, tapfere Völker und, klick, eine besoffene Babuschka, liegend vor einem Heiligenhäuschen, die Beine gespreizt. Und alle sehen die besoffene Babuschka mit den gespreizten Beinen und nicht die stolzen, tapferen Völker. Schöne, würdevolle Menschen wären das, behaupteten Corvax und Co, mit großartiger Geschichte und Tradition und, klick, Traktorist Wassja, voll wie eine Haubitze, wettergegerbte Visage, Fluppe im Maul, im Hintergrund die auseinanderfallenden Sowchos-Schuppen und eine Ansammlung von Zombiekindern wie aus einem Nazi-Propagandafilm.

Und der ganze Club, die geballte Kulturwissenschaft, sah sich Wassja an, erbaute sich an Wassja und sprach später, bei der von Corvax und Co moderierten Diskussion von Wassjas Würde, seiner Geschichte und Tradition. Alternativ angehauchte Mädels machten sich Notizen und kippten Drinks für fuffzehn Złoty das Glas und lutschten später Corvax und seinen Kumpels die Schwänze bis zum Abwinken.

Ich sah mir Wassja natürlich auch an. Und war von Wassja genauso fasziniert wie der ganze Rest. Ich bin nicht anders, ganz bestimmt nicht. Ich bin genauso wie alle anderen. Blut vom Blut, Bein vom Bein. Und genau wie alle anderen will ich Brot und Spiele.

Corvax und seine Fotografenbande waren sich übrigens bewusst, dass da etwas hakte, sie kämpften mit etwas, das man mit Müh und Not als Gewissenskonflikt hätte bezeichnen können. Und ich fühlte mit ihnen bei ihrem Drama.

Es gab tatsächlich ein Häuschen, und ein Garten war auch da. Es gab auch noch ein zweites Häuschen, mehr eine Baracke, mit den Gästezimmern.

Die Scheiben saßen nicht richtig in den Fenstern, die Türen nicht im Rahmen. Wir mochten es, logisch. Was hätten wir, bitte schön, mit mehr anfangen sollen?

Außerdem war an einer breiten, langen Tafel vor dem Haus die Party in vollem Gange. Fünf Polen saßen da. Alle zwischen zwanzig und dreißig. Drei Typen und zwei Mädels.

Pantaleon und Blumenblau (so stellten sie sich vor und so wollten sie genannt werden) waren zusammen hier. Slawistikstudenten aus Wrocław in Trekkingschuhen und Fleeceklamotten, sie waren nämlich in die Ukraine gekommen, um durch die Tschornohora zu fahren, hatten es aber – bislang – noch nicht so weit geschafft.

In Kamjanez waren sie, wie sie sagten, gestern angekommen, und dann hätten sie sich irgendwie hier hingesetzt und, wo sie schon mal saßen, den Wodka rausgeholt, und so machten sie nun seit gestern hier gemütlich den Wodka weg. Gestern hatten sie getrunken, sich schlafen gelegt, waren früh aufgestanden, hatten sich den Konter eingegossen, und so ging das Leben irgendwie seinen Gang. Ganz entspannt. Chillen, saufen.

Wir saßen kaum, hatten gerade die Rucksäcke abgesetzt, da hatte uns Pantaleon schon die Gläser gefüllt. Aber den größten Applaus gab es für den Hausvater, der von den versammelten polnischen Reisenden nur »Opa Iwan« genannt wurde.

»Jetzt aber«, dröhnte Blumenblau auf Russisch, der Größte in der Runde, ein bärtiger Riese wie der Herodes aus dem Krippenspiel, »jetzt, Opa Iwan, gibt es kein Zurück mehr! Jetzt wird getrunken, Opa! Aber jessasmäßig!«

Opa Iwan lächelte sich eins, murmelte etwas, von wegen er müsste noch arbeiten, aber Blumenblau und Pantaleon setzten ihn unter kumpelhaftem Gelächter an den Tisch.

Und das lustige »Russen abfüllen«-Spiel nahm seinen Lauf. Der Russe musste abgefüllt werden, um in der Slawistenszene Ruhm und Ehre zu erlangen. Oder unter den Tisch gesoffen! Das wär es überhaupt!

Blumenblau und Pantaleon rückten Opa Iwan auf die Pelle wie zwei fette slawistische Fliegen. Sie gossen ihm den Wodka ins Glas, obwohl auch Stumpen auf dem Tisch standen, weil man mit dem Russen ja nicht aus Stumpen trinken konnte. Sich selbst schenkten sie auch die Gläser voll. Corvax und ich tranken Vigor mit Kwass, wir wollten nicht durcheinanderkommen.

Den Toast brachte Blumenblau aus, der zuerst lauthals forderte, einen Tamada am Tisch zu bestimmen (er hatte kürzlich Góreckis Georgien-Reportagen gelesen), und dann niemand anderen mehr zu Wort kommen lassen wollte. Er faselte etwas von Hektor von Kamjanez, von der Verteidigung Podoliens gegen die gemeinsame Bedrohung, verhedderte sich aber innerhalb kürzester Zeit in seiner Geschichte und verlor dann endgültig den Faden, endete mit einem hastigen »Mögen wir alle gesund bleiben«, und es wurde getrunken.

Opa Iwan machte nicht einmal den Versuch, das ganze Glas zu leeren. Er trank vielleicht ein Viertel davon und aß eine Scheibe Wurst hinterher. Pantaleon und Blumenblau versuchten es, aber die Augen quollen ihnen aus den Höhlen, und sie verschluckten sich. Opa Iwan hielt ihnen eine Wurstscheibe hin, aber Pantaleon brachte prustend und nach Atem ringend tapfer hervor:

»Beim ersten wird nicht nachgegessen.«

Um sich dann doch die Wurst zu krallen und zuzubeißen.

Iwan wollte sich so langsam empfehlen, aber die Slawisten kannten kein Erbarmen. Sie schenkten nach und nahmen ihn ins Kreuzverhör: ob er beim Militär gewesen war, vielleicht sogar zufällig bei den Raketentruppen, und sie waren bitter enttäuscht, dass dann doch nicht bei den Raketentruppen. Dann vielleicht wenigstens '81 an der polnischen Grenze, hofften sie, und bei dieser Frage belebte sich sogar Fecki von der Katholischen Uni Lublin etwas, aber dann stellte sich heraus, dass doch nicht, leider nur Wolgograd und nur in den Hilfstruppen, wo er vor allem Löcher im Asphalt zum Ruhme der sowjetischen Heimat zugeflickt hatte. Dann wollten sie noch wissen, ob Opa Iwan eine Uniform mit Orden und eine Schirmmütze mit XXL-Deckel hätte, und als er sie informierte, dass nicht, verlangten sie einigermaßen verzweifelt, er sollte ihnen wenigstens etwas auf der Ziehharmonika oder auf der Balalaika vorspielen. Unterdessen hatten sie ihn genötigt, sich anderthalb Gläser in den Hals zu kippen, sodass schon seine Frau, die Babuschka, kam und die Slawisten mit Tränen in den Augen um Gnade für den alten Mann bat.

Ihr Gejammer hatte aber nur zur Folge, dass die Slawisten auch sie an den Tisch setzten. Sie brauchte sich gar nicht zu beschweren, aus Rücksicht auf ihr Geschlecht bekam sie einen Stumpen vorgesetzt und kein Glas. Die Slawisten fragten sie aus, ob sie nicht lustige podolische Lieder kannte. Oder Legenden aus dem Volksgut zum Besten geben wollte. Oder spannende Kolchosenschwänke.

Die Alte wusste von nichts, also schauten sich die Slawisten um, wo sie noch ein paar interessantere Russen zum Trinken herkriegen könnten. »Wo ist euer Sohn?«, fragten sie die beiden Alten wie zwei rote Kommissare, und die Babuschka erzählte ihnen mit Tränen in den Augen, er liege drin im Bett, krank, hätte was mit den Nieren, wäre vom Arzt krankgeschrieben und sie sollten doch Erbarmen haben mit dem armen Teufel und ihn nicht zum Trinken holen. Aber kaum hatte Blumenblau erfahren, dass ein frischer Russe in greifbarer Nähe war, schenkte er ein Glas voll ein und stürmte – dawai! – mit dem Glas ins Opa-Oma-Haus. Kurz darauf kam er mit dem etwas zerzausten, weil aus dem Schlaf gerissenen Sohn mit Wodkaglas in der Hand wieder heraus. Das Glas halb leer.

»Der macht mit! Der macht jetzt mit uns Party!«, brüllte Blumenblau noch an der Tür. »Walera heißt er! Ihr könnt Walera sagen! Saditjes, Walera, altes Haus!«, grölte er.

Opa Iwan schlug die Hände vors Gesicht, griff dann nach der Wodkaflasche, schenkte sich ein und trank. Er hatte begriffen, dass er das sonst nicht überstehen würde. Die Babuschka murmelte Gebete. Pantaleon umarmte Walera wie einen Bruder und drückte ihm eine Gurke in die Hand. Dann kamen sie schnell zur Sache. Blumenblau wollte unbedingt wissen, ob es in der Gegend nicht noch Nachbarn gäbe, wenn ja, wäre es gut, sie ranzuholen, damit sie bei der Party mitmachen. Damit es Hardcore wird, sagte er, während er mit seiner Hand die Luft zerhackte, Russki Hardcore.

»Damit es was wird?«, fragte Walera verständnislos, also schenkte Blumenblau ihm nach. Und fragte ihn aus, ob es hier viel Korruption gäbe, ob die Polizisten Schmiergeld nähmen oder, nur als Beispiel, auf Streife Wodka tränken, ob sie mit ihren Schlagstöcken auf Zivilisten einprügeln oder vielleicht zum Beispiel Leute vergewaltigen mit ihren Stöcken, ob sie, so insgesamt, ihre Machtbefugnisse irgendwie effektvoll überziehen, ob sie, nur als Beispiel, Verbrecher mit Granaten bewerfen.

Der Sohn sagte, nehmen würden sie schon mal was, aber Granaten hätten sie keine dabei.

Die Slawisten waren sichtlich verstimmt. Irgendwie kamen ihnen diese Russen nicht russig genug vor. Also wollten sie wissen, ob wenigstens jemand Kasatschok tanzen könne, das Ziehharmonika-Thema kam wieder auf, dann wollten sie unbedingt über Geistiges und Orthodoxie reden, und nach dem vierten Glas begannen sie aufzustoßen und über dem Tisch einzunicken. Opa Iwan rauchte wie ein Schlot, eine nach der anderen, und kapierte auch nicht mehr so richtig, was eigentlich Sache war. Der Sohn war pissen gegangen und nicht zurückgekommen. Die Babuschka nutzte die Orientierungslosigkeit der Slawisten, die dem Delirium nahe waren, zerrte den Alten vom Tisch weg und schob ihn trotz leichter Proteste ins Haus. Kurz darauf sprühten die Slawisten, einer nach dem anderen, ihren Mageninhalt auf das Wachstuch und verteilten ihn gleichmäßig über Gläser, Anchovis, Stumpen, Gurken, Flaschen, Hosen und Hände.

Also gingen Corvax und ich uns die Altstadt ansehen. Man kam nur über eine Brücke dorthin, das alte Kamjanez lag auf einer Art Binneninsel, umgeben vom Canyon des Smotrytsch. Im gleißenden Sonnenlicht würde es wohl aussehen wie eine raumgreifende Trutzburg auf hoher Klippe. Aber es war Nacht und Kamjanez war überhaupt nicht zu sehen. Die Stadt war komplett ohne Beleuchtung. In der absoluten schwarzen Leere leuchtete nur das Zifferblatt der Uhr auf dem Rathausturm. Und über der Uhr stand der Vollmond. Der Mond hatte also einen Kollegen gefunden, jetzt waren sie zu zweit. Ein Bild wie auf einem dieser billigen Heroic-Fantasy-Schmöker. Ich kam mir vor wie auf einem anderen Planeten mit zwei Satelliten, wie auf Burroughs' Mars mit Deimos und Phobos.

Und die Brücke – die Brücke! Sie war zwar beleuchtet, aber nur bis zur Mitte. Eine Halbbrücke. Sie führte direkt in die Finsternis. Ins Nichts. Ins Leere. Nach vielleicht vierzig Metern war es mit der Sichtbarkeit vorbei. Danach galt: Hic sunt dracones und Cthulhu.

Wir betraten die Brücke. Wir gingen durch absolutes Dunkel, über dem nur die Sterne hingen. Mit unseren Handydisplays machten wir ein wenig Licht. Nach einer Weile konnte ich unter den Schuhsohlen das Altstadtpflaster spüren, zu sehen war aber immer noch nichts. Alle paar Minuten ertönte das Röhren eines Autos, Scheinwerfer rissen Wirklichkeitsfetzen aus dem Dunkel, als rissen sie Fleischfetzen aus einem mächtigen Leib. Und wir sahen nur so viel von dieser Wirklichkeit, wie die Scheinwerfer herausrissen. Hier zerbröseltes Pflaster, da schartige Hauswände, dort auch mal eine Dachtraufe. Ich konnte es nicht fassen. Nicht einmal eine halbe Straßenlaterne. Kein erleuchtetes Fenster. Nichts. Als wäre alles Leben auf der Erde erloschen und alles, was der Mensch erbaut hat, den anderen Bauten der, na ja, der Natur gleichgesetzt. Verlassenen Termitenhügeln, Ameisenhaufen, Vogel- und Wespennestern.

Wir irrten blindlings durch ein Labyrinth, bis wir plötzlich Musik hörten. Discogedudel, das uns unter normalen Umständen sicher sofort in die Flucht geschlagen hätte, dem wir aber in dieser Teersuppe, zwischen diesen schwarzen Ruinen instinktiv folgten wie die Hamelner Ratten dem Flötenspieler. Denn in dem Gedudel manifestierte sich immerhin eine Zivilisation, und wenn sie noch so schäbig war. Wir fühlten uns ziemlich verloren, wie die Wanderer im Busch, die, sobald sie menschliche Stimmen hören, auf das Lager zugehen, obwohl sie dort verhackstückt im Kessel enden werden. Wir gingen hin.

10. Sozialistische Sowjetrepublik Eden

In Simferopol kam ich mir vor wie in Indien. Diese Unfähigkeit, den Raum zu beherrschen, weil diesen Raum gänzlich andere geschaffen haben als jene, die ihn heute nutzen. Und die Exotik, die einen hier von allen Seiten ansprang. Und das Paradiesische. Ich kannte diese Wirklichkeit aus meiner verschwommenen Jugend, aus einer Zeit, da in unserem Fernseher, noch aus sozialistischer Produktion, montagmorgens sowjetische Filme liefen. In ihnen waren die glücklichen Taxifahrer zu sehen, die auf dem Klapphocker neben ihrem Moskwitsch saßen und sich die Hülsen von Sonnenblumenkernen vor die Füße spuckten. Oder die sozialistische Intelligenzija, meine Lieblingshelden aus Sowjetien – schlank, kurzärmelige Hemden in den Bund der braunen Hose gesteckt, Rentnersandalen zu beigefarbenen Socken, Hornbrille auf der Nase. Oder die Kwass-Verkäuferinnen, wie sie hinter ihren gelb gestrichenen Metallwägelchen mit Zapfhahn Kreuzworträtsel lösten. Ich hatte das alles schon mal wo gesehen.

Die Luft war gelb und schwer, das Grün so satt, als hätte es jemand mit Photoshop gepimpt. Die gesamte Wirklichkeit fiel auseinander, ging zu Bruch, aber alle lebten glücklich weiter in den Trümmern, jedenfalls sah es so aus. Als nähmen sie irgendwo die wahnwitzige Überzeugung her, dass ein Jemand, ein höheres Wesen das alles für sie wieder in Ordnung bringt:

die Häuser renoviert, die Löcher in den Gehwegen und Straßen stopft, die Risse zuschmiert. Es stimmt nicht, der Kommunismus war keine atheistische Ideologie. Sicher, die Lehre besagte, es gebe keinen Gott im Himmel, aber dennoch glaubten die Bürger der sowjetischen Welt an eine Art Gott. Nur eben einen irdischen. Der die ganzen Alltagsdinge regelt. Dass der Götze unfähig war, steht auf einem anderen Blatt. Aber gegeben hat es ihn. Also damals. Am Ende ist er dann an seinem Erbrochenen erstickt wie Bon Scott von AC/DC und Jimi Hendrix.

An jene Reise kann ich mich nur vage erinnern. In Simferopol kaufte ich mir eine Karte für die Elektritschka nach Bachtschissarai. Von meiner Holzbank aus betrachtete ich die zugemüllte Steppe vor dem Zugfenster, die bald von einer sanft gewellten Hügellandschaft abgelöst wurde. Die Hügel sahen aus, als hätte sie jemand aufgeschlitzt und ihren Inhalt über das Land verteilt.

In der Elektritschka spielten ein paar Jungs Gitarre. An jeder Station standen Babuschkas, die in widerlich triefendem Altöl frittierte Tschebureks verkauften. Durch den Zug wandelten wandelnde Bierverkäufer. Gruppen polnischer Rucksackträger, die im Vigor-Rausch Jagd auf Russen machten, die sich mit ihnen besaufen sollten, versuchte ich auszuweichen. Sie mir auch.

Die Fahrkarten kontrollierte eine uniformierte Tatarin mit dem Logo der ukrainischen Bahn auf der Mütze. Schräg stehende Augen, semmeldicke Pausbacken. Ihre Vorfahren hatten gebrandschatzt, Gefangene unterjocht, ach was, Gefangene – ihre Vorfahren hatten auf kleinen Pferden, rohes Fleisch unterm Sattel, die Zivilisation im Namen der Großen Steppe, im Namen des Grasländischen Nichts zu Fall gebracht, und jetzt ging sie hier, als wäre nichts gewesen, durch den Waggon und kontrollierte die Fahrkarten der Reisenden auf der Elektritschkastrecke Simferopol-Bachtschissarai. Sic transit, Himmelarsch, gloria mundi, dachte ich, als ich ihr meine Karte hinhielt.

Aber sie war nur äußerlich Tatarin. Das sah ich gleich. In ihrem Inneren war sie russig. Sie faltete einen Typen, dem nach dem Öffnen seiner Flasche ein bisschen Bier auf den Boden gelaufen war, mustergültig zusammen. Überhaupt sah sie die ganze Zeit genervt aus und tigerte durch ihren Waggon, als wollte sie dir gleich ins Gesicht springen. Alle wichen ihrem Blick aus und zeigten artig die Fahrkarten vor. Als ich sie fotografierte, machte sie mich viehisch zur Sau. Sie brüllte, sie wäre eine Staatsbeamtin, und das Fotografieren von Staatsbeamten wäre fast dasselbe wie das Fotografieren öffentlicher Einrichtungen, und das sei ausnahmslos strikt verboten, gelte als Hochverrat und werde strafrechtlich als Verbrechen behandelt. Ich tat, als verstehe ich kein Wort, und lächelte dümmlich. Wie Meister Kapuściński uns gelehrt hat.

Irgendwann hörte sie auf zu keifen, einfach so, war plötzlich wieder ruhig und ging weiter durch den Zug.

Mein Nachbar, der das Bier verschüttet hatte, zwinkerte mir zu und gab mir einen Schluck ab. Das Bier war warm. Er war schlank, kahlköpfig, groß und hieß Dima. Früher, sagte er, war er auch mal in Polen gewesen. Er hatte Autos von Deutschland rübergebracht, und da war ihm unser schönes Land, wie er sagte, im Weg. Die polnischen Straßen und die polnische Polizei waren ihm so auf den Sack gegangen, dass ihm lange alles verhasst war, was auch nur irgendwie mit Polen zu tun hatte, sogar Anna German und die *Vier Panzersol-*

daten. Aber irgendwann war der Hass verraucht. Schließlich war er Internationalist und Kommunist aus Überzeugung und außerdem ein Anhänger der Theorie, dass der Durchschnittsmensch nicht schuld daran sei, dass er als Pole geboren wurde, dass ihn solche Arschlöcher regierten, die bei der Polizei andere Arschlöcher einstellten, ihre genauen Ebenbilder im Übrigen. Überhaupt, spann Dima den Faden weiter, wohne der Institution des Polentums an sich schon etwas ungeheuer Feindseliges inne. Etwas, das die Russen und Russland hasst, das das Slawische hasst, dabei, so Dima, wäre Polen doch auch slawisch, es laufe also am Ende darauf hinaus, dass Polen sich selbst hasse. Im Polentum sah Dima nur Gift und Verlogenheit, ein einziges Strippenziehen und Grubengraben. »Nationalismus«, seufzte er und gab mir noch einen Schluck ab. Ich nahm ihn zu mir und seufzte ebenfalls. Er zeigte mir, wo ich aussteigen musste, verabschiedete mich wie einen Bruder und sagte, er hätte mir auch das ganze Bier mitgegeben, aber er hätte selber nur zwei Flaschen und bis Sewastopol wäre es noch über eine Stunde.

In Bachtschissarai knallte mir, sobald ich ausgestiegen war, die Hitze vor den Latz. Wie ein heißer Lappen. Aber der rissige Beton des Bahnsteigs und die geweißten Bordsteine übten eine beruhigende Wirkung auf mich aus. Ich hätte am liebsten laut geschrien vor Glück. Die Babuschka, die mit ihrem Zimmerfrei-Schild auf mich zukam, musste früher einmal eine schöne Frau gewesen sein. Sie war irgendwie rührend. Ich sagte, ich würde ihr bis ans Ende der Welt folgen, und sie fragte, wie viele Leute wir wären und für wie viele Nächte. Ich antwortete, ich wäre ein Leut, und mit den Nächten wüsste ich nicht so genau, aber eher nicht so viele. Ohne ein Wort ließ sie mich stehen und steuerte mit ihrem Schild auf eine Gruppe polnischer Backpacker zu, die sich gerade auf den Bahnsteig ergoss.

Die nächste Babuschka entschied sich dann aber doch für mich. Den ganzen Weg über jammerte sie, die anderen Fremdenzimmeromas wären böse und spannten ihr die ganze Kundschaft aus. Sie hätten sich gegen sie verschworen. Bestimmt nur, erklärte sie, weil sie die besten Zimmer in ganz Bachtschissarai habe. Ach, von wegen Bachtschissarai, auf der ganzen Krim! Ich hörte nur mit einem Ohr hin, weil ich die Gegend bestaunen musste. Staubbedeckte Riesenmarschrutkas, Stoßstange an Stoßstange auf dem Maidan vor dem Bahnhof. Jungs in Badelatschen und Trainingsanzügen, die sich vor einem Internetcafé die Eier kraulten. Junge Frauen beim Versuch, sich ihre klapperdürren Absätze in dem eigentümlichen Cocktail aus Schutt, getrocknetem Schlamm und Steinen nicht abzubrechen, der stur darauf beharrte, als Straße und Gehweg durchgehen zu wollen. Ich fragte, ob es weit wäre bis ins Zentrum, worauf die Babuschka entschieden erwiderte, das Zentrum sei dort, wo sie wohne, das wäre nämlich genau zwischen Bahnhof und Busbahnhof. Sie schwärmte von der idealen Lage zwischen den Bahnhöfen, als ginge es um Sphärenharmonie, um das Zentrum des Weltalls, in dem die Allordnung aller Dinge herrsche und himmlischer Trost gewiss sei. Dort aber, sagte sie, wo alle fälschlich das Stadtzentrum ansiedelten, in der Altstadt nämlich, da wäre eigentlich überhaupt nichts. Nur die Altstadt. Deshalb, so führte sie aus, finde sich in allen Krim-Reiseführern derselbe idiotische Fehler. Das Zentrum wäre nicht das Zentrum. Und bei Gelegenheit sollte ich doch mal auf die Verantwortlichen einwirken und diese irrtümliche Darstellung der Lage berichtigen. Einen Brief schreiben oder so.

Ich bekam ein Zimmer im Haus der Babuschka. Außer ihr lebte noch ihr Mann dort. Und ihr gemeinsamer Sohn, Nikolai. Die Babuschka, so stellte sich heraus, war Ukrainerin, und der Großvater nannte sie Chochlatschka. Der Großvater war Russe, und die Babuschka nannte ihn Kazap. Dem Sohn ging seine Identität am Arsch vorbei. Das heißt, er sagte, im Grunde wäre er schon russisch, aber nicht gleich im Sinne von russländisch, Föderation, Moskau, Kreml und so. Ukrainer wäre er auch nicht. Ganz normal halt, russisch, nichts weiter. So wie alle.

Es war zauberhaft. Der Garten war zugewachsen wie ein Dschungel. Vor dem Haus wuchsen Tomaten und Gurken. Im Hof gab es alles im Überfluss. Wie auf einem alten Dachboden. Rostige Autoteile, Bretter, Altmetall, weiß der Henker. Es sah aus, als könnte man daraus eine ganze Armee von Rostrobotern bauen und dann die Weltherrschaft übernehmen. Und das Ganze wimmelte von Katzen. Es war wirklich ein Gewimmel wie von haarigen, geschäftigen Maden, denn es waren Massen von Katzen.

Ich stellte meinen Rucksack ab, wusch mich unter einer duschoidalen Konstruktion, die Nikolai und sein Vater im Garten aufgestellt hatten, und trat hinaus in die flirrende Stille. Das Haus von Oma Chochlatschka, Opa Kazap und Nikolai lag in einer ausgesprochen ländlich-idyllischen Gegend. Die Häuser der Nachbarn sahen ganz ähnlich aus. Alle von ähnlichen Gärten umgeben, überbordend von Grün und Gerümpel. Eine Straße gab es nicht, Laternen auch nicht. Die löchrige Piste zwischen den Zäunen führte zu der asphaltierten Straße nach Sewastopol. Die Luft brüllte vor Hitze. Ich ging wie durch Honig.

Es war wirklich unglaublich. Bachtschissarai war ein Stück Mittelasien, herauskopiert (Ctrl-C) und eingefügt (Ctrl-V) in eine, mit allen Abstrichen, europäische Wirklichkeit. Ich stand am Abhang und schaute hinab über die mit Minaretten gespickte, von engen Sträßchen durchschlängelte Stadt. Hier also, dachte ich, sind die Tataren aus dem Ei geschlüpft. Von hier sind sie ausgezogen, zu brandschatzen und zu plündern. Zu vergewaltigen sicher auch, wobei mir schleierhaft ist, wie sie das nach Wochen im Sattel hinbekommen haben wollen.

Aus der Nähe sah die Altstadt dann ein bisschen anders aus. Das Sowjetische hatte sich in Windeseile in die islamische Ästhetik hineingefressen und sie bis auf die Sehnen abgenagt. Der lustige slawische Pfusch, hingeworfen über das orientalische Skelett der Stadt. Jedes Haus sah anders aus, was halt grade zur Hand war, als ein Zimmer hier, ein Anbau da drangebaut oder das Dach angehoben worden war. Die Gebäude erdrückten sich gegenseitig, türmten, reckten und streckten sich in die Höhe. Durch eins der engen Sträßchen ritt ein Typ im Galopp. Ohne Sattel. Er hatte nur seine Hose an. Barfuß, oben ohne. Er sah komplett besoffen aus. Schon war er an mir vorbei und um die Ecke verschwunden.

Vor dem Palast der Khane verkauften Tatarinnen und Russinnen Süßigkeiten. Sie saßen da in ihren geblümten Kittelschürzen und unterschieden sich nur in ihren Gesichtszügen. Alle schnatterten wild durcheinander. Ein paar Polinnen saßen auf dem Mäuerchen vor dem Mausoleum der Dilâra Bikeç, laut Puschkin und Mickiewicz eine von den Tataren geraubte Polin. Angeblich war ein Khan in sie verliebt und wollte sie zur Frau nehmen. Eine hielt Mickiewiczs *Krimsonette* im Schoß und deklamierte mit bebender Stimme: »Im Land voll Lust und Lenz, o junge Rose, / Verblühtest du! Der Jugend Wonneleben / Ließ Faltern gleich, dich küssend im Entschweben, / Die Larven der Erinn'rung dir im Schoße …«

Eine andere fing an zu schluchzen und das Mäuerchen zu streicheln, auf dem sie saß.

»Wie mag der Sterne Heer, das uferlose / Gen Polen hin so heller Glanz durchbeben?«, deklamierte die exaltierte Erste weiter, den Tränen nahe, »Hat ihm den Glanz dein sehnend' Aug' gegeben, / Eh' man es deckte mit dem Grabesmoose?«

Ich starrte sie an und traute meinen Augen nicht.

»O Polin!«, jaulte die Exaltierte auf, und ihre Freundin lebte ihre Empfindsamkeit an dem Mäuerchen aus, »Einsam geh' auch ich zu Grabe / Laß deinem Hügel weihen mich die Scholle; / Oft rasten Wandrer hier an ihrem Stabe …«

Unweit von ihnen hockte ein alter Tatare und hütete seine Ziegen. Er betrachtete die Mädels interessiert. Neben ihm auf dem Boden lag ein aufgeschlagenes Buch. Dan Browns *Sakrileg*.

Ich kehrte auf Umwegen in mein Quartier zurück, irrte herum, verlief mich. Das Stadion der Freundschaft in Bachtschissarai war von Unkraut überwuchert und von Rissen durchzogen wie in einem dieser *Die Welt ohne uns*-Filme. Es sah aus wie die provinzielle sozialistische Version einer antiken Ruine. Als hätten Speer und Hitler bei der Planung ihrer Giga-Nazibauten den Ruinenwert einkalkuliert. Womöglich hatten die sozialistischen Architekten, die – wie alle in Mittel- und Osteuropa – in ihrem tiefsten Inneren eine perverse Bewunderung für die Deutschen empfanden, ihn ebenfalls berücksichtigt. Es sah jedenfalls ganz danach aus. Durch einen Spalt zwischen zwei Torflügeln schlüpfte ich hinein und betrat den Rasen. Das Gras reichte mir bis zum Bauch. Heilandsack, das waren hier mal »eines Wiesenmeeres Breiten«. Na ja, eher eines Wiesenteiches. Auf den Tribünentrümmern saßen ein paar Jungs, tranken Wodka und glotzten mich an, die Hände als Sonnenschutz über den Augen. Ich winkte ihnen zu, sie standen widerwillig, zögernd auf und bewegten sich auf mich zu, um dem ehernen Gesetz Genüge zu tun und mir eins auf die Fresse zu geben. Ich zog mich auf dem eben ausgetretenen Pfad zurück. Bis vor das Stadiontor wollten sie mir dann doch nicht folgen.

Ich saß mit Nikolai an einem Tisch im Hof, und wir tranken Selbstgebrannten aus den Trauben des Nachbarn, Wassja hieß er. Wassja war, wie ich erfuhr, Ingenieur im hiesigen E-Werk. Überhaupt waren alle hier Ingenieure. Ein bisschen wie in Mrożeks *Atomowice*. Opa Kazap war Ingenieur, Oma Chochlatschka war Ingenieurin. Das war hier die Ingenieurssiedlung. Ich traute meinen Ohren nicht. Dieses Kaff ohne geteerte Straße, diese versifften Gärten – das sollte die Ingenieurssiedlung sein? »Ja«, sagte Nikolai. »Hier sind alle Ingenieure. Die Häuser haben sie vom E-Werk. Der Kommunismus war gut als System. Hast du noch nicht bemerkt, dass sie alle gleich sind?«

»Doch«, machte ich mir staunend klar. »Bist du auch Ingenieur?«

Nikolai seufzte.

»Nicht so arg«, sagte er. »Die Eltern haben gedrängelt, aber ich hatte keinen Bock. In Jalta«, sagte er, »hab ich im Hotel gearbeitet. Goldene Zeiten waren das. Ich hab die Freizeitausrüstung rausgegeben.«

»Und das hat so viel Kohle gebracht?«, fragte ich. »Was war das denn für eine Ausrüstung?«

»Na Freizeit halt, nichts Besonderes«, erwiderte er. »Für die Hotelgäste. Liegematten für den Strand, Handtücher, Liegestühle, diese Styroporbrettchen zum Schwimmenlernen, Badekappen. Der Witz war«, seine Augen begannen zu leuchten, »dass es das Zeug umsonst gab. Aber das haben wir den Leuten nicht erzählt, sondern dafür kassiert. Weißt du, was du da rausholen kannst? Alter! Das sieht erst mal wenig aus, aber wenn das alles bei dir obendrauf kommt …«

»Und dann?«, fragte ich zwischen zwei Schlucken Selbstgebranntem. »Wie ist es ausgegangen?«

»Ach«, er winkte ab, »die beschissenen neuen Zeiten. Da kam ein neuer Chef, und das Arschloch hat Kameras aufgehängt, da war ganz schnell Scheißschicht im Schacht. Verboten hat er's. Da bin ich gegangen. Bei so einem Hungerlohn mach ich lieber frei.«

Der Mond schob sich in den Himmel, groß, voll und rund wie angeschwollen.

»Und wovon lebst du?«, fragte ich.

»Von dir«, antwortete er. »Ihr kommt ja echt in Massen hierher. Also die Polen. Wieso«, Nikolai zog an seiner Zigarette, »eigentlich ausgerechnet ihr? Nicht die Deutschen, nicht die Amerikaner, nicht die, was weiß ich, die Tschechen, sondern ihr?«

»Werkstoffgedächtnis. Frag mal deine Ingenieurseltern, die erklären dir das.«

»Sehr witzig.« Nikolai schenkte Wodka nach. »Sag schon.«

»Hast du schon mal was von ›Polen von Meer zu Meer‹ gehört?«

Nikolai griente mich über sein Schnapsglas hinweg an.

»Wie jetzt«, fragte er amüsiert, »seid ihr hier auf Eroberungsfeldzug, oder was?«

Ich zuckte die Achseln.

»Weiß nicht. Es hat wohl damit zu tun, dass wir in Europa das letzte Volk von Romantikern sind«, antwortete ich.

»Von Spastikern«, erwiderte Nikolai. »Ich versteh das ja: ans Meer fahren, im Hotel sitzen, baden gehen, Urlaub machen. Aber dieses sinnlose Rumgegurke mit dem Zug von einer Stadt in die nächste, mit diesen sauschweren Rucksäcken, über Zäune klettern … Wenn ihr so weitermacht«, prophezeite er, »klettert ihr euch garantiert kein Polen von Meer zu Meer zusammen. Wohlsein!«

Tags darauf ging ich nach Çufut Qale, in diese derb alte Stadt, die irgendeine derb antike Rasse aus dem Fels gehauen hat und die im Laufe ihrer langen Geschichte unter anderem Tataren und Karaimen bewohnt haben. Ich ging durch die Hitze wie durch siedendes Öl. Vor dem Kloster Mariä Entschlafung saßen langbärtige Geistliche und qualmten. Ein Stück weiter sah ich ein irres Ding. Einen Laster, dessen Vorderräder auf Baumstümpfe aufgebockt waren. Aber nicht etwa nur ein Stumpf pro Rad: Es waren bei beiden gleich mehrere, der Laster stand in einem Winkel von fünfundvierzig Grad. Auf der Pritsche war ein Kran montiert. Es ging wohl darum, dass der Kran sonst nicht bis an die Schräge gereicht hätte, wo er die Ladung abstellen sollte. Die ganze Konstruktion war so unfassbar rachitisch, mit so dermaßen viel Gottvertrauen gebaut, dass ich die Kamera rausholte und ein Foto schoss. Die Arbeiter grinsten verstohlen. »Was denn«, fragte einer mit Vollbart, »siehst du wohl zum ersten Mal, so was, hm?« »Wie habt ihr denn«, fragte ich, »den Laster hochgekriegt, damit ihr die Stümpfe drunterbringen konntet?« »Mit dem Kran«, antwortete der Vollbart. »Wie jetzt, mit dem

Kran«, fragte ich, »der Kran ist doch auf dem Laster?« Da zog sich der Vollbart an den Haaren. »Wie Münchhausen aus dem Sumpf, kennst du Münchhausen?«, fragte er. »Kenn ich«, antwortete ich und ging weiter.

Der Asphalt ging zu Ende, der nackte Boden kam durch. Touristinnen aus Russland und der Ukraine marschierten auf Stöckelschuhen den steilen Berg hoch. Wie zum Ball, mit Täschchen, in die höchstens eine Nagelfeile oder ein paar zusammengerollte Geldscheine gepasst hätten. Manche trugen Paillettenblusen, andere Frisuren, für die sie, wie es aussah, jeden Morgen mehrere Stunden vor dem Spiegel zubrachten. Die mussten, dachte ich mir, mitten in der Nacht aufgestanden sein, um das so hinzubekommen.

In der Nähe des Eingangs nach Çufut Qale stand ein Zelt herum. Davor saßen offenbar ein paar Studenten. Ins Gras geflätzt, Bierflasche in der Hand. Ein Stückchen weiter gähnte eine Grottenöffnung.

»He, Kollege«, rief mir einer der Studenten zu, »willst du was Antikes sehen?«

»Was denn Antikes?«, hakte ich nach.

»Na, hier«, sagte einer der Studenten, wahrscheinlich ihr Rädelsführer, »Antikes halt. Antike Höhlen und so.«

»Was juckt mich eine antike Höhle?«, fragte ich. »Jede Höhle ist antik.«

»Wie du willst«, sagte der Rädelsführer achselzuckend. »Aber da gibt es antike Malereien. Und überhaupt.«

»Und ihr?«, wollte ich wissen. »Ihr arbeitet im Nationalpark? Im Museum? Oder wer verwaltet eure Höhle?«

»Nein.« Der Räuberhauptmann schüttelte den Kopf. »Wir studieren Wirtschaft in Simferopol.«

Daraufhin prosteten mir die anderen mit ihren Bierflaschen zu.

»Komm schon, Kollege«, sagte der studentische Hetman, »nur fünf Hrywnja. Für ein Bier.«

»Dann lasst mich doch euch eine Höhle zeigen«, meinte ich und zuckte die Schultern. »Für vier Hrywnja. Kann ich auch.«

»Ach, leck mich doch«, antwortete der Rädelsführer und ging zurück zu seinen im Schatten des Zeltes lungernden Kommilitonen.

»Na gut«, warf ich ihm hinterher, von mir selbst überrascht. Der Hauptmann blieb stehen und schaute sich erwartungsvoll um. »Dann zeigt mir halt die Malereien.«

Ich drückte dem Rädelsführer einen Fünfer in die Hand. Er steckte ihn ein und nahm mich mit hinters Zelt. Tatsächlich, da war ein Loch im Fels.

»Kletter rein«, sagte er.

»Nach dir«, brummte ich und sah vor meinem geistigen Auge Berge von Touristenleichen, die sich in der Höhle von den Stalagmiten bis hinauf zu den Stalaktiten türmten. Der Rädelsführer warf mir einen frostigen Blick zu und ging rein, mit einer Taschenlampe, die er aus seiner kurzen Hose gezogen hatte.

Die Höhle war, wie Höhlen eben waren. Ich konnte nichts Besonderes erkennen.

»Und?«, fragte ich den Rädelsführer.

»Nichts ›und‹«, antwortete er. »Eine antike Höhle, was willst du denn noch?«

»Ja Scheiße, Mann«, fing ich an zu gestikulieren, »was war denn hier, keine Ahnung, wer hat hier gelebt? Die Goten? Die Taurer? Keine Ahnung, Mann, die Skythen?«

»Goten, Taurer und Skythen, alle miteinander«, meckerte er zurück. »Woher soll ich das denn wissen, Mann? Ich studiere Wirtschaft, nicht Archäologie. Machst du hier auf Indiana Jones, oder was soll der Scheiß?«

»Und was ist mit den Malereien?«, fragte ich resigniert.

»Ach, die Malereien«, freute sich der Hauptmann. »Bitte sehr, die sind da oben.«

Er ließ den Lichtkegel an die Decke wandern. Dort sah ich ein paar linkisch mit der Kerzenflamme hingerußte Zeichen, die entfernt an die Runen volltrunkener Wikinger erinnerten. Am Ende der rußigen Runoidenzeile prangte stolz das international geläufige Schwanz-Piktogramm.

Moskauerinnen, Rostowerinnen, Charkiwerinnen und andere sprangen in ihren Stöckelschuhen wie die Gämsen über die Felsen von Çufut Qale. Sie rekelten sich vor den Objektiven, als wären sie Pornodarstellerinnen. Ihre Männer gaben sich gangstermäßig beherrscht und sparsam in ihren Bewegungen. Einmal cool, immer cool. Ich ging durch diese Felsenstadt und saugte sie in mich auf, denn es war einfach schön. Wer immer das gebaut hatte – er hatte Geschmack. Vor der karaimischen Kenessa stand eine alte, gesprungene Marmortafel. Sie pries den guten Zaren Alexander. Über der verschnörkelten kyrillischen Inschrift war ein Doppeladler zu sehen. Geschmückt mit den Landeswappen des Imperiums. Den polnischen Adler trug er auf dem linken Flügel.

»Das ist über unseren Zaren«, flüsterte eine junge Mutter in Stöckelschuhen ihrem Zehnjährigen zu, den sie an der Hand hielt, »über Zar Alexander. Merk dir das.«

Zum ersten Mal hörte ich, dass jemand von »unserem« Zaren sprach, und ich staunte nicht schlecht, wie spontan, natürlich und unschuldig das klang.

Ich machte mich nachts auf den Rückweg, betrunken. Ich war noch irgendwelchen Polen über den Weg gelaufen, und wir hatten uns in einer tatarischen Kneipe unweit der Ausfallstraße nach Sewastopol volllaufen lassen. Sie kamen aus Gdańsk und wollten hier klettern gehen.

Und nun war ich auf dem Rückweg. Licht gab es nicht. Auch keinen Mond. Es war nichts zu sehen. Rein gar nichts. Ich folgte nur meinem Gedächtnis. Nur hin und wieder zeichneten sich schemenhaft Gruppen schwarzer, hockender Silhouetten ab. In Nächten wie diesen konnte ich nachvollziehen, weshalb die Nacht im Menschen solch einen Horror auszulösen vermochte. Wieso er das Unsichtbare mit Monstern besiedelte. Ich ging durch das schwarze Nichts, durch den Kosmos, denn dieses Schwarz war Teil des kosmischen Schwarz, von Bachtschissarai bis Alpha Centauri, Andromeda und weiter, weiter bis ans Ende des Universums, hinter den Horizont des Geschehens. Und ich verstand, dass das Nichts alles andere als weiß war. Und dieses beschissene unbeschriebene Drecksblatt nichts als Verarsche.

Anderntags erwachte ich komischerweise ohne Kater. Ich verabschiedete mich von Nikolai, Kazap und Chochlatschka und schlappte zum Bahnhof. Durch die Scheiben der Elektritschka konnte ich zusehen, wie die Landschaft südländisch wurde. Italienisch. Sanfte, olivgrüne Hügel. Pinien. Italien, aber ein sowjetisches. Postsowjetisches. Ein Italien, zugestellt mit Plattenbauten und Wohnsilos. Die volle Breitseite alternativer Geschichte. Wir näherten uns Sewastopol.

Im Militärhafen verrostete die sowjetische Flotte. Ich schaute sie mir mit Heike an, einer Deutschen, die mit ihrem Rucksack von Köln bis Wladiwostok pilgern wollte. Wir waren uns am Bahnhof begegnet, wo sie vergeblich versucht hatte, herauszufinden, wie man in die Innenstadt kam. Sie sprach kein Russisch, und Englisch konnte hier kein Mensch. Also sahen wir uns die Stadt zusammen an.

»Und davor haben wir uns nun ein halbes Jahrhundert lang gefürchtet …« Heike starrte auf die rostige Schwarzmeerflotte, die in den sanften Wellen vor sich hin dümpelte, und kam aus dem Staunen nicht mehr heraus. »Vor diesem Haufen Schrott! Krass!«

Sie schoss ein Foto nach dem anderen. Niemand gab ihr zu verstehen, dass das nicht ging, dass es verboten war. Ein paar Offiziere stromerten durch den Hafen, sahen den Ausländern dabei zu, wie sie das Kronjuwel der Sowjetarmee fotografierten, und ich glaubte, in ihren Gesichtern einen Anflug von Verlegenheit zu erkennen, von Unbehagen. Matrosen saßen aufgereiht auf einer Bank. Mit ihren weiten schwarzen Hosen, den weißen Blusen mit Matrosenkragen und den Mützen mit der Aufschrift »Tschernomorski Flot« auf dem Band sahen sie aus wie verkleidet, wie Statisten für ein Schwulenvideo in Erwartung der ersten Klappe. Wir gingen auf sie zu, um ins Gespräch zu kommen. Das heißt, Heike wollte ins Gespräch kommen. Ich spielte den Dolmetscher. Diese Obsession, mit den Eingeborenen ins Gespräch kommen zu müssen, ist mir seit jeher ein Rätsel. Klar, man kann hier und da zwei Worte wechseln, aber was sollen sie einem denn erzählen, über das Offensichtliche hinaus? Sicher, das Leben ist hart, kein Geld, kaum Jobs, alles geht vor die Hunde, dies und das. Aber Heike hatte es ja so gewollt. Also brachte sie in Erfahrung, dass alles vor die Hunde ging, hartes Leben, kein Geld und die Heimat in weiter Ferne, es waren nämlich Russen. Sie gaben uns Postkarten für ihre

Mädchen mit, wir sollten sie einwerfen, weil sie selbst das Hafengelände nicht verlassen durften. Auf dem Weg zum Briefkasten lasen wir die Karten. Das heißt, ich las sie. Vor. Sie waren genauso, wie Karten von Jungs beim Militär für die Mädchen daheim sein mussten, es tat schon fast weh. Herzschmerz und ein paar verkappte erotische Anspielungen. Mehr nicht.

In den Ruinen von Chersones, wo Großfürst Wladimir von den Griechen getauft worden war, wo die Geschichte des Dritten Roms ihren Anfang genommen hatte und das Russige auf das klassische Altertum getroffen war, steppte der Bär. Zwischen versifften Mauerresten lagen zerdepperte Schampanskoje-Flaschen, Zigarettenkippen, Kackhaufen tierischer und menschlicher Natur. Slawische Pärchen saßen in inniger Umarmung zwischen den Trümmern der Antike und schauten aufs Meer hinaus.

So auch Heike, die Germanin. Klein und dunkelhaarig, wäre sie eher als Ungarin durchgegangen. Zur Not als Französin. Wir spazierten durch dieses Krim-Pompeji, und ich führte Heike in den russischen Grundwortschatz ein. Sie spielte mit den Vokabeln und meinte, sie lägen ihr gut auf der Zunge. Eifrig wiederholte sie ein ums andere Mal »kanjeschna« und »kak shywjosch«, aber ihre Lieblingsvokabel war »katschestwa«. Die mochte ich auch ganz gern.

Lange vor den Slawen waren hier auf der Krim die geheimnisvollen Taurer gewesen, die ihren hellenischen Gefangenen mit Keulen die Schädel eingeschlagen hatten, um diese dann abzutrennen und auf Pfählen vors Haus zu stellen, als Wachhund-Ersatz.

Später waren die nicht minder geheimnisvollen Kimmerer gekommen, von denen Robert Ervin Howard das Geschlecht Conans herleitete.

Dann, na klar, die Skythen, noch später Griechen, Römer, Chasaren, wieder Griechen, aber diesmal als Romäer aus Byzanz. Später die Genuesen aus Italien, die Tataren und schließlich – sie. Die Slawen. Wir. Sie. Irgendwie doch wir. Und auch wieder nicht. Sie. Ich wusste es selbst nicht. Aber gefühlt eher sie.

»Sag mal«, fragte Heike zögerlich, »wieso kommt ihr eigentlich hierher?«

Wir saßen, genau wie die anderen, zwischen diesen Ruinen, auf den antiken Trümmern und tranken ebenfalls mit Blick aufs Meer.

»Wer ›ihr‹?«, fragte ich.

»Na, ihr Polen. Jeder Rucksack, dem ich hier über den Weg laufe, ist Pole.«

»Oh Mann, das habe ich eben erst deinem Negativ erklärt.«

»Wer ist denn mein Negativ?«, fragte Heike verwundert.

»Du bist Deutsche. Dein Negativ ist der Russe. Ist doch klar.«

Heike lachte. »So, so.«

Nach einer Weile fragte sie noch einmal: »Okay, aber wieso kommt ihr hierher? Wobei, vielleicht kann ich das sogar noch verstehen. Nur eines ist mir unbegreiflich.«

»Was denn?«

»Ihr Polen seid doch verständige Menschen«, fing sie vorsichtig an. Ich warf ihr einen argwöhnischen Blick zu. »Also, davon gehe ich jetzt mal aus. Aber erklär mir bitte mal, wieso ich immer, wenn ich hier einem Polen begegne, zu hören bekomme, was er für krasse Sachen gesehen hat. Dass alles hier so total im Arsch ist und nichts funktioniert. Alle erzählen sie mir die wildesten Geschichten. Dabei …« Heike versuchte verstohlen meine Reaktion einzuordnen, »dabei muss euch doch bewusst sein, dass es bei euch genauso aussieht. Ihr könnt doch gar nicht so vernagelt sein, das nicht zu verstehen. Oder?«

Ich stöhnte.

»Jetzt erklär mir das mal.« Sie ließ nicht locker. »Was soll das Theater? Was spielt ihr euch da vor?«

Ich stöhnte noch einmal und schnickte meine Kippe ziemlich genau an die Stelle, wo Großfürst Wolodymyr seinerzeit die Taufe empfangen hatte.

Was hätte ich ihr denn, verdammt noch mal, antworten sollen? Dass wir Polen so eine komische Theorie haben, nach der katholischer Rotz nicht dasselbe ist wie orthodoxer Rotz?

»Verstand wird Polen nie verstehn«, erwiderte ich deshalb. Weil, ehrlich: Was hätte ich denn sagen sollen, verdammt?

Aber so insgesamt war Heike in Ordnung. Und Sewastopol ganz annehmbar. In einer der Kirchen hing eine Ikone mit Zar Nikolai. Der Zar sah darauf aus wie ein ordentlicher orthodoxer Heiliger. Genau dieser Stil. Frauen verneigten sich vor ihm im Gebet, bis zum Boden. Darunter war auch eine Jugendliche. Sie war vielleicht achtzehn, in Sportschuhen und rosa Bluse. Und sie verbog sich vor ihrem auf den Altar gestellten Herrscher bis zu den Schuhspitzen.

Wir machten uns auf die Suche nach einem Quartier für die Nacht, zu zweit war es billiger. Das Hotel hatte zwar einen Fahrstuhl, der funktionierte aber nicht. Die Zimmertür war, wie die gesamte Wand, mit einer Herbstlaub-Fototapete beklebt. An der Wand hing ein Heizkörper, der nicht zu überkleben ging, deshalb hatten sie ihn mit Farbtupfen in Braun- und Orangetönen versehen. Die Tür ließ sich nicht schließen. Zum Sex kamen wir eher aus Langeweile. Wir wollten nicht saufen, und irgendwas mussten wir mit dem Abend ja anfangen.

Am Morgen machten wir uns auf nach Alupka. In einem alten Wolga, chauffiert von einem Georgier, einem Taxifahrer, der, wie er erzählte, Held des Großen Vaterländischen Krieges war und die Medaille eines Helden der Sowjetunion seligen Angedenkens bekommen hatte. Der Wolga röchelte und schnaufte, ging ein paar Mal aus und musste angeschoben werden, aber wir kamen ans Ziel.

In Alupka gab es nichts Besonderes, aber wir wollten nicht weiterfahren. Wir saßen auf den Betonplatten, die den Strand ersetzten, und sahen zu, wie die Russen in der Sonne schmurgelten. Ich dachte tatsächlich daran, sie zu wenden, damit sie nicht anbrannten. Alupka bestand hauptsächlich aus bröckelndem Beton, überhaupt gab es hier einen entschiedenen Betonüberschuss. Überall ragten Bewehrungseisen hervor. Rost und Zerfall, und dazu nackte, von der Sonne gerötete menschliche Leiber. Irgendwann wurde es Abend, und wir kamen zu dem Schluss, es wäre nicht doof, einen Schlafplatz zu finden. Es fügte sich, dass wir, kaum war der orangefarbene Staub gesunken, einen breit grinsenden Typen vor uns sahen, der halb nach Zigeuner und halb nach Georgier aussah.

Und dieser Georgozigeuner entwarf vor uns das Bild einer endgeilen Kwartira, meeresnah, gleich neben einem Wodkaladen. Wsjo jest, sagte er, alles da. Der Laden, warb er, sei zwar kein Spätkauf, aber der Eigentümer wohne gleich obendrüber, und im Fall der Fälle klopfe man an, dann würde dieser Eigentümer dem Bittenden auch geben, der lasse eine bedürftige Seele nicht im Stich. Und überhaupt, die Kwartira: allererste Sahne! Ganz unter uns würden wir dort sein, die ganze Kwartira für uns allein, mit allen Schikanen. Für nur neun neunundneunzig pro Nase, Sonderpreis, ein Schnäppchen, heißer Tipp.

Er legte sich dermaßen ins Zeug, war dermaßen motiviert, dass wir mitkamen. Der Typ lotste uns durch Straßen, die zu Gassen wurden, schließlich zu engen Schleichwegen zwischen Gebäuden, wild hingestellt ohne Sinn und Verstand.

Der Georgozigeuner, ein Riesenvogel mit stattlichem Bierzähler am dürren Hals und einem Riecher wie ein Tukanschnabel, führte uns durch Krater und über umgestürzte Bäume, und wir rangen jeder für sich die (rassistische) Sorge nieder, dass das Risiko, abgezogen zu werden, überdurchschnittlich hoch war, sollte er Zigeuner sein.

Und so gingen wir, versunken in unserem noblen Ringen, und dachten uns im Stillen, wir würden zur Not schon mit dem Georgozigeuner fertig werden, im Ernst, es sei denn, er brachte uns gerade an einen Ort, wo es noch mehr Georgozigeuner gab.

Aber nach ungefähr einer halben Stunde Fußmarsch eröffnete sich vor uns das Panorama einer Chruschtschow-Plattenbausiedlung, die nur so strotzte von den Dingen, von denen eine Plattenbausiedlung strotzen musste. Und im Hintergrund funkelte das Schwarze Meer. In den, wegen des Schwulstfaktors, letzten Strahlen der untergehenden Sonne.

Der versprochene Spirituosenladen war auch da. In der versprochenen unmittelbaren Nähe zur Kwartira, direkt vor dem Fenster. Vor dem Laden hatten sich die lokalen Penner eine Art Biergarten eingerichtet, indem sie auf etwas, das man nur mit einer gehörigen Portion Weltoffenheit als Gehweg bezeichnen konnte, ein paar Kisten, alte Stühle und Tische aufgestellt hatten. Dort gaben sie sich fröhlich die Kante, einer spielte sogar Gitarre, und die Welt war ihnen ein freundlicher Ort.

Das Treppenhaus erinnerte mich an sämtliche Postapokalypse-Filme, die ich jemals gesehen hatte, zugleich: Die Menschen leben in den Ruinen der einstigen Zivilisation, wissen aber nicht mehr, was wozu zu gebrauchen war, und alles geht einfach vor die Hunde, während der in die Altsteinzeit zurückgeworfene *Homo sapiens* Zelte aus Tierhäuten auf den Trümmern, sagen wir mal, des Sony Center auf dem Potsdamer Platz aufschlägt.

Dunkel und klebrig war es hier. Und es stank so penetrant, dass jeder Versuch, einzelne Gerüche unterscheiden zu wollen, dem Versuch der degustatorischen Beschreibung nach einem Glas Spiritus gleichgekommen wäre.

In der Dreiraumwohnung im Erdgeschoss wartete eine Babuschka auf uns, die Schwiegermutter des Georgozigeuners. Die Chosjajka, die Wohnungseigentümerin.

Der Georgozigeuner verabschiedete sich und verschwand, die Chosjajka händigte uns die Schlüssel aus, kassierte die Hrywnja, die sie Rubel nannte, zeigte uns, wo es warmes Wasser gab und wo kaltes, sagte uns fairerweise, wir sollten mit dem Ofen aufpassen, weil der explodieren könnte, wünschte uns einen angenehmen Aufenthalt am Meer und verzog sich. Und die Flurtür sollten wir unter keinen Umständen öffnen.

Im Spirituosenladen kauften wir eine ganze Batterie Dshintonik-Fläschchen. Dann gingen wir zurück in unserer Quartier. Wir tranken auf dem Balkon, starrten stumpf auf das funkelnde Meer hinter den Plattenbauslums und überlegten, was wohl hinter dieser Flurtür sein mochte. Bis wir es nicht mehr aushielten. Ich drückte die Klinke herunter. Die Tür war nicht abgeschlossen. Inmitten des leeren Raumes stand ein Sarg. Ein leerer, schwarz lackierter Sarg. Weiter nichts.

Als ich aufwachte, war Heike nicht mehr da. Ihr Rucksack auch nicht. Auf dem Tisch lag eine Seite aus ihrem Reisenotizbuch mit ihrer E-Mail-Adresse, aber ohne Telefonnummer. Sie hatte geschrieben, ich sollte mich melden, wir müssten uns unbedingt mal treffen, wenn sie aus Sibirien zurück wäre. Bei ihr in Berlin oder bei mir in Kraków. Sie hatte geschrieben, dass es nett war und ich mir nicht so eine Platte machen sollte wegen dieser ganzen Geschichten mit dem Slawentum, Germanentum, Deutschtum, Russentum und Polentum, das wäre doch am Ende scheißegal. Dann hatte sie noch ein Kuss-Emoticon (:*) gemalt und mit Vor- und Zuname unterschrieben. Ich musste lachen. Ich legte mich wieder ins Bett und zündete mir eine Zigarette an, obwohl ich morgens nie rauchte. Die Sonne schien schräg ins Zimmer, frisch, fröhlich.

In Jalta, auf dem zentralen Prospekt, standen Fotoateliers mit einer besseren Welt. Hier konnte man sich als Mitglied der Zarenfamilie verkleiden, als Pirat oder Musketier.

Unabdingbarer Bestandteil all dieser Interieurs war der Pomp. Ohne Pomp kein Vergnügen, und ohne Pomp hätte niemand auch nur eine müde Hrywnja springen lassen, nicht einen einzigen Rubel, wie es hier hieß. Wer sich das Zarenatelier nicht leisten konnte, dem blieb noch das Foto mit dem kleinen Krokodil. Sie hatten ihm das Maul mit Klebeband umwickelt. »Dass es nicht schnappt«, erklärte mir ein Typ im Piratenkostüm, der das Krokodil verlieh. Der Pirat hatte sich die Hälfte seiner Zähne mit schwarzem Edding angepinselt, als wären sie gar nicht da. Es gab auch einen lahmen Affen und massenweise Papageien. Auf dem Gipfel des Ai-Petri standen Kamele im Dunst. Sie wurden mit Bussen dorthin gekarrt, kein Witz. Aus allen Fenstern ragten Kamelköpfe. Das wurde hier langsam alles ein bisschen viel.

In Aluschta wurde eine Art Russenkarneval gefeiert. Als ein altersschwacher Bus, gesteuert von einem nicht weniger altersschwachen Fahrer, mich auf dem Busbahnhof ausspuckte, war ich gleich mittendrin im Karnevalsgetümmel. Alle Wände pulsten hier im Russendiscobeat, die Discomucke ergoss sich aus jeder Ritze, zwängte sich zwischen den Autos hindurch, die an allen erdenklichen Orten abgestellt waren, drang durch verbogene Bleche, bröckelnden Beton, Spanplattenschilder, aus farbiger Folie ausgeschnittene und wahllos überall hingepappte kyrillische Buchstaben.

Einigermaßen belämmert begab ich mich auf Zimmersuche. Schon nach wenigen Schritten erwischte mich eine Babuschka mit Pappschild in der Hand. Ihr Lächeln war entwaffnend charmant, und auf dem Schild stand: nicht weit und nicht teuer. Ich folgte ihr. Und ich tauchte erneut ein in die Innereien des Antiurbanen, der Antiarchitektur, bis wir zu einem rachitischen Haus kamen, erbaut aus, schwer zu sagen, woraus eigentlich, weil es hier alles gab: Hohlziegel, Holz, Backstein, hier und da noch mit Kunststoffverkleidungen kaschiert. Vor dem Haus saß auf einem Bänkchen eine sehr weiße, gallertartige Frau. Und neben ihr ein ebenso weißer, ebenso gallertartiger Junge, offenbar ihr Sohn. Sie sahen aus wie zwei Schwarzmeerquallen, aus denen jemand Menschen modelliert hatte.

»Das ist Mascha«, flüsterte meine Babuschka mir zu, »alleinerziehend, mit ihrem Sohn Igor. Sie kommt jedes Jahr hierher. Aus Norilsk.«

»Aus Norilsk«, flüsterte ich staunend. Ich war nicht im Stande, mir ein Bild von Norilsk zu machen. Eine Betonmetropole mitten im Niemandsland, im totalen Nirgendwo. Norilsk, dachte ich, könnte genauso gut durchs All kreisen.

Rund um Norilsk gab es nichts, woran die Fantasie hätte andocken können. In einer Entfernung, dachte ich, in der ein Mensch in Europa Paris, London, Prag, Kraków, München, Zürich oder Rom um sich hat, haben die in Norilsk nur ein oder zwei Dörfer, aus Holz, verschlammt, verdreckt und halb vertiert, darüber Schwaden von Alkohol und Borschtsch. Ein paar traurige, entsetzliche Pünktchen im Nichts. Und Norilsk selbst – eine rußgeschwärzte, triste Monstersiedlung, in den Permafrost gehackt, die eine Jahreshälfte bibbernd in völliger Finsternis, die andere Hälfte ewig fünf Uhr früh, wo du nicht weißt, was besser ist: minus vierzig Grad im Dunkeln oder Matsch bis zum Hals bei trübem Licht.

Die Quallenfrau kippte ein Likörchen. Bedient wurde sie von Ilja, dem Wohnungseigentümer. Der Quallensohn bekam auch etwas, einen halben Fingerbreit. Er leckte es mit seiner langen rosa Tentakelzunge weg wie Sirup. Ilja lud mich ein, mich dazuzusetzen. Er schenkte ein. Wir redeten kein Wort miteinander. Ich sah nur zu, wie das üppige Grün den Trümmerhaufen im Hof überwucherte. Ein beruhigender Anblick. Wir tranken und starrten vor uns hin. Manchmal seufzte einer von ihnen, mal Ilja, mal die Quallenfrau, dann wieder ihr Sohn. Manchmal sagte jemand etwas. Einwortsätze. Jemand anders ergänzte. Meistens Ilja. Die Discomucke war hier wie durch Watte zu hören. Irgendwann hörte ich noch ein anderes Geräusch, ein ganz charakteristisches. Zuerst dachte ich, das wäre nur Einbildung, ich hätte mir eine Melodie darübergeträumt, wie es einem manchmal im Zug zum Rattern der Räder passiert, aber nein. Da rief tatsächlich ein Muezzin.

Ich fragte, wo das herkam.

»Das sind die Muselmänner«, sagte Ilja, »lohnt nicht. Geht mal lieber«, sagte er, »in unsere Kirche Aller Heiligen der Krim und nicht in die Moschee. Da sind die Tataren, und die Tataren sind Vaterlandsverräter, die sind mit Hitler gegen uns gezogen. Stalin hat sie dann«, Ilja machte eine unbestimmte Bewegung mit seiner Greisenhand, »nach Kasachstan gejagt. Aber jetzt sind sie wieder da. Und singen hier rum.«

Ich stand auf und ging. Immer der Nase nach. Ich streifte durch die grauen Gassen des sowjetischen Mediterraniens, dieses Ortes, der die Struktur der mediterranen Stadt an sich offenzulegen versuchte. Mediterran war hier nur noch das Gewirr der Gassen. Ungefähr so viel, wie an Bachtschissarai noch orientalisch war. Die Krim war zugleich »Sowjetisch-Italien« und »Sowjetisch-Nahost«. Und Aluschta lieferte den Beweis, dass beides im Grunde identisch war, der einzige Unterschied lag in der Verzierung. Aber Aluschta hatte Mediterranien sämtliche Verzierungen bis aufs Skelett abgebürstet, bis auf den nackten Plan. Hatte es um seine Reize gebracht und auf das rein Funktionale reduziert. Was auch wieder seine Reize hatte. Die genuesische Mauer, die sich hier seit Jahrhunderten erhob, musste nur noch als Rückwand für die Schuppen herhalten, in denen die Leute aus der Nachbarschaft ihr Werkzeug verstauten. Als ich endlich den höchsten Punkt der Anhöhe erreicht hatte, sah ich zwei Meere.

Einmal das Schwarze.

Und dann ein goldenes aus flachen Blechdächern, in denen die Sonne herumtollte und planschte wie ein aufgedrehter Hund. Lieber noch als im Wasser.

Die Moschee sah aus wie eine Baracke, das Minarett war mit Ziegeln gemauert. Innen hohl. Der Muezzinruf kam vom

Band. Ich fühlte mich getäuscht. Also machte ich mich auf die Suche nach dieser Kirche Aller Heiligen der Krim und stürzte mich von Neuem ins Betonmärchen.

Und ich fand sie am Ende sogar. Die Kirche Aller Heiligen der Krim. Vor dem Gebäude waren Tanks mit Weihwasser aufgebockt. Jeder Tank mit Hahn. Die Ventile hatten die Form kleiner Kreuze. Vor den Tanks drängten sich die alten Weiblein. Sie füllten Wasser in Plastikflaschen ab und nahmen sie dann mit rein. Drinnen gellten unmenschliche Schreie.

Ich trat ein und erstarrte. Mitten in der Kirche stand ein Stuhl. An diesen Stuhl war ein Mann gefesselt. Halb nackt. Er trug nur eine Anzughose und an den nackten Füßen Badelatschen. Und er heulte und wand sich ganz erbärmlich. Es sah aus wie eine Hinrichtungsszene aus einem Tarantino-Film, wären da nicht seine Henker gewesen – Popen! Wobei, wäre das nicht auch Tarantino-Style? Popen in schwarzen Gewändern, mit Pharisäerbärten und Pferdeschwanzfrisur. Sie tanzten wie die Schlangen um den Gefesselten herum. Beräucherten ihn mit dem Weihrauchkessel. Immer wieder kamen die alten Weiblein mit ihren Weihwasserplastikflaschen und kippten es dem Gefesselten ins Gesicht. Der prustete, heulte und zuckte. Ab und zu knallte er mit seinem Stuhl auf den Kirchenboden, dann stellten ihn die Popen wieder hin. Der Oberpope hatte keinen Kessel. Unter seiner Soutane schauten Sandalen hervor. Er sah aus wie der Opferpriester eines exotischen Kultes, der seinen Schamanenzauber vollführte. Manchmal legte er dem Gefesselten seine Hand aufs Gesicht und zischte ihm etwas in die Augen, dann wieder schlug er ihm leicht mit dem Handrücken gegen die Wangen.

»Was geht hier vor?«, flüsterte ich einer der Babuschkas zu.

»Den Teufel«, flüsterte sie zurück, »treiben wir aus.«

»Den Teufel?«, fragte ich mit starren Lippen.

»Ja«, erwiderte sie und drängte mir eine Flasche auf. »Hier, zum Spritzen.«

Ich nahm ihr die Flasche ab, trank daraus und drückte sie ihr wieder in die Greisenkralle.

Der Gefesselte schlug plötzlich so heftig aus, dass ihm ein Gummischlappen vom Fuß flog und steil in die Höhe schoss. Die ganze Versammlung verfolgte die Flugbahn. Der Schlappen beschrieb eine saubere Kurve und landete hinter der Ikonostase. Er war aus dem Profanum ins Sacrum geflogen, aber das schien niemanden weiter zu kümmern. Auch nicht den Popen und seine Gehilfen.

»Woher kommst du eigentlich?«, fragte mich die Babuschka und nahm einen Schluck aus der Weihwasserpulle.

»Nicht von hier«, antwortete ich gebannt.

»Und gibt es den rechten Glauben da bei euch?«, fuhr sie fort.

»Bestimmt«, antwortete ich, »ich hab nicht danach gesucht.«

»Das musst du aber, das musst du«, sie tätschelte mir den Ellbogen, »suchen musst du.« Damit ging sie zu dem Spastiker, kippte ihm Wasser ins Gesicht und zog ihm noch eins mit der Plastikflasche über.

Nach einer Weile hörte der Mann auf, sich herumzuwerfen. Ich dachte schon, er hätte sich einfach verausgabt, aber die Weiblein fingen gleich eifrig an zu beten. Einer der Gehilfen stürmte aus der Kirche, um kurz darauf mit einer Flasche Wodka und mehreren weißen Plastikbechern zurückzukommen. Er goss dem Besessenen einen ein. Der nahm ihn, halb nackt und halb barfuß, dankbar entgegen und stürzte ihn hinunter. Auch die Popen tranken und besprengten danach jedes Mal den Boden. Die Exorzisten. Sie sahen nicht aus wie Kirchenleute, sie sahen aus wie ein Trupp Krieger nach geschlagener Schlacht.

Ich ging durch die Gassen wieder bergab. Die Discomucke hing über der Stadt wie eine Smogglocke. An der Uferpromenade, wo sich schon alle versammelten, um am Abend noch einen zu heben, stand ein Karaokebildschirm. Ein tropfnasses, betrunkenes Pärchen in Badesachen sang barfuß auf dem kaputten Beton das herzzerreißende Schmachtlied, dessen Text über den Monitor flimmerte. Ein paar Leute versuchten noch, sich in den letzten Sonnenstrahlen zu bräunen. Sie lagen auf diesem aufgeplatzten Beton und sahen aus wie erschossen.

Ein Stück weiter stand ein schlankes Mädel an einem Grill mit rot glühenden Kohlen. Darauf brieten aufgespießte Muscheln. Sie tanzte. Wozu, war schwer zu sagen, denn es waren Dutzende Musiken zu hören. Sie kamen von überall her, aus jeder Bar und jeder Bude. Sie verklumpten sich zu einem einzigen, großen, flirrenden Murksmusikball, zur Aluschta-Musik, zu der die Muschelverkäuferin wohl tanzte. Ihre Flipflops hatte sie abgeworfen, sie stand barfuß auf den Steinen. An ihren Zehen, lang und dürr wie bei Gevatter Tod, glitzerten billige Ringe.

Nach Sudak fuhr ich ohne rechte Überzeugung. Ich lief durch das verratzte Städtchen, Russentechno von allen Seiten, und ich wollte nur noch weg. Ich lief bis an die Küste, und da, als ich den Kopf nach rechts wandte, sah ich die alte Genueser Festung. Auf dem Felsen, der aussieht wie eine weibliche

Brust. Da, beim Anblick dieser Festung, wurde mir klar, dass ich zum ersten Mal, seit ich hier war, etwas Schönes sah. Etwas auf ganz gewöhnliche Weise objektiv Schönes, obwohl es objektive Schönheit angeblich nicht gibt. Aber da war sie. Keine perverse Schönheit, keine Schönheit, die erst erkannt werden musste – eine ganz gewöhnliche Schönheit, wie ich sie schon so lange nicht gesehen und so schmerzlich vermisst hatte, dass ich stracks auf sie zulief. So bewegt, dass mir die Tränen in den Augen standen.

11. Reise nach Mordor

Udai und Kusai waren in den Wirren der Geschichte untergegangen. Sie waren nach London gefahren und dort spurlos verschwunden. Ich vermutete stark, sie hätten es schon zu Nasenringen, Kontaktlinsen mit Totenschädel-Pupillen und orangen Haaren gebracht und seien zu slawischen Stars am englischen Clubhimmel aufgestiegen. Ich war überzeugt, sie müssten inzwischen super abgefahrene DJs oder zumindest Tontechniker sein, würden Pillen einwerfen wie Chips, Acid wie Fritten und seien darüber garantiert am Ende miteinander in der Kiste gelandet, aus Versehen oder unter dem Einfluss der liberal gesinnten britischen Gesellschaft. Mit Taras war das eine andere Sache.

Mit Taras hatte ich mich wieder versöhnt und sogar angefreundet. Ich fuhr zu ihm nach Lwiw. Er war ein toller Kontakt – als in der Region bekannter Journalist verfügte er über beste Beziehungen, außerdem liebten ihn alle als Ukrainer aus polnischem Recycling. Sie behandelten ihn so, wie die Polen Ausländer aus dem Westen behandelten, die sich für unser polnisches Los entschieden hatten, mit Rührung und Sympathie, aber vor allem voller Hoffnung, sie könnten in unserer Wirklichkeit jenes gewisse Etwas erkannt haben, das wir nicht mehr sahen, und sie könnten zu diesem geheimnisvollen Etwas in flammender Liebe entbrannt sein, so heftig, dass sie für dieses Etwas ihrem bequemen Westen den Rücken gekehrt und sich in polnischen Landen niedergelassen hatten, inmitten ihrer neuen Brüder. Also – dachten sich Polen (und Ukrainer) im Hinblick auf diese Ausländer – steht es doch nicht ganz so schlecht um uns, sind wir doch nicht die letzten Menschen auf Erden …

In Wahrheit sind solche Umzüge aber immer viel prosaischer, und die Zugezogenen aus den bequemeren Teilen der Welt bezahlen dafür in der Regel mit langwierigen Depressionen und Verbitterung. Taras war da keine Ausnahme.

Wir waren jedenfalls irgendwann Kumpels. Ich mochte ihn, und er mochte mich. Außerdem schrieb ich meine Diss über den westukrainischen Separatismus und hatte über Taras direkten Zugriff auf die Leute aus der Szene.

Dieser westukrainische Separatismus war jedoch eine reine Kanapeefrage. Schließlich waren die Separatisten Intellektuelle und damit naturgemäß handlungsunfähig. Sie saßen in der »Grünen Karaffe«, kippten Lemberger Likör und stritten darüber, ob man das kyrillische durch das lateinische Alphabet ersetzen sollte oder besser doch nicht. Sie schwelgten in der vollendeten Schönheit des Buchstabens »ï«. Sie waren außer Stande, jemandem an den Kragen zu gehen. Sich selbst eingeschlossen.

Mit den radikalen UPA-Kämpfern, auf die sie sich so gerne beriefen, hatten sie nichts gemein. In jedem Satz erklärten sie, sie hätten überhaupt nichts gegen die Polen, im Gegenteil, sie würden liebend gern Seit an Seit mit uns gegen die Moskalen ziehen. In Wahrheit würden sie niemals irgendwohin ziehen, mit niemand und gegen niemand.

Dafür war ihnen ihr Leben zu lieb. Sie mochten ihre Lemberger Kneipen, die damals eine nach der anderen aus dem Boden schossen, mochten ihre kleinen Galerien und Antiquariate mit altem, meist polnischem oder österreichischem Plunder und versenkten sich liebend gern in der Geschichte. Ich konnte sie verstehen und mochte sie dafür. Aber sie würden nie Revolution machen, sie waren unfähig zu dem radikalen Handeln, von dem sie Abend für Abend schwadronierten, wenn sie sich betranken. Was mich übrigens nicht im Geringsten verwunderte.

So sah er eben aus, ihr Separatismus. Sie saßen in immer neuen Cafés, in immer neuen Pubs und berauschten sich an dem »sich europäisierenden« Lwiw, am europäischen Frühling, der immer deutlicher in der Stadt zu spüren war und der sich vor allem darin äußerte, dass das Klima in Lwiw immer angenehmer wurde. Sie qualmten, kippten Liköre und geilten sich daran auf, wie schön es sein würde, wenn Galizien sich endlich von diesem sowjetischen Russenrumpf losgelöst hätte, von der Kosakenukraine, den Wilden Feldern, dem Budshak. Die müsste man leider abschreiben und sich verkneifen. Das hinderte sie aber keineswegs daran, von einer »Grünen Ukraine« im fernen Osten Russlands zu fantasieren oder davon, dass man sich den »ukrainischen Kuban« von Russland zurückholen müsste.

Streng genommen gab es also überhaupt keinen westukrainischen Separatismus. Ich musste in meinen Aufsätzen und in der Diss ganz erbärmlich die Balken biegen.

»Um einen von Kiew unabhängigen westukrainischen Staat zu erschaffen, müssten wir erstens«, hatte mir Professor Petrewytsch von der Lemberger Uni einmal im Honigschnapssuff erklärt und seinen Daumen ausgeklappt, »die Grenzen definieren. Schon da würde es Blutvergießen geben, aber das wäre erst der Anfang. Danach müssten wir nämlich unsere Unabhängigkeit innerhalb dieser Grenzen erklären.« Er fuhr den Zeigefinger aus. »Drittens, Widerstand gegen die zentralen Militärs und alle, denen die Idee einer Abspaltung nicht gefallen würde.« Mittelfinger. »Da gäbe es schon ein richtiges Blutbad, und bluten würden vor allem wir. Wir könnten auch versuchen, die Idee eines autonomen Galiziens in der Werchowna Rada in Kiew durchzufechten, hätten aber keinerlei Aussichten, für dieses Vorhaben eine Mehrheit zu bekommen.«

Als ich Taras darauf ansprach, zuckte er nur die Schultern. Er meinte, ich solle mir wegen solcher Sachen keine Platte machen. Wieso werde ich mir denn ne Platte machen, dachte ich. Ist doch nicht mein Scheißland und nicht mein Bier. Wenn man es genau nahm, hatte ich doch bloß mit ihnen allen gesoffen.

Aber ich soff ganz gern mit ihnen. In ihrer Gesellschaft ging es anders zu als bei unseren Künstlern und Journalisten – keine Nebelkerzen aus Mangel an Allgemeinwissen, keine vollgekoksten Schwachköpfe, keine schweinsblasenhohlen Poser, keine H&M-Typen, die an der Bar sitzen wie der Ochs vorm Berg. In Lwiw war es in dieser Hinsicht ein bisschen wie bei uns in der Zwischenkriegszeit, als die Boheme noch aus Ärzten, Juristen oder, im dümmsten Fall, Leuten von der Kunstakademie bestand. Als der letzte Schrei noch eine Etage in der Ziemiańska war und nicht das *Piękny Pies* um vier Uhr früh. Hat also doch seine Vorzüge, das erzwungene Konservendasein.

Das intellektuelle Lwiw pflegte ein besonderes Verhältnis zu den Polen. Es war der polnischen Haltung zu den Deutschen nicht unähnlich – diese Mischung aus Abneigung und

Faszination, aus Verachtung und Verzückung. Die Lemberger Intellektuellen waren für die polnische Nationalelf (ihren Höhepunkt erlebte diese Unterstützung zu Sowjetzeiten unter dem Lemberger Trainer Kazimierz Górski), schauten polnisches Fernsehen, lasen polnische Bücher und Internetportale.

»Ich mag Polen«, sagte mir einer von ihnen, der Lemberger Schriftsteller Prohyra, »es erinnert mich an die Westukraine wie nichts sonst auf der Welt, nur dass mir da weniger Dinge auf den Sack gehen.« Ich musste ihm recht geben. Ich kannte auch kein anderes Land, das Polen so ähnlich war wie die Westukraine. Und die ging mir auch mehr auf den Sack als Polen, vor allem wegen ihrer Ostigkeit. Diesen Einflüssen, die ich immer weniger exotisch finden konnte. Das sagte ich ihm, und wir tranken.

Übrigens sprachen hier alle Polnisch, und zwar ein sehr schönes. Sie behaupteten, sie hätten es gelernt wie Schwejk das Deutsche: von selbst.

Auch wenn ich mir das niemals eingestehen würde – ich war irgendwie stolz darauf. Dabei war das ein jämmerlicher Stolz, denn die Lochäugige aus dem Zug Drohobytsch—Lwiw hatte natürlich recht.

Eines schönen Wintertages machte ich mich dann mit Taras auf in diesen scheußlichen Osten. Den ich ja auch mal gesehen haben musste. Die Wiege alles Ostigen.

So seltsam und so lustig das klingt, aber Taras war auch noch nie da gewesen.

Wir fuhren mit dem Zug, und noch bevor wir in Kiew ankamen, wurde Taras' Blick aus dem Zugfenster zusehends hasserfüllt. Wie bei Adenauer, wenn er die Elbe überquerte. Er schaute auf das graubraune, von schmutzigem Schnee überzogene Brachland, das sich bis zum Horizont erstreckte, und zog die Lefzen hoch. Der Himmel war dunkelgrau, und die Sonne schien gerade so stark, dass niemand sie anpflaumen konnte, sie würde hier nicht Dienst nach Vorschrift schieben.

Gott hat uns mit dieser verfluchten Steppe gestraft, mit dieser beschissenen Leere, schimpfte Taras ein ums andere Mal. Er war sauer, trank Wodka, den er einem Penner auf einem dieser Bahnsteige abgekauft hatte, die so schrundig waren wie dessen Fersen. Hier verschwimmt alles, sagte er, hier ist schon alles gleich. Ukraine, Russland oder sonst was. Mordor.

Und er erzählte mir, *Herr der Ringe* handle vom Konflikt zwischen dem zivilisierten, ordentlichen, ästhetischen und freien europäischen Westen und dem wilden, asiatischen, turanisch-slawischen deprimierenden Osten. Dem Land der Barbaren, in dem die Orks leben, die bloß wild herumbrüllen können und sich prügeln. Einem antiästhetischen Haudraufregime, aufgeblasen zur magisch-totalitären Machtmaschinerie. Auf der Seite der Hobbits, Aragorns und der Elben, fuhr Taras fort und nahm einen Schluck aus der Wodkapulle wie ein Bilderbuchrusse, gibt es viel Grün, raffiniert angelegte Städte und Paläste, eine hoch entwickelte Kultur, elegante Dörfer und ehrliche Kneipen. Auf der Sauron-Seite dagegen die widerlichen Visagen der Ork-Untermenschen, depressive Einöden und blaugraue Felsen, unfreie, schwerfällige Massen und einen bösen, allwissenden Finsterling von Führer. Einen düsteren Big Brother.

Im Westen von Mittelerde, meinte Taras, der weiter aus dem Fenster starrte, dessen Hass aber langsam von Resignation abgelöst wurde, hätte Tolkien den Individualismus der Bewohner betont und sie in unterschiedliche Rassen gegliedert:

in bodenständige Zwerge (die Deutschen) und poetische Elben (die Franzosen). Und in Menschen als etwas dazwischen. (Also sicher die Briten.) Jedenfalls bedeutet Vielfalt Stärke, wir sind nicht die dumpfe Masse, wir sind schöne Individuen. Überhaupt ist alles ganz hübsch, ein erfrischendes Lüftchen weht über die grünen Hügel. Aber im Osten ist nur dieses böse Mordor, die graue Masse, vor der sich alle fürchten. Die Barbaren. Stumpfsinnige, grobschlächtige Orks und Trolle mit Kohlrabivisagen. Die durch die graubraune Landschaft waten. Und in einer primitiven Vorstufe der menschlichen Sprache herumstammeln. Na bitte, er nickte mit dem Kinn zum Fenster, da hast du diese Kacke ohne Sinn und Form …

Ich kannte mich nicht besonders aus in der *Herr der Ringe*-Mythologie und fand sie, ehrlich gesagt, auch nicht besonders spannend, wenngleich ich wusste, dass Tolkien ein halbes Jahrhundert daran gesessen und in diesem halben Jahrhundert die ganzen Sprachen, Völker, Kulturen und Bündnisse gestrickt hatte.

»Und wieso heißt dann einer der besten Kumpels von Aragorn Boromir?«, kratzte ich mühsam mein Wissen zusammen.

»Boromir war kein Slawe, auch wenn sein Name so klingt«, erklärte Taras. »Das ist so ein Elbensprachmix. Tolkien ist das bloß unterlaufen, und selbst wenn er gewusst haben sollte, dass sich das slawisch anhört, was gar nicht so sicher ist, hat er drauf geschissen, weil es für ihn überhaupt keine Rolle spielte.«

»Aber wenn ich das richtig sehe, liegt Mordor eher so bei Rumänien«, sagte ich mit Blick auf die über Europa gestülpte Karte von Mittelerde. Taras hatte sie mit seinem Smartphone aus dem Netz gefischt und mir vor die Nase gehalten. »Im Osten liegt Rhûn.«

»Mordor liegt einfach vor Rhûn, und in Rhûn«, erklärte mir Taras geduldig, »in Rhûn leben die Ostlinge. Also so was wie, sag ich mal, die Skythen. Oder die Mongolen. Oder, was weiß ich, irgendwelche Uiguren, Nenzen, Petschenegen. Ist doch Tolkien offenbar total schnuppe. Jedenfalls sind die Ostlinge Verbündete des slawischen Mordor. Und was heißt es schon, dass Mordor in Rumänien liegt. Rumänien ist Transsylvanien, das Land der Vampire und Werwölfe, für den durchschnittlichen Westler das Osteuropa schlechthin, slawisch oder nicht. Außerdem, wenn Mordor nicht die Slawen sind, würde das bedeuten, Tolkien hätte die Slawen einfach ignoriert. Also«, meinte Taras kopfschüttelnd, »dann weiß ich auch nicht, was besser ist. Die Verkörperung allen Übels auf dem Kontinent zu sein oder gar nicht zu existieren.«

Die frühe Winternacht brach herein, und vor dem Fenster war nichts mehr zu sehen. Wir tranken unseren Wodka, der auch nur bewirkte, dass wir immer müder wurden.

Müde wachten wir auch wieder auf. In Saporishja. Ein schwarzer Mordormorgen. Die Bahnhofslautsprecher schmetterten Marschmusik. Taras zeigte sich überrascht. Bei uns gibt es so was nicht, sagte er, mit Betonung auf dem »bei uns«.

Die Nachfahren der Saporoger Kosaken auf der in grauweißem Matsch ertrinkenden Straße strahlten so gar nichts Kosakiges aus. Wenn sie überhaupt irgendetwas ausstrahlten, dann Resignation, die jeden Augenblick in Aggression umschlagen konnte.

Wir liefen durch eine Gegend, die sich unmöglich sinnvoll in Worte fassen ließ. Da waren so Gebäude und so ein Asphalt, aber alles zusammengenommen ergab nur ein großes Nichts, mein Verstand konnte sich so wenig darauf konzentrieren wie vor ein paar Jahren auf das Steuerrecht-Lehrbuch. Die Gasleitungen verliefen oberirdisch, sie waren grellgelb angemalt. Aber selbst dieses grelle Gelb konnte gegen das allgemeine Dunkelgrau nichts ausrichten.

Der Morgen dämmerte zwar, sah aber dabei aus, als wollte er uns verarschen. Die Ostukraine und Saporishja lebten überhaupt nur, weil man ja, einmal geboren, irgendwie vor sich hin existieren musste, bis man wieder im Nichtsein versank. So sah es aus. Saporishjas Existenz war verpfuscht.

Wir setzten uns in eine Straßenbahn. An jedem Fenster klebte ein Aushang: »Willst du einen Ausländer kennenlernen und weggehen? Komm in unser Dating-Büro AMOR. Schweden, Italiener, Spanier, Amerikaner, Deutsche.«

Die meisten Streifen mit den Telefonnummern unten waren schon abgerissen. Auf großen Werbetafeln machten die Kosaken wie überall in der Ukraine Reklame für alles, wofür sich Reklame machen ließ. Käse, Kredite, Autos, Teppiche. Ein Möbelladen warb mit Diwan Diwanytsch. Ein, nun ja, Zweisitzersofa mit Mund und Augen, Tolle und Säbel. Der Straßenbahnfahrer scheuchte seine olle Leiche herum, als hätte er nur Kartoffeln geladen. Die Rentner kämpften um das Gleichgewicht, indem sie sich krampfhaft an die Griffe krallten. Sie sahen aus, als nähmen sie die Turbulenzen wie eine Strafe Gottes. Wie Sturm oder Hagel. Wenn es dich durchschüttelt, musst du dich festhalten, ist halt so. Stumpf starrten wir zwei Schornsteinfegern nach, die an einem schwarzen Loch von Haltestelle ausstiegen. Nicht der schlechteste Ort für Schornsteinfeger.

»Guck mal«, sagte ich zu Taras, »das Sapo-Werk.«

»Geh mir bloß nicht auf den Sack damit«, bekam ich zu hören. »Wie geil das SAS-Werk ist, schon klar, auf Erden kann es nichts Schöneres geben. Und ebenso geil ist die Frucht seines Leibes. Anmut und Schönheit kommen doch hier als Bedarfsgüter zuallerletzt. Die Drecksäcke hier, sitzen bis zu den Ohren in der eigenen Scheiße und haben seit Polowzern und Petschenegen nichts geändert. Das Einzige, was die fertigkriegen«, er riss energisch einen Dating-Büro-Aushang vom Fenster, »ist mit Ausländern rumzuhuren, um hier rauszukommen. Das ist es, was der elende verrusste Osten aus den Menschen macht. Dreckskerle und Huren.«

Er war so laut geworden, dass sich die Leute schon nach uns umdrehten.

»Was glotzt ihr so, dreckiges Moskalenpack, was gibt es da zu gaffen«, brüllte er plötzlich auf Ukrainisch los. Mich riss es fast vom Sitz. »Keine Sorge, der Bandera-Mann ist nicht gekommen, um euch zu Bandera-Jüngern zu bekehren, aus euch ist eh nichts mehr zu machen. Euer Land ist nicht mein Land. Nie gewesen, nur haben wir das bei uns, in der Banderstadt, zu spät kapiert. Und erklärt mir mal, ihr elenden Moskauhuren, wieso wir für euch unser Blut vergossen haben!« Taras war nicht mehr zu bremsen. »Nur König Daniel hat das kapiert und sich nach Westen gewandt und nicht nach Osten, zu euren verfick…«

Er brach mitten im Wort ab, weil ich ihn am Ärmel gepackt und unsanft in die Senkrechte gebracht hatte. Das war dann doch zu viel. Er konnte von Glück sagen, dass nur Rentner in der Bahn waren, aber auch die hatten sich schon von ihren Plätzen erhoben. Kosak bleibt Kosak. Krumm und gebückt, aber mit zornig funkelnden schwarzen Greisenaugen. Sie fluchten in zischendem Russisch. Die Haltestelle kam näher. Aber der Fahrer latschte mit roher Gewalt auf die Bremse, und die Opas, die in ihrer Erregung das

Gleichgewicht vergessen hatten, schmiss es auf den vollgeschlammten Boden.

»Wir steigen aus, du Idiot!«, schnauzte ich Taras an, der sich hinausschieben ließ wie ein kleines Kind.

»Das ist nicht mein Land«, wiederholte er. Und er wollte nur noch zurück zum Bahnhof, um mit dem erstbesten Zug wieder nach Lwiw zu fahren.

Aber wir fuhren nicht zurück. So schnell nicht. Das heißt, ich wollte auch weg von hier, instinktiv, aber eben nicht so. Irgendetwas an diesem Reich der Hässlichkeit hatte mich doch fasziniert. Obwohl ich mich auch vor ihm fürchtete.

Saporishja war ein Monstrum von einem Straßendorf. Die zentrale Lenin-Straße wirkte wie ein kilometerlanger Baumstamm, den jemand im Steppenschlamm versenkt hatte. Die Gebäude rechts und links sahen aus wie die in Warschau an der Marszałkowska, nur litten sie an Elefantiasis. Unmittelbar hinter der Fassade begannen die Holzhäuschen. Weiter weg kam dann noch etwas, irgendwelche Platten, aber es sah immer noch nach Kuhdorf aus, bloß eben nach einem, in dem ein durchgeknallter Künstler seine Betonwürfel verteilt hatte. Noch weiter weg herrschte dann Einöde, bis es nicht mehr weiterging, im Grunde begann dort die universale Leere bis hinaus zu Uranus, Neptun und Kuipergürtel. Und es gibt nichts Entsetzlicheres als die Leere. Am Ende des Straßendorfes stand Lenin wie die letzte Gottheit auf Erden. Dahinter, so stellte ich mir vor, kam nichts mehr.

Da kam aber doch noch etwas. Sogar etwas ziemlich Imposantes, wenn auch reichlich Unmenschliches – hinter Lenin ragte eine gigantische Staumauer auf. DniproHES. Oben fuhren Autos, und die Staumauer bebte, als wollte sie gleich einstürzen. Immerhin drückte der ganze Dnjepr gegen sie. Kaum vorstellbar, dass der Mensch einen so gewaltigen Fluss aufhalten konnte.

»Das ist also von den berühmten Stromschnellen übrig geblieben«, knurrte Taras, immer noch sauer, obwohl ich ihm einen doppelten Wodka eingetrichtert hatte, und zeigte auf drei kleine Felsbrocken, die aus dem Wasser ragten. »Dieses Arschloch von Stalin hat sie weggesprengt, weil sie den Schiffsverkehr gestört haben.«[1]

Der Taxifahrer hatte auf uns gewartet, die Zigarette im Mundwinkel. Als wir ein paar Kilometer zurück in seinen Lada gestiegen waren, hatte er – Taras und ich sprachen Polnisch miteinander – auf Russisch gefragt, ob wir Ausländer wären: »Wy inostranzy, da?« »Tak«, hatte Taras geantwortet. Dieses »Ja« konnte genauso gut Polnisch wie Ukrainisch sein, aber ein kaum wahrnehmbarer Akzent verriet mir, dass das Ukrainische gemeint war. »Ja, wir sind Ausländer. Aus der Ukraine.«

Auf der Insel Chortyzja, wo einst der Stammsitz der Saporoger Kosaken war, stand jetzt ein Museum. Ansonsten gab es Bäume und Gras. Und allgemeine Hoffnungslosigkeit. Ein braunes Flüsschen pumpte Wasser in den Dnjepr. Am anderen Ufer des majestätischen Flusses lag eine Strandparodie. Mit Sonnenschirmen aus Blech. Farbe und Sinn blätterten von ihnen ab.

---

1 Hier irrt Taras, das war ein bisschen anders, aber ihm das zu erklären, hätte eh keinen Sinn.

Dafür kam am Abend Leben in die Stadt. Ich staunte nicht schlecht. Durch die behäbigen, kaum beleuchteten Straßen mit ihrer Decke aus Schneematsch und Eis zogen plötzlich angeheiterte Gestalten in schwarzen Jacken, denen die eigene Unförmigkeit herzlich egal war. Die Damen trugen hüfthohe Nuttenstiefel. Ihre Absätze bohrten sich knirschend ins Eis und halfen ihnen, das Gleichgewicht zu halten. Sie waren nämlich alle besoffen. Flaschen machten die Runde, Supermarkt-Sushi aus kleinen Schachteln. Die Leute bewegten sich wie plumpe schwarze Bären, aber es war eine Fiesta. Eine schwerfällige Russenfiesta.

Taras und ich gerieten mitten hinein und hatten irgendwann auch Bock auf Wodka. Wir holten uns eine Flasche, dazu einen Tomatensaft. Es hatte fünf Grad minus. Wir legten ein paar Pappen auf die Stufen vor einem geschlossenen Museum. Machten es uns bequem. Wir tranken und sahen zu, wie das Volk vergnügt herumschrie. Wie es Wodka und Bier schluckte. Rosige Wangen und gerötete Himmelfahrtsnasen. Schwarze Jacken. Schwarze Hosen. Schwarze Schuhe. Ein abgeranzter Straßendorfmegalith statt schmaler, verwinkelter Gassen. Schnaps statt Wein. Schwere statt Leichtigkeit. Und doch eine Fiesta.

Die haben, durchfuhr es mich auf einmal mit ungeahnter Klarheit, überhaupt kein Problem mit sich. Damit, wie sie sind. Die fühlen sich wohl in ihrer Haut. In ihrer Wirklichkeit. Sauwohl. Vielleicht auch nur, wenn sie dicht sind, aber immerhin. Taras musste ungefähr dasselbe gedacht haben, ich hörte ihn nämlich murmeln:

»Die kommen hier nicht mal auf den Gedanken, dass sie Europa sein könnten. Europa ist zu weit weg. Außer Reichweite. Hier erinnert doch nichts an Europa. Das geht denen am

Arsch vorbei, die wollen doch überhaupt nicht da hin. Nur wir brechen uns einen ab. Weil es von uns aus zu sehen ist, zum Greifen nah, aber …«

Er sprach nicht weiter. Darum beneideten wir sie, Taras und ich, während wir auf den ausgelatschten Treppenstufen Wodka tranken und Tomatensaft aus der Tüte hinterher.

»Du, Taras«, fragte ich irgendwann. »Warst du schon mal in Russland?«

Komisch, dass ich nicht schon früher darauf gekommen war, ihn danach zu fragen.

Taras nahm einen Schluck Wodka, Tomate obendrauf, zog an seiner Fluppe, spuckte aus und sagte:

»Nein.«

Taras fuhr zurück nach Lwiw. Ich wollte noch mehr sehen. Also fuhr ich nach Dnjepropetrowsk.

Einmal mehr musste ich erkennen, dass die Steppe und die Wilden Felder im Grunde nichts als flache, matschige Brachen waren, die bis zum Horizont reichten. Es war regnerisch und bleigrau. Nonstop bleigrau. Auch tagsüber. Der feuchte Boden hier schluckte alles Licht weg wie ein auf die Erde gepinseltes schwarzes Loch. Arme Schweine, dachte ich, waren diese Kosaken. Steckten die meiste Zeit knietief in diesem Dreck.

Der Bus fuhr auf einer Art Asphaltstraße. Sie zerschmolz in der aufgeweichten Steppe, die sich von beiden Seiten über sie hermachte. Hier gab es nichts, nur manchmal schoben sich Laster durch die verbläute Luft, beladen bis unters hohe Himmelszelt. Und schwarze Monsterschlitten mit abgedunkelten Scheiben, deren Daseinszweck darin bestand, mit russischen

Krimiserien assoziiert zu werden. Ich schaute in diese abgedunkelten Scheiben und musste daran denken, was Elwood Blues zu Jake Blues gesagt hatte: »Das wird nicht leicht.« Finstre Nacht, aber wir tragen dunkle Brillen.

Der Busbahnhof sah aus wie das Tor zur Hölle. Auf dem Vorplatz streiften Gestalten herum, in dicke Jacken eingemummt bis zur Nasenspitze. Und die Jacken waren ausnahmslos schwarz. Alle. Ich war der einzige Unschwarze hier, und ich fühlte mich wie der bemalte Vogel. Die Spitzen ihrer Slipper schmatzten sich durch Lachen eiskalten Wassers, es hatte nämlich gerade getaut, auf dem löchrigen, von zahllosen Rissen durchfurchten Asphalt stand die Matschsuppe und verwandelte ihn in eine Art Mordor-Erdsee. Schilder und Aushänge heulten von überall her wie die Verdammten, ein einziges Winseln und Kettenrasseln: grellbunte kyrillische Buchstaben wisperten sich von allen Seiten ins Blickfeld, es war zum Verrücktwerden.

Und dann noch diese bescheuerten Buden mit ihrer fiesen russischen Discomucke – alle Händler, dunkelhäutige Kaukasier mit gefälschten Adideckeln auf dem Kopf, hatten ihre batteriebetriebenen Rekorder auf Anschlag gedreht, und weil der technische Fortschritt so verdammt beeindruckend war, weil dank der Batterie jeder Scheiß so laut jaulen konnte wie die Sirene am Jahrestag des Warschauer Aufstands, wurde gejault, was das Zeug hält.

Und jeder Rekorder kotzte etwas anderes aus, aus jedem Lautsprecher kreischte eine andere Braut zu Synthesizerklängen, sie liebe, von Herzen, mit Schmerzen, mit Maßen und ohne, nicht die Bohne, komm, Liebling, lass uns nach Hurghada fahren, am Strand liegen. Die Melodien krachten zusammen wie die Streitwagen in Ben Hur, sprühten Funken und rissen sich gegenseitig zu Boden. Und mittendrin, mitten in diesem Hexenkessel taperten müde, runzlige Babuschkas herum, behängt mit allem möglichen Kram: Netze, Taschen, Plastiktüten mit den Logos von Dolce & Gabbana, Bruno Banani und Smirnoff-Wodka.

Das Letzte, was auf diesem Busbahnhof interessierte, waren Busse.

So kann man doch nicht leben, dachte ich, mörderisch verkatert, das ist doch nicht der Punkt, hier ist doch alles grundverkehrt. Einen Messias, dachte ich, brauchen die hier.

Ja, dachte ich, einen Messias, der auf einen der Stapel aus gefälschten Markenjeans steigt und ihnen auf diesem Stapel stehend erklärt, dass sie in der komplett falschen Richtung unterwegs sind. Dass das Gelobte Land auf der anderen Seite liegt. Dass es so nicht gehen kann. Dass das der direkte Weg in die Hölle ist, die Große Adskaja, von der sie abbiegen müssen, weil sie sich sonst nur noch mehr hassen werden und ihre Umwelt gleich mit.

Na ja, ich hatte einen Kater. Ich hatte gute Lust, zu einem der Kaukasier zu gehen und ihn um einen Sprengstoffgürtel zu bitten. Oder mir zur Stütze einen Konter zu verpassen, mich mit Semtex-Tschechenplastik einzudecken, elegant den gesamten Bahnhof zu verminen und dann, aus sicherer Entfernung, aufs Knöpfchen zu drücken und zuzusehen, wie die Explosion das alles von der Oberfläche des Planeten wischt, der etwas Besseres verdient hat, zuzusehen, wie das alles vor die Hunde geht, dieser Monstermarkt, diese Buden, der versiffte, mit Müll zugekleisterte Bahnhof, wie die Raubkopienverkäufer in Einzelteilen durch die Luft fliegen mit ihren technologisch fortgeschrittenen Rekordern.

Nur die Babuschkas würde ich retten. Sie allein ließen mich nicht kalt. Ich würde sie vorher vom verminten Gelände führen. Sie allein, dachte ich, haben ein Recht auf Erlösung. Sie sind ohne Schuld, nicht sie haben das alles hier angerichtet. Sie leiden für Millionen.

Die Babuschkas, dachte ich in meiner verkaterten Rührseligkeit, verdienen das ewige Leben in ewigen Holzhäuschen, umgeben von ewig sattem Grün. Die Babuschkas verdienen ewige Spaziergänge zu den Nachbarinnen mit ihren Eierkörben und ewiges Herumgesitze auf dem Bänkchen am Zaun. Ewige geblümte Kopftücher und Schürzen und die wärmenden Strahlen der ewigen Sonne. Ewiges Aufstehen in aller Herrgottsfrühe mit Psalmensingen beim Hantieren in der Küche.

Die Babuschkas sind außerdem, dachte ich, die einzigen Kreaturen, die etwas ändern können. Weil sie unantastbar sind. Und eines Tages wird es so kommen. Eines Tages werden sie einfach zum Kreml ziehen und zur Residenz des Präsidenten der Ukraine und zu dem Riesenklotz, in dem Lukaschenka haust, sie werden dort überall einziehen und niemand wird sie aufhalten, weil hier niemand die Hand gegen eine Babuschka erhebt. Alle in diesem Land können sich gegenseitig abmurksen, der Konkurrenz Batterien an die Eier klemmen, Schmiergelder verlangen, mit dem Auto über den Zebrastreifen brettern, einander beschimpfen, verachten und mit der Kalasch durchsieben, aber niemand wird jemals die Hand gegen eine Babuschka erheben. Niemand. Niemals.

Und sie werden einziehen in diese Kremls, diese Residenzen, auf diesen Läufern, in die Gummibaumwälder, von niemandem zurückgehalten werden sie einziehen, und dann werden sie die Pistolen aus den Falten ihrer karierten

Röcke hervorholen und den Putins, Lukaschenkas, Kutschmas, Janukowytschs und dem ganzen Pack, das das Volk mit dem Gesicht in die Scheiße stößt, die Schädel durchlöchern. Wobei auch das, fürchte ich, nichts ändern wird, weil kurz darauf Klone dieser Putins und Lukaschenkas auftauchen würden, die wachsen hier nach wie abgeschlagene Drachenköpfe, weil sie hier den passenden Boden vorfinden. Sie sind Fleisch vom hiesigen Fleisch, in ihnen bündelt sich wie in einem Brennglas das, was ohnehin hier ist und wovor es kein Entkommen gibt.

Ich versuchte, zum Bahnhof zu kommen. Ich musste hier weg. Ja, ich wollte abhauen von hier, kaum dass ich angekommen war. Auf die Krim fahren. Das war der Plan. Ich wollte die Krim im Winter sehen und einen Gonzo darüber schreiben. Hier hätte ich auch einen Gonzo schreiben können, aber ich hatte einen Kater und die dazugehörigen Paras, und das hier war der denkbar mieseste Ort auf Erden, um verkatert Paras zu schieben.

Laut Abbildung im Reiseführer sollte der Bahnhof von Dnjepropetrowsk in der Nähe des Busbahnhofs liegen, auf dem ich mich gerade befand. Nur ein kurzer Fußmarsch. Theoretisch. Aber Papier ist geduldig, und die Wirklichkeit war wie verflucht, man kam hier nicht mehr weg. Kaum war ich aus dem Busbahnhofsgekröse raus, fing schon das nächste an. Zubetonierte Kreuzungen, über die teilnahmslose Shigulis und Mafia-SUVs rasten. Oder undefinierbare Unförmigkeit unerfindlichen Sinns, Zwecks und Nutzens.

Ich hielt auf ein Taxi zu. Einen Škoda. Der Typ verlangte dreißig Eier. Mir war schon alles egal. Wir fuhren los.

»Wissen Sie«, sagte ich zu ihm, »Sie brauchen mich nicht erst lange durch die Gegend zu fahren, damit ich nicht denke, ich hätte zu viel gezahlt. Sparen Sie sich das Benzin, ich weiß es auch so.«

»Danke«, sagte mein hagerer, ausgemergelter Fahrer, der mich an den Räucherfisch vom Markt erinnerte. »Glauben Sie«, laberte er drauflos, während er mir im Rückspiegel einen Blick zuwarf, »dass wir in der Endzeit leben? Dass der Planet Nibiru nahe ist?«

»Ja«, antwortete ich und schloss die Augen.

»Tatsächlich?« Da war er dann doch ein bisschen überrascht.

»Ja«, nickte ich.

»Das ist gut«, murmelte er, und schon waren wir da.

»Hier ist das schon?«, fragte ich erstaunt. Es kam mir nämlich so vor, als wäre ich an dem Gebäude vorhin vorbeigelaufen, bloß auf der anderen Seite. Ich hatte gewusst, dass es nicht weit sein konnte, aber nicht, dass ich so verdammt nah dran war.

»Ja«, antwortete der Räucherfisch.

»Das ist übelste Abzocke«, sagte ich. Der Fahrer griff langsam nach seinem Pfefferspray, aber seine Augen baten um Verzeihung.

»Sie haben es doch selber versprochen«, sagte er in einem fast weinerlichen Tonfall. »Sonst hätte ich Sie noch durch die Gegend gefahren ...«

Auf gut Polnisch fluchend, kletterte ich aus der Kiste und zerrte meinen Rucksack hinterher. Mein Kopf wollte platzen, ich konnte mich kaum auf den Beinen halten.

Ich warf mir den Rucksack über und machte mich auf in Richtung Eingang, über dem ein Neon-WOKSAL summte. Innen war der Bahnhof funkelnd blank gewienert. Und leer. Bloß ein paar Penner hingen auf den frisch montierten Sitzen im Warteraum. Sie rutschten nervös hin und her, um zu sehen, ob nicht die Polizei im Anmarsch war oder einer der uniformierten Kampftrupps, die sie im gesamten postsozialistischen Raum als Sicherheitsagenten bezeichnen. In Polen auch.

In einer Ecke kauerte eine Babuschka und verkaufte Schnaps und Bier. Sie sah sich ebenfalls nervös um. Wieder blitzte kurz der Kontergedanke auf, aber ich überlegte mir, dass damit mein Absturz komplett wäre. Und es dann keinen Unterschied mehr zwischen mir und den Bahnhofspennern gäbe. Also ging ich seufzend zur Kasse.

»Nach Simferopol«, krächzte ich und hielt mich am Schaltersims fest, weil mir plötzlich schwindlig wurde. »Mit dem nächsten.«

»Um 23.30 Uhr«, flötete die grell geschminkte Rentnerin mit einer rosa Dauerwelle, so ätherisch wie der Heilige Geist.

Es war 13 Uhr. Ich stöhnte auf.

»Früher gibt es nichts?«, fragte ich.

»Was denken Sie denn«, fragte die Rentnerin verärgert. »Dass ich Sie hier desinformiere, oder was? Ein Platz ist noch frei. Nehmen Sie den?«

»Im Winter?«, staunte ich.

»Was, im Winter?«, fragte sie unwirsch. Ihr Make-up sah aus, als hätte sie sich ihr ganzes Gesicht erst aufgemalt.

»Im Winter fahren so viele Leute, dass keine Plätze mehr frei sind?«

»Jetzt werden Sie aber unverschämt«, bemerkte sie. »Sie unterstellen mir, dass ich lüge. Ich rufe gleich die Sicherheit.«

Ich nahm die Karte. Und hatte einen halben Tag zur freien Verfügung. Im winterlichen Dnjepropetrowsk. Halleluja.

Ich ließ mich auf einen der Sitze fallen. Ein Stück weg von den Pennern. Der mir am nächsten war, schlug ein Auge auf.

Er hatte ein Gestrüpp im Gesicht, in dem nicht zu erkennen war, wo der Bart aufhörte und die Brauen anfingen. Schon fuhr er die Bettelhand aus. Es hatte etwas roboterartig Mechanisches. Ich stand auf. Ging ein paar Meter. Setzte mich wieder. Und sah ein Schild: VIP-Saal.

Ich hatte das Bedürfnis, mich besser zu fühlen, als alles hier aussah. Dringend. Ich stieß die Tür auf. Drinnen standen bequeme Sofas. Auf kleinen Tischen lagen internationale Zeitschriften über den pfleglichen Umgang mit dem großen Geld und über Lifestylefragen.

Ganz in einer Ecke saß eine Lady und schaute etwas auf ihrem Tablet, sie musste allem Anschein nach direkt einer der Zeitschriften hier entstiegen sein. Wie sonst hätte sie hierher geraten sollen? Ich konnte mir nicht vorstellen, dass sie irgendetwas mit dem ganzen Bahnhofsumfeld gemein hatte, und ich wusste, auch sie wollte nicht, dass ich mir das vorstellen konnte. Sie trug hohe Stiefel, Nylonstrümpfe, einen schwarzen Minirock und einen Kurzmantel, und sie sah aus, als wäre sie ein Hologramm ihrer selbst.

»Das kostet«, sagte ein hünenhafter Sicherheitsmann, der geräuschlos hinter mir aufgetaucht war. »Dieser Saal ist kostenpflichtig.«

Ich zahlte und warf meinen Rucksack auf ein bequemes Sofa. Die Lady schickte mir über ihr iPad weg einen verstimmten Blick. Ich hatte ihr ins Wohnzimmer geschissen, das war mir klar. Mit meinen Dreckschuhen, der schlabbrigen Cargohose und meiner Jacke die, oh Graus, weder schwarz noch ledern war. Ich lächelte ihr zu, und sie schaute wieder auf ihr Tablet. Aus ihrer Miene sprach eine Abscheu, dass ich spürte, wie ich selber das Kotzen kriegte.

Nach fünf Minuten hatte ich die Nase voll. Aus den Boxen kam eine Musik, die für einen neutralen Hintergrund sorgen sollte, das aber nicht hinbekam. Die Verachtung der Tabletbraut fiel über mich her wie ein Rudel Kakerlaken. Der Sicherheitsmann starrte meine Schuhe an, als wollte er Blickkontakt mit ihnen aufnehmen. Außerdem war es einfach stinklangweilig.

Ich gab den Rucksack in die Aufbewahrung und ging in die Stadt.

Dnjepropetrowsk, ach Dnjepropetrowsk. Es war dunkel, obwohl der Himmel klar war. Die Luft war irgendwie versifft, ich hätte sie am liebsten sauber gewischt. Ich trottete den Marx-Prospekt entlang und war müde. Aber nicht ich allein. Alle waren müde.

Dnjepropetrowsk, ach Dnjepropetrowsk. Hier und da blitzten westliche Ecken auf, aber auch über ihnen lag diese schwere Luft wie ein Rußfilm. Sie waren dieser östlichen Ödnis einsam ausgesetzt. Alte Frauen verkauften Knoblauch vor den Glastüren der Bürohäuser, und diese Türen fuhren jedes Mal auf, wenn ein Kunde sich ihnen näherte. Die Sicherheitsleute in ihren schwarzen Uniformen wussten nichts mit sich anzufangen, also wanderten sie von A nach B und wieder zurück. Die jungen Kadetten der Offiziersschulen, die aussahen, als wären sie plötzlich unter ihren sowjetischen Deckeln und in den Uniformen mit den Monsterschulterklappen zusammengeschrumpft, liefen irgendwie verängstigt durch die Straßen. Im Falle des Falles wären wohl eher sie es, die beschützt werden mussten.

In dem Restaurant, wo ich zu Mittag aß, trafen sich zufällig zwei beleibte Herrschaften, die nach viel Geld aussahen. Und die schon einiges mitgemacht haben mussten. Goldketten an den Handgelenken, Spitzschuhe – alles auf dicke Hose. Einer kam rein, der andere stand gleich auf und warf sich ihm in die Arme. Sie knutschten sich auf die Wangen. Erst da fiel mir auf, dass jeder seinen Bodyguard dabeihatte. Der des Essers hatte nur dagesessen und mit seinem Handy rumgespielt. Der des anderen winkte ihm fröhlich zu. Sie klatschten sich ab. Und so quatschten sie miteinander, Ritter mit Ritter und Knappe mit Knappe. In den Taschen der Bodyguards zeichneten sich gänzlich ungeniert die Pistolen ab.

Über der Stadt thronte ein gigantisches jüdisches Zentrum. Es thronte da ziemlich provokant, und an der Stelle seiner Erbauer hätte ich die Sorge gehabt, das könnte Wasser auf die Mühlen der Antisemiten sein. Aber den Erbauern war diese Sorge offensichtlich fremd.

In der nahen Synagoge herrschte Stille. Ich ging in diese Stille hinein, in der alle Winkel recht waren und alle Wände weiß. Bima und Amud schienen aus einem Designstore von der Fifth Avenue zu stammen. Ich war allein. Nach einer Weile kamen ein paar ältere Männer mit Hüten, Bärten und Schläfenlocken herein. Gleich gab es ein Riesenbohei. Es dauerte noch einen Moment, bis mir auffiel, dass das überhaupt keine Alten waren, sondern junge Leute. Mit Gesichtern, die nichts mit dem klassischen, europäischen Judenbild gemein hatten. Es waren ja auch die Gesichter junger Amerikaner: Knollennasen, breite Kiefer, schmale Wangen – die Bärte und die Peies sahen aus wie angeklebt. Sie schwatzten in breitestem Amerikanisch. Die Konsonantenhäufungen zerknallten ihnen auf den Lippen, als wären sie mit Schwarzpulver eingeschmiert.

Ich wollte nicht mit ihnen reden, aber sie mit mir. Kaum hatten sie mich gesehen, kamen sie auch schon auf mich zu. Offenbar kam selten jemand bei ihnen vorbei. Dann ging es um dies, das und jenes. Und wo ich herkam. Ich sagte es ihnen.

»Polska!«, rief der mit den roten Sommersprossen auf der Nase. Er sah aus, als käme er direkt aus *Wunderbare Jahre* und hätte sich zu Halloween als Jude verkleidet. »Yakshemash! Das ist Polnisch bei Borat! Yakshemash! Kapierst du?«

Ich konnte mich nur mit Mühe zusammenreißen, ihm nicht eine in die Fresse zu hauen.

Ich kehrte zum Bahnhof zurück, zum VIP-Saal. Und musste noch mal Eintritt bezahlen. Die Lady saß immer noch da in ihrem Pelz, ihren Musketierstiefeln, ihrem Nuttenoutfit, mit ihrer Verachtung für alles auf dieser Welt, das nicht mit Diamantencolliers behängt war und keine mattschwarzen Hummer mit goldenen Radkappen fuhr.

Es kotzte mich an. Es kotzte mich an, weil ich sowieso schon angekotzt war. Es kotzte mich an, weil ich wusste, dass diese Lady aus einer beschissenen Chruschtschow-Platte kam, eingepfercht in ein Zimmerchen mit der ganzen Familie, mit triefendem Klo und kaputter Spülung, wo einem alles unter den Händen auseinanderfiel, weil ich wusste, dass sie jeden Morgen durch das Graubraun ihrer Drecksstadt waten musste, in der es kein Fünkchen Schönheit gab, nur dieses siffige, stinkige Loch bis zum Horizont, diese grässliche, Fleisch gewordene Antiutopie, in der es kein richtiges Leben geben konnte, weil man bis zum Bauch in der Scheiße steckte, in Mordor, im Elbensumpf.

Ich setzte mich an die Bar und bestellte mir einen Wodka auf Eis mit Zitrone. Ich kippte ihn mir rein und orderte gleich den nächsten. Das Mädel ließ ich nicht mehr aus den Augen. O, ich kenne euch alle, dachte ich, während ich den dritten und vierten Wodka trank. Zum Beispiel von der Krim, von der Toilette am kostenpflichtigen (KOSTENPFLICHTIGEN!) Strand von Aluschta. Da stehst du knöcheltief in der Pisse, es stinkt nach Gully, alles ist im Eimer und von einer zentimeterdicken Dreckschicht bedeckt, als hätten sie die Ästhetik – eines der Grundbedürfnisse des Menschen – einfach mal abgeschaltet. Und sie, diese schönen, schlanken Gazellen mit den bemalten Nägeln und dem Make-up, das nicht mal zum Baden abgelegt wird, gingen da rein, in diese knöcheltiefe Siffe, weil sie einfach keine Wahl hatten. Und sie hockten sich in ihrer ganzen Schönheit über die zugeschissenen Löcher im Boden, kackten und pissten in diese Löcher und rutschten mit ihren Flipflops in diesem Kackepissematsch herum. Und hinterher krochen sie wieder aus dem Scheißloch heraus und stolzierten den Strand entlang wie die beschissenen Prinzessinnen aus dem Märchen. Das war nämlich ihre Wirklichkeit, sie hatten keine andere. Ihnen blieb nur, diese Wirklichkeit von ganzem Herzen zu hassen. Und sie wussten, dass alle anderen wussten, weshalb sie sie hassten, also hassten sie alle anderen gleich auch noch mit.

Beim fünften Wodka versuchte ich, ihren Blick zu erhaschen. Sie schaute nicht her. Wich aus. Nur diese Lippen. Diese verächtlichen Lippen. Worauf wartet sie denn hier, dachte ich beim sechsten, will sie den ganzen Tag auf ihren Scheißzug warten, oder was? Hätte sie nicht später kommen können? Was soll diese Kacke?, überlegte ich.

Ich wollte sie danach fragen. Wieso nicht? Als ich vom Barhocker sprang, ging ich beinah zu Boden. Ich stellte mich vor sie hin und hatte die totale Blockade. Ich wusste nicht, was ich sagen sollte. Sie sah gut aus, klischeemäßig, aber gut, wie lackiert, laminiert, sie sah mich an, und sie musste sich wohl die Augen gemacht haben, so eine Schönheits-OP, weiß der Henker, jedenfalls waren sie größer als normal, viel größer, unnatürlich sah das aus, abstoßend sogar, bei aller Schönheit, und da stand ich nun vor ihr, weggetreten, wankend, und da rief sie den Sicherheitsmann.

Ich bekam auf die Fresse, und sie knöpften mir noch fünfzig Dollar dafür ab, dass sie nicht die Bullen riefen. Die würden, erklärten sie mir, bei sexueller Belästigung zweihundert pro Nase nehmen.

12. Havran Travel

Mischa wartete schon in Schehyni. Kaum dass wir über die Grenze waren.

»No kulegi«, sagte er, er sprach nämlich Polnisch, »wen wir machen heute fertig?«

Hawran präsentierte Mischa mit einer Handbewegung die vier Polen, die uns folgten und sich neugierig umsahen.

»Andrzej«, zeigte er mit dem Finger, »Tomek, noch mal Tomek, also Tomek 2, was wiederum bedeutet, dass der erste Tomek Tomek 1 ist. Und Maciek.«

Mischa nickte ihnen zu. Mir schenkte er ein Zwinkern. Ich zwinkerte zurück. Er sah aus wie ein Wegelagerer. Hawran hatte uns früher schon miteinander bekannt gemacht. Keine Ahnung, wo er ihn aufgerissen hatte, jedenfalls musste es das Business, das sie zusammen laufen hatten, wert sein.

Die Polen grüßten mit Gemurmel.

Es war eine ziemlich schräge Truppe. Tomek 1 zum Beispiel war, wie ich auf der Fahrt schon mitbekommen hatte, Aufsichtsratsmitglied bei einem Krakauer Internetportal. Tomek 2 war Buchhalter. Andrzej hatte eine kleine Touri-Firma, Maciek besaß einen Club in Kazimierz.

Also alles Leute mit Geld.

»Und du?«, fragte Mischa. »Du hast auch gewollt wilder Osten?«

»Jetzt und immerdar, bloß nicht so wie die«, antwortete ich und deutete mit dem Kinn auf die von Hawran angeschleppten Geldleute. »Ich schreib einen Artikel.«

Mischa warf Hawran einen fragenden Blick zu. Hawran nickte.

»Alles cool«, antwortete er. »Łukasz will nur sehen, wie und was. Wir haben einen Deal. Wenn sich so drüber schreiben lässt, dass es Werbung für uns ist, dann schreibt er drüber. Wenn nicht, dann schreibt er eben nicht. Ist mein Kumpel, wir kennen uns von klein auf.«

»Klein auf, klein ab …« Mischa zögerte noch. Für einen Zweimeterhünen mit Runzelgesicht hatte er eine überraschend sanfte Stimme, »aber was wir machen ist, kak skasat, bisschen illegal.«

»Den nimmt eh keiner für voll.« Hawran klopfte mir auf die Schulter, ehe ich etwas erwidern konnte. »Der schreibt nur Lügengeschichten. Vertrau mir, Mischa.«

»Für was kommt er dann mit?«

»Weil eine Menge Leute seine Lügengeschichten lesen und manche denken, da ist vielleicht doch etwas Wahres dran, und dieses gewisse Etwas suchen sie dann. Und so landen sie bei uns.«

Mischa zuckte die Achseln, es sah aus, als ob ein Berg mit dem Vorgebirge zuckt.

»Mach, wie du denkst«, antwortete er, »deine Sache. Nu schto«, wandte er sich den Tomeks, Andrzej und Maciek zu, »wie sieht aus, wir anfangen, was?«

Sein Geländewagen parkte ein paar Meter weiter in einer kleinen Straße mit Einfamilienhäusern. Die Polen schauten neugierig in die Runde. Sie tauschten sich über ihre Beobachtungen aus. Andrzej fand, es sei hier so ähnlich wie in Polen, er könne keine größeren Unterschiede entdecken. Tomek 1 sagte, er spüre schon, dass hier doch etwas anderes in der Luft liege. Tomek 2 konkretisierte diesen Gedanken, indem er erklärte, hier wäre es irgendwie »porniger«. Maciek faselte stattdessen etwas von wegen »turanischer Kultur« und fotografierte mit seinem Handy die Zwiebelkuppel einer Kirche, an der wir vorbeikamen.

Auf der Kühlerhaube seines Geländewagens breitete Mischa eine Serviette aus. Er stellte eine Flasche Chiliwodka und in Scheiben geschnittenen Speck darauf. Bislang unterschied sich das Ganze noch nicht groß von den Touren, die die gewitzteren Polen den Anglos in Kraków andrehten: Pulle, Pub Crawl, Puff. Ich war gespannt, ob Hawran auch einen Puffbesuch geplant hatte.

Die Geschäftsidee von Hawran und Mischa war nämlich eigentlich ganz simpel: ein paar potente Polen mit Exotikgelüsten für eine Woche in die Ukraine entführen und ihnen »Hardcore Ost« vorführen.

Die Pulle wurde weggemacht, dann eine zweite. Mischa erzählte Witze. Er hatte echt was drauf, das ließ sich ganz gut an. Ich musste selber lachen. Sogar Maciek lachte, mit dem Mischa, wie ich glaubte, am meisten zu schaffen haben würde. Maciek war nämlich so ein ganz Schlauer, der alles besser wusste. Aber Mischa wusste ihn zu nehmen, und bald hatte er ihn im Griff. Er konnte ihn sich nach Belieben zurechtkneten.

Nach dem Wodka zog Mischa eine schwarze Tabakdose mit Dosierer aus der Tasche. Er schraubte den Rückspiegel von seinem Geländewagen ab, legte ihn auf die Kühlerhaube und schüttete sieben weiße Linien aus der Dose. Die Polen fingen an zu lachen. Maciek klatschte in die Hände.

»Was ist das?«, fragte Tomek 2.

»Gute, alte Kokoschka«, antwortete Mischa. »Keine Sorge, wenn nicht willst, du musst nicht Kokoschka.«

»Doch, doch«, wedelte Tomek 2 aufgeregt mit den Händen. »Klar will ich, war doch nur ne Frage.«

»Wer fragt, der nicht irrt«, erwiderte Mischa philosophisch. Er drückte ihm einen gerollten Hundert-Hrywnja-Schein in die Hand. »Hau rein, Drug.«

Ich zog als Dritter. Es fuhr mir in die Nase, machte die Biege und rutschte mit dem Rotz den Rachen runter. Ich schluckte. Bitter.

Andrzej sah sich um.

»Kommt auch keine Polizei?«, fragte er.

»Die Polizei«, erwiderte Mischa, während er seinen Ausweis aus der Tasche zog, »bin ich.«

Alle erstarrten, standen wie eingefroren über den Spiegel gebeugt. Panische Blicke trafen Hawran, der sich gerade die Nase putzte. Er lachte.

»Nur die Ruhe«, sagte er und tätschelte Mischa den Arm. »Ist doch gut, wenn die Macht mit uns ist, oder?« Mischa bleckte seine Zähne. Zwei waren golden.

Die Geldleute schnupften also fröhlich weiter.

Ich schob mir eine Zigarette zwischen die Lippen. Auf der Suche nach einem Feuerzeug klopfte ich meine Taschen ab. Hawran hielt mir seine Faust mit einem brennenden Zippo unter die Nase.

»Ist der echt?«, fragte ich mit einem kurzen Seitenblick auf die Tasche, in der Mischa gerade wieder seinen Ausweis hatte verschwinden lassen.

»Keine Ahnung, ehrlich«, meinte Hawran belustigt, »war mir auch neu.«

Ich wusste, dass er mir ins Gesicht log.

Mischa erzählte den Geldleuten unterdessen die unglaublichsten Geschichten über Schehyni. Irgendwas mit Schmugglern, dass alle Neubauten im Dorf von dem Geld gebaut wurden, das die Leute im Ausland verdient hatten, illegal. Von Schießereien, Betrug, Korruption. »Ich selbst«, sagte Mischa stolz, »habe gebaut mein Haus von Schmiergeld.«

»Der ist gut«, raunte ich Hawran zu, das musste man ihm wirklich lassen.

Er nickte.

In den Geländewagen passten fünf Mann, maximal sechs, aber sieben gingen auch rein. Klar. Wir fuhren über irgendwelche Feldwege, vorbei an den Ruinen von Kolchosbauten. Ja, doch. Eines Tages werden die Ruinen von Fabriken, Kolchosen und Lagerhallen so romantisch sein wie Burgruinen. Der Abend brach herein, im Westen blutete langsam die Sonne aus. Sie troff geradezu vor Blut. Von Osten her war der Himmel bleigrau. An ihm hing ein Mond, so gigantisch groß, dass man glauben konnte, er rase auf die Erde zu, um sie kurz und klein zu schlagen. Wir fuhren nach Süden. Das Kokain tat seine Wirkung, und die Musik, die Mischa im Radio angestellt hatte, kam uns weich und samtig vor.

Mischa saß am Steuer, die Flasche am Mund. Zusammengequetscht unter Tomek 2, der mir und Tomek 1 auf dem Schoß saß, wartete ich nur darauf, dass Hawran die Ziehharmonika auspackte. Die Flasche machte die Runde. Mischa stopfte dem Rekorder eine Kassette ins Maul und drehte die

Lautstärke hoch. Die sowjetische Hymne brüllte uns entgegen. Wir waren schon angetrunken. Wir stimmten mit ein. Maciek sang auf Polnisch: »Ich scheiß auf die Freiheit der Volksrepubliken, hab ich nichts zu rauchen und nichts für den Durst!«

Endlich hatten wir Asphalt unter den Rädern, und schon kam das Dorf. Alte galizische Häuser, teils gemauert, teils aus Holz. Der Platz vor der Kneipe war ziemlich kaputt gefahren. Offensichtlich hatten hier die Halbstarken ihre Donuts gedreht. Vor dem Lokal standen ein aufgemotzter Lada Shiguli und ein schwarzer Benz. Beide mit getönten Scheiben. Auf den bröckelnden Stufen am Eingang saßen ein paar Jungs in Trainingsanzügen. Manche auch mit Slippern an den Füßen.

»Kennst du den Ort hier?«, fragte ich Mischa.

»Habe gehört davon«, antwortete er. »Bin hier erste Mal.«

»Und wieso sind wir dann hierher gefahren?«

»Welche Unterschied, hier oder nicht hier?«, fragte Mischa und blickte mir tief in die Augen, die ihm im Rückspiegel reflektiert wurden.

Die Jungs auf den Stufen reagierten nach dem Prinzip »UFO im Dorf«. Alle glotzten uns an, und diese Blicke hatten nichts Sympathisches. Ihre Lippen verzogen sich zu verächtlichen Ausspuckern. Wir gingen die Stufen hinauf wie junge Häftlinge, die zum ersten Mal zu den Wiederholungstätern gesteckt werden. Nur Mischa und Hawran hatten noch Oberwasser.

»Verdammt, was mach ich hier eigentlich«, hörte ich Tomek 2 murmeln.

Innen sah es einfach zum Weglaufen aus. Tische und Stühle starrten vor Schmutz. Ihr Äußeres erinnerte nur noch entfernt an ihre ursprüngliche Gestalt. An der Wand hing ein absurd riesiges Plakat, auf dem ein venezianischer Gondoliere unter der Rialtobrücke hindurchschipperte.

Mischa studierte die Gesichter der Gäste. Er beurteilte ihre Maße, das konnte ich sehen, wie ein Züchter die Maße des gekauften Viehs beurteilt. Schließlich grinste er und spuckte auf den Boden. Ein paar ältere Kerle wandten den Blick ab. Runzlige Gesichter, fadenscheinige Pullover. Aber die Jüngeren schauten nicht weg. Mischa blickten sie hochmütig ins Gesicht, mit uns waren sie eine Spur nachsichtiger.

Das Blut pochte mir in den Schläfen, als wollte es mir gleich den Schädel zerreißen.

Wir setzten uns an einen der Tische. Merklich angespannt. Die Stühle fühlten sich an, als würden sie jeden Moment unter uns zusammenbrechen. Mischa ging nicht an die Bar, er rief nach dem Wirt. Der musste wohl oder übel kommen. Er sagte nichts, schaute nur. Mit Schnurrbart und beginnender Glatze. In seinen Augen lag etwas Hinterfotziges. Mischa bestellte einen Liter Wodka und Heringe.

Später ging es dann zur Sache.

Ehrlich gesagt, kann ich mich nicht mehr an den Moment erinnern, als das Ganze losbrach. Im Ernst, da hat es irgendwie ein Bild übersprungen. Eben sitzen wir noch am Tisch und kippen den x-ten Wodka, im nächsten Bild haut mir so eine Glatze seine Rübe ins Gesicht und die Welt wird rot.

Es ging Schlag auf Schlag. Staunend sah ich zu, wie Mischa seinen Dienstausweis zückte und losbrüllte, dass es alle fast auf den Arsch gesetzt hätte. Zumal Mischa aus der anderen Tasche seine Pistole gezogen hatte.

»An die Wand!«, brüllte er auf Ukrainisch. »Alle! Milizija! Milizija, ihr Schweine, habt ihr gehört?«

»Scheiße, Scheiße, Scheiße«, stammelte Andrzej, weiß wie die Wand und mit abgerissenem Hemdkragen. Tomek 1 hatte eine blutverschmierte Wange, Hawran sah aus, als hätte er nichts abbekommen. Maciek kam hinter der Bar hervor, wo er sich verkrochen hatte, Tomek 2 stand grinsend breitbeinig da und zwinkerte einem der vor der Wand um den Rialto-Gondoliere versammelten Ukrainer lustig zu. Trainingsanzüge, Stoppelhaare, Turnschuhe und Slipper, Alkoholausdünstungen und nackter Hass. Vier oder fünf Mann. Von Tomek 2, dem Buchhalter, hätte ich das zuletzt erwartet. Der Ukrainer, dem Tomek zuzwinkerte, sah schon ziemlich fertig aus. Er war nicht groß, aber bullig. So einen zusammenzuschlagen war besonders schwer. Er spuckte sich Blut in die Hand und schaute sich verwundert an, was er da ausgespuckt hatte.

Mischa hatte das auch bemerkt.

»Du«, sagte er zu dem Bulligen und zielte mit der Pistole auf ihn. »Herkommen.«

»Leck mich!« Der Bullige wischte sich die Hand an seiner schwarzen Jeans ab und spuckte aus. »Und jetzt? Willst du mich erschießen, oder was?«

»Verdammt, Hawran, was soll das hier?«, knurrte ich. Hawran zog grinsend die Schultern hoch.

»War das geplant?«, erkundigte sich Maciek. Hawran legte den Finger auf die Lippen und zwinkerte ihm zu.

»Wieso sollte ich dich erschießen?«, lachte Mischa. Er ging auf den Bulligen zu und griff ihm, die Pistole immer noch auf sein Gesicht gerichtet, in die Tasche. Kurz darauf zog er die Hand wieder heraus, zwischen Daumen und Zeigefinger ein Beutelchen Kokain.

»Ist das deins?«, fragte er grinsend.

»Du Arschloch.« Die Miene des Bulligen war der schiere Hass. Echt, wie blitzsauber in Stein gemeißelt. »Du Arschloch. Du weißt genau, dass das nicht meins ist.«

»Pass auf«, entgegnete Mischa und beschrieb mit seiner Hand einen großen Bogen. »Ich hab Zeugen, dass es deins ist. Oder?«

Niemand sagte ein Wort. Aus den Boxen kam russische Discomusik, es klang einfach nur schräg.

»So«, sagte Mischa zu dem Bulligen. »Dann komm her und hau ihm«, er zeigte auf Tomek 2, »eine rein.«

Tomek 1, Maciek und Andrzej machten Radau.

»Was soll denn der Scheiß? Ich dachte, du holst uns hier raus! Heilandsack! Ich will mein Geld zurück, so einen Dreck hatte ich nicht gebucht!«, brüllte einer lauter als der andere. Tomek 2 spuckte unterdessen dem Bulligen mit einem breiten Grinsen vor die Füße.

»Komm doch«, zischte er. »Komm doch, alter Bandera-Sack!«

Der Bullige schaute zu Mischa, der nickte, und der Bullige legte los.

Erst schubsten sie einander herum, bald waren sie fest verhakt, sie hielten sich an Haaren und Klamotten, was ihnen in die Finger kam. Sie atmeten sich ins Gesicht und versuchten, einander den finalen Kopfstoß zu verpassen.

»Aus! Vergiss es!«, rief Mischa und riss Tomek 2 von dem Bulligen los. »Wie heißt du?«, fragte er ihn.

»Iwan«, antwortete der Bullige. »Oder nein, Saschko. Oder, warte, Grischa.«

»Hawran«, rief Mischa, ohne ihn aus den Augen zu lassen, »für Grischa.«

Hawran ging auf ihn zu, in der Hand einen Geldschein. Fünfzig Hrywnja.

»Hier«, sagte er auf Ukrainisch.

Der Bullige sah Hawran eine Weile verächtlich an und schlug ihm dann ins Gesicht. Hawran konnte sich nicht mehr richtig schützen, er wurde satt getroffen und flog gegen die Wand.

Mischa grinste nur.

Der bullige Iwan, Grischa oder Saschko spuckte Mischa vor die Schuhe. Davor, nicht drauf.

»Du Arschloch«, sagte er. »Was ziehst du hier vor den Polen für ein Affentheater ab? Machst du alles für Geld? Bist du so ein Ukrainer?«

»Ich bin ein Sowjetmensch«, erklärte Mischa mit einem bezaubernden Lächeln auf Russisch. »Wenn du nicht mitspielen willst, hau ab.«

Der Bullige wollte noch einmal ausspucken, bekam aber nichts mehr zusammen. Er musterte uns mit einem vernebelten Blick.

»Ihr kommt hier nicht mehr lebend raus«, sagte er, ging und warf die Tür hinter sich zu.

Hinter dem Tresen kam der schnurrbärtige, kahle Wirt hervor.

»Ich habe Verstärkung für Sie geholt, Herr Wachtmeister«, erklärte er mit giftigem Blick, »damit Sie nicht so alleine sind. Sie sind schon im Anmarsch.«

»Scheiße«, knurrte Mischa, ein Schatten huschte über sein Gesicht. »Hawran, wir machen Fliege«, sagte er.

»Der ist kein Polizist!«, rief einer aus dem Grüppchen an der Wand. Mischa schoss in die Decke. Putz regnete herunter, ein weißes Wölkchen plusterte sich im Schein der nackten Glühbirne. Alle gingen unwillkürlich in die Knie und rissen die Hände über den Kopf.

»Wir gehen!«, rief Hawran. »Jetzt!«

Also gingen wir – Mischa vorneweg, wir hinterdrein, dicht an dicht wie die Küchlein hinter der Glucke. Als Letzter in der Reihe kassierte ich noch ein paar Schläge auf den Hinterkopf und einen Tritt in den Arsch.

Wir jagten über den Asphalt, dass es hinter uns nur so staubte. Niemand sagte ein Wort. Ich schaute ständig zurück, um zu sehen, ob sie uns verfolgten. Im aufgemotzten Lada oder im Benz mit den getönten Scheiben.

Taten sie nicht.

»War das jetzt deine beschissene Idee mit dem wilden, wilden Osten, Hawran?«, fragte Maciek schließlich. »Gratuliere. Du wirst hoffentlich einsehen, dass ich mein Geld zurückwill. Oder hast du noch ein paar Attraktionen auf Lager?«

»Frag Mischa«, knurrte Hawran. »Mischa hat noch.«

Mischa grinste breit in den Rückspiegel.

13. Mitteleuropa oder Die Unabhängigkeit Transkarpatiens

Auf dem Bahnhof in Košice wusste kein Mensch, wann der Bus nach Ushhorod fuhr. Laut Plan hätte er schon vor zwei Stunden abfahren sollen. Die dauergewellte Frau von der Auskunft hob nur die Hände. »Das ist ein ukrainischer Bus«, sagte sie zur Erklärung, »da ist vieles möglich. Der kommt, wie er will.«

»Und wieso schreiben Sie dann eine Zeit in den Fahrplan?«, fragte ich.

»Da muss doch etwas stehen«, meinte die dauergewellte Auskunft achselzuckend. »Ein bisschen Ordnung muss schon sein, nicht?«

Schließlich kam er. Über den ebenmäßigen, frischen slowakischen Asphalt kam quietschend, von einem Rad zum anderen schaukelnd, ein Bus angeschwommen, direkt aus einem Kusturica-Film. Die Tür ging auf, und dahinter stand ein Typ, der perfekt in diese Szene passte: weiße Schnabelslipper, weiße Hose, weißes, aufgeknöpftes Hemd. Fehlten nur noch die dunkle Sonnenbrille und die Goldkettchen überall. Aber den Oberlippenbart hatte er. Im Bus begann schon die Ukraine: die mir wohlbekannten speckigen Vorhänge und die hermetisch verriegelten Fenster. Die Fahrkartenfrau löste Kreuzworträtsel und schrieb konzentriert und andachtsvoll kyrillische Buchstaben in die Kästchen. Ich kam mir komisch vor, so einzusteigen, ohne den Pass vorzuzeigen. Wie beim Übertritt über die grüne Grenze.

Je weiter wir nach Osten kamen, desto stärker lichtete sich die Slowakei. Außerdem schien sie mir zu schrumpfen. In der Slowakei kam mir immer alles kleiner und weniger ernst vor als in Polen, so deutlich beeinflusst die politische Geografie das Gehirn, aber je näher wir dem östlichen Rand kamen, desto stärker hatte ich das Gefühl, das Land verschwinde am Ende komplett. Da war ja auch das Ende der Welt. Oder eben nicht. Aus westlicher Perspektive kam hinter der Slowakei nichts mehr. Das GPS gab den Geist auf. Navigationssatelliten stürzten ab. Wer so wahnwitzig war, seinen Kopf über die slowakische Ostgrenze zu schieben, stieß in eine graue Leere vor. Das Einzige, was es dort geben konnte, war Schlamm bis zum Horizont. Elbonien. Elbonien ist bekannt, oder? Dieses osteuropäische Land aus *Dilbert*. *Dilbert* muss man kennen, das ist einer der bekanntesten Comicstrips aus den USA. Und dieses Elbonien aus *Dilbert* ist ein Land, das komplett im Schlamm versunken ist. Alle Elbonier – langbärtige Männer in Pelzmänteln und mit hohen Hirtenhüten – stecken bis zum Bauch in diesem Schlamm. Sonst gibt es nichts in Elbonien. Schlamm, so weit das Auge reicht und darüber blauen Himmel. Aber Transkarpatien wollte eben nicht zu Elbonien gehören. Es wollte sich Mitteleuropa anschließen. Um das tun zu können, musste es seine Unabhängigkeit von der Ukraine erklären. So jedenfalls sahen das die Väter der transkarpatischen Unabhängigkeit.

Folgende Nachricht machte die Runde: Am 5. Dezember würde der Pope Iwan, einer der Anführer der reichlich zersplitterten Unabhängigkeitsbewegung in Transkarpatien, die Unabhängigkeit erklären.

Ich packte also meinen Rucksack, besorgte mir die Nummern der Separatisten, vereinbarte Interviewtermine und fuhr los. In Kraków stieg ich in den Zug nach Košice. Durch das Fenster sah ich mir den polnischen Teil Galiziens an. Wir fuhren durch die Berge, und die Welt wurde eine andere. Das Alltägliche schlug, wie bei jeder Grenzüberschreitung, einen Purzelbaum und stand plötzlich kopf. Ein paar junge Slowaken stiegen zu. Sie nahmen die Bahnzeitschriften zur Hand und amüsierten sich über das Polnische. Das Chaos der polnischen Kleinstädte, das Durcheinander von Schildern und Gerätschaften wurden abgelöst von der kleinen, feinen slowakischen Ordnung. Und dann kamen der Busbahnhof und Kusturica. Jetzt fuhr ich durch die Ostslowakei zu meinen Interviews mit den elbonischen Separatisten.

Der Busfahrer fuhr ganz manierlich. Aus Angst vor der slowakischen Polizei. Das wusste ich von ihm, weil ich mich ganz vorne hingesetzt hatte. Aus Langeweile. Lesen war unmöglich, weil es furchtbar schaukelte, und die Slowakei machte sich davon, als wollte sie gleich gänzlich fort sein. Auf einmal schaltete der Fahrer in irgendeinem Zigeunerkaff vom Vierten direkt in den Zweiten runter, dass in seinem Bus alles aufkreischte, und bog nach links ab. Wir kamen auf eine schmale Schotterpiste, an deren Rändern eine Art Slum lag – das war aber kein Slum. Das war der anrührende Versuch der Roma, die umliegenden Häuser der Slowaken und Ruthenen nachzuempfinden. Die Bebauung der Dörfer hier hatte nämlich ihren ganz eigenen lokaltypischen Stil. Selbst Neubauten waren an die alten Häuser angelehnt. Das wollten die Zigeuner auch so haben. Wer immer sich abfällig über ihre Integrationsversuche in diesen Flickenteppich am Ende der Welt äußern wollte – er wäre ein hundsgemeiner Lügner. Sie hatten es versucht, es war ihnen nur nicht ganz gelungen. Ihre Häuser waren halb so groß wie die der »Weißen« und windschief dazu. Sämtliche Gesimse und Vorsprünge waren aus Zement modelliert und weiß überstrichen. Die Höfe waren matschige Schwimmbecken. Aber sie hatten es versucht.

Niemand, wirklich niemand wunderte sich darüber, dass der Bus in die Zigeunersiedlung abgebogen war. Die Fahrgäste – außer mir alles Ukrainer – glotzten gleichgültig die dreckigen Scheiben an. Dreimal fragte ich den Fahrer, was denn das jetzt bitte schön für ein Bockmist wäre, und dreimal ließ er mich abblitzen. Er verleugnete mich wie Petrus den Herrn Jesus. Die Tür ging auf und ein paar schnurrbärtige Gerippe kamen herein, mit grauen Augen, schönen Augen wie Anna Maria, der man ihr strahlendes Lächeln genommen hatte. Sie waren mit länglichen Pappkartons beladen, die sie unter unsere Sitze stopften. Auch unter meinen. Ich wusste nicht, wie ich auf Zigeunerisch fragen sollte, was ich da jetzt schmuggelte. Auch nicht auf Slowakisch oder Ruthenisch. Auf Russisch wollte ich nicht. Und selbst wenn ich gewollt hätte – mir war gerade entfallen, was noch mal »schmuggeln« hieß. Sie drehten ein paar Runden und das Ding war gegessen. Niemand sagte ein Wort. Für alle Fahrgäste war es offenkundig total normal, auf diese Weise selbst zu Schmugglern zu werden und im Zweifelsfall in den Knast zu wandern, weil an sämtlichen Grenzen weltweit gilt, dass alles unter (oder über) deinem Sitz dir gehört, da kannst du hinterher rumheulen, wie du willst. Aber, na ja, gesellschaftliche Normen gehen über den gesunden Menschenverstand, also stellte ich auch keine Fragen.

An der Grenze dauerte es mal wieder Ewigkeiten. Den slowakischen Zöllnern war völlig schnuppe, was wir ausführten, aber die Ukrainer nahmen in ihrem pompösen postsowjetischen Bürokratengenerve jeden Furz aus unserem Reisegepäck unter die Lupe. Sie filzten wirklich alles, bis auf die Päckchen unter den Sitzen. Für die interessierte sich aus unerfindlichen Gründen kein Mensch. Unterdessen wurde es Abend, dann Nacht. Die Schmuggler rauchten Zigaretten und unterhielten sich über die große Hungersnot in den Dreißigern. Ich war, gelinde gesagt, leicht verwundert. Ich stand da und beobachtete den Mond, neben dem ein großer weißer Fleck aufgetaucht war. Er sah aus wie ein Planet auf Kollisionskurs mit der Erde, wie in der Eröffnungssequenz aus Lars von Triers *Melancholia*. Irgendwann befand ein fetter Zöllner mit Riesenmütze und Schulterklappen, mit denen er, hätte man ihn von einem Zehngeschosser geschubst, problemlos davongesegelt wäre, er hätte uns jetzt lange genug gequält. Er gab dem Busfahrer die Pässe zurück, verabschiedete sich mit einer Art Faustcheck von ihm, und wir konnten weiterfahren.

Wie sich nach dem Überqueren der polnisch-ukrainischen Grenze das Gewebe des alten österreichischen Galiziens fortsetzte, ging hier das alte Ungarn weiter. Allerdings lag noch ein gänzlich anderer Film darüber. Das zeigte sich vor allem darin, dass die Wirklichkeit sofort beschleunigte und deutlich chaotischer wurde. Die Verwahrlosung des Raumes erreichte hier ganz andere Dimensionen. An der Einflugschneise nach Ushhorod stand ein rosa gestrichenes Disney-Ziegelschloss. Der Bus fuhr Slalom um die Schlaglöcher.

Ich schaute mich im nächtlichen Ushhorod um. Für eine Stadt, in der am nächsten Tag die Unabhängigkeit erklärt werden sollte, war es hier ziemlich ruhig. Keine mit ruthenischen

Nationalflaggen behängten Autos. Aber die mussten doch sein, wenn sie hier so einen Aufriss machten und sich unabhängig erklärten. Jedenfalls sah das in den Fernsehnachrichten immer so aus.

Aber hier – Fehlanzeige. Es war dunkel, und nur hin und wieder schnitt sich etwas durch diese Dunkelheit, ein Lada oder ein SUV. Der Bus kam am Bahnhof an. Dunkelheit und Kälte wirkten fast so plastisch wie die patrouillierenden Sicherheitsleute in ihren schwarzen Uniformen. Zu dem Betonklotz des Hotels Zakarpattja, der in der vereisten Erde steckte wie ein Rossschweif der Sowjetmacht, ging ich durch eine Siedlung grauer Plattenbauten. Die Schlammbatzen waren angefroren, sie zerknirschten angenehm unter den Schuhsohlen. Ich kam an etwas vorbei, das aussah wie ein Siedlungskiosk, sich aber als eine Bude erwies, in der Ikonen verkauft wurden. Ein Siedlungskiosk mit orthodoxer Metaphysik. Ich fand, dass diese Siedlung genau so etwas brauchte.

Mir wurde schnell klar, dass Ushhorod zwei Stadtmitten hatte. Eine alte mit geduckten Wohnhäusern, das zivilisatorische Programm komplett ungarisch. Auslandsungarn, dazu der Versuch, europäischen Lifestyle draufzupappen. Pubs und kleine Kneipen standen noch ein wenig verloren herum, aber es gab sie. Dauergewellte Frauen in unförmigen Klamotten, mit Einkaufstüten behängt – die gesamtosteuropäische Dominante überhaupt –, ließen sich zu einem Hipster-Kaffee im Pappbecher hinreißen, von dem sie nun, unbeholfen auf ein hohes Tischchen vor der Kneipe gestützt, vorsichtig nippten.

Und die zweite Mitte. Nicht einmal sowjetisch, sonst hätte sie immerhin eine Form gehabt, nein – postsowjetisch. Also komplett kopf-, sinn- und formlos. Eine monströse Kreuzung, die die Stadt vierteilte. Hier die riesige Betonsiedlung, da das Hotel Sakarpattja, dort ein idiotisches Einkaufszentrum, das nach Nichts aussah und erfolglos versuchte, ein Etwas darzustellen.

Nach dem Untergang des Kommunismus war etwas Entsetzliches geschehen, etwas, dessen Wesen wir noch nicht zu erfassen im Stande sind. Vor der Epoche des Sozialismus hatte es in unserem Teil der Welt, sei es in Polen, der Slowakei, der Ukraine oder in Russland, eine Form gegeben. Mag sie nun von äußeren kulturellen Kräften übergestülpt oder von innen heraus geprägt worden sein (aber was war schon innen und außen, das wusste ich ja selbst nicht). Auch in der Sowjetzeit gab es eine Form. Zunächst die Sozialistische Moderne, die direkte Fortsetzung der Ereignisse aus der Zwischenkriegszeit, nur eben bisweilen unmenschlich aufgeblasen zu einer übermenschlichen Megafauna. Zum Beispiel die bekloppten, in Stein gemeißelten oder aus Gips modellierten Arbeiter auf den Vordergiebeln öffentlicher Gebäude.

Aber in den Neunzigern, als das Ganze ordentlich auf die Schnauze fiel und in tausend Scherben ging, zeigte sich, dass nichts dahinter war. Keinerlei Form. Dass wir nicht bauen konnten, sondern nur pfuschen. Irgendwas zusammenstoppeln, mit aller Macht den öffentlichen Raum zuknallen, egal womit.

Ach, was tun?

Im vierten Viertel stand eine gigantische Kirche mit Kuppeln, die aussahen wie auf Superdünger gezogene vergoldete Zwiebeln. Die Kirche war in Schwarz, Gold und Rosa gehalten. Sie war so groß, so hässlich und passte so gar nicht zu dem alten, entzückenden Ushhorod – es war zum Heulen. Ebendort hielt der Pope Iwan seinen Empfang ab.

Ich stand auf dem Balkon meines Hotels und rauchte. Ich schaute hinab auf die Ladas, die Moskwitschs und die ausgebeulten Westautos, die sich über die Kreuzung schoben. Obwohl es bereits dämmerte, beschloss ich, dem Popen Iwan noch heute meinen Besuch abzustatten.

Der Pope Iwan, na ja, war ein hoffnungsloser Schwätzer.

Als ich kam, fuhr er gerade mit seinem fetten, frisch gewachsten schwarzen Benz vor dem Pfarrhaus vor. Er sah aus wie die Verkörperung sämtlicher Pfaffenstereotype. Und er stieg aus seinem Benz wie ein Hollywood-Gangster. Teure Uhr, blitzende Schuhe. Elegant gestutzter Bart, Pferdeschwanz. Ihm war deutlich anzusehen, dass die ganze Poperei ihm einfach nur gut in den Kram passte. Es hätte mich nicht überrascht, wenn die Popenfrau sich als junge Blondine mit Raketentitten entpuppt hätte.

Er nahm mich mit in seine Höhle, in der das wildeste Chaos herrschte. Und er heulte mir vor, der ukrainische Staat wäre schlecht und böse, sie, die Ruthenen, das Salz der Erde, die wahren Europäer, arbeitsam und ordentlich, die Ukrainer dagegen das größte Übel auf Erden, faul und überhaupt. Er führte aus, Europa ende in den Karpaten, und die Ruthenen lebten ja in den Karpaten, könnten also Europa verteidigen, wieso denn nicht. Also, sprach der Pope Iwan, müsse Europa schnellstmöglich nicht nur die Unabhängigkeit Transkarpatiens anerkennen, sondern es auch in die EU aufnehmen. Tut es das nämlich nicht, verrät Europa seine eigenen Ideale und ist eine käufliche Hure.

»Und dann?«, fragte ich.

»Dann«, antwortete der Pope Iwan mit einem sardonischen Antoni-Macierewicz-Lächeln, »dann müssten wir nach Moskau.«

Ich verließ die Kirche in der Überzeugung, dass eine Welt, in der Gestalten wie der Pope Iwan unterwegs waren, dem Untergang geweiht sein musste.

In der Hotelkneipe machten die Damen auf unterkühlte Nutte und die Herren auf Gangster. Alle wirkten in ihren Rollen so überzeugend, dass sie, da war ich mir sicher, tatsächlich an ihre Nuttigkeit und ihr Gangstertum glaubten.

Tags darauf traf ich mich in einer Bar in der Altstadt mit einem weiteren Anführer der Unabhängigkeitsbewegung. Dieser Zahnarzt mit Namen Sidortschuk war ein grundanständiger, tieftrauriger Mann. Er hatte sich mit mir nach mitteleuropäischer Zeit verabredet, also eine Stunde früher, als sämtliche Uhren in der Ukraine anzeigten, weil er die Kiewer Zeit nicht akzeptierte. Er war tatsächlich auf der falschen Seite der Huntington-Linie geboren.

»Kiew ist von hier aus nicht zu sehen«, erklärte er mir mit Trauerstimme, »die Karpaten sind dazwischen. Wir sind«, sagte er, »Teil eines anderen Raumes. Slowakei, Ungarn«, sagte er. »Wir sind einfach ein weiteres kleines, mitteleuropäisches Land, das seinerzeit brutal an einen fremden Leib genäht wurde«, behauptete er, und er hätte sogar recht gehabt, wenn dieser Leib nicht längst Metastasen gebildet hätte. Denn die UdSSR und später die Ukraine hatten sich hier festgesetzt, ziemlich fest. Aber ich konnte Sidortschuk verstehen, wie denn auch nicht. Er erzählte weiter, wenn Grönland sich von Dänemark trennen wollte, würde die dänische Königin nach Nuuk kommen und den Unabhängigkeitsbefürwortern ihren Segen geben. Wenn Schottland nicht mehr Teil Großbritanniens sein wollte, würde der Premier eine Sonderkommission einsetzen und gemeinsam mit den Schotten ausbaldowern, wie man das am besten hinbekommt. »Aber bei uns …« Sidortschuk vollführte mit der einen Hand eine dramatische Geste, während er mit der anderen seine Vorladungen zur Polizei aus einer Mappe zog und sie auf den Tisch warf. Ja, er wurde regelmäßig in die Mangel genommen.

Es endete in einem tristen Besäufnis. Sidortschuk und ich kippten Kaffee mit Kognak und sahen zu, wie der Regen gegen die Scheiben trommelte, der Herbstregen, und wie – langsam, wegen der Langsamkeit – Mitteleuropa dahin zurückkehrte, wo es hingehörte. Wir schauten zu den ehemals ungarischen Jugendstilhäusern, zur Brücke über den Ush, zu der steinernen Uferbefestigung. Sidortschuk erzählte, man müsse in den Menschen das Nationalbewusstsein erwecken, um die hundertfünfzig Jahre Zeitunterschied zwischen der Erweckung der Ruthenen und der der anderen Nationen wettzumachen. Man müsse darauf hinwirken, dass das Ruthenische mit dem Mitteleuropäischen assoziiert werde, also mit dem westlichen Weg der Zivilisation. Er sagte das alles ohne einen Funken Überzeugung.

Unterdessen wurde es Abend, und ich sah, wie sich die Kneipe mit jungen Leuten füllte. Die eine Hälfte war »russig« angezogen, mit Trainingsanzügen, Schirmmützen und Lederjacken. Die andere Hälfte bestand aus »westlich« gekleideten Leuten: Skater, Grunger, Metaller, irgendwelche Rasta-Dreads und alle möglichen Kombinationen daraus.

Sidortschuk redete in einem melancholisch einschläfernden Tonfall, und je mehr Kognak er trank, desto trauriger wirkte er.

Nach meinem Treffen mit Sidortschuk war ich aufgekratzt vom Koffein und angewärmt vom Kognak. Vor dem Siedlungskiosk mit den Ikonen und orthodoxen Devotionalien saß der Typ, der hier verkaufte. Er hatte es sich auf ein paar länglichen Betonplatten gemütlich gemacht (deren Bestimmung absolut rätselhaft blieb). Ich war schon früher mal bei ihm eingekehrt und wusste, dass er Wassyl hieß und aus Kiew stammte. Was ihn aus der Hauptstadt nach Ushhorod verschlagen hatte, darüber wollte Wassyl nicht sprechen. Er brummte nur etwas von »göttlicher Prüfung« und »Fügung in den Willen des Herrn« und Sachen von diesem Kaliber. Ich hörte heraus, dass er der Falschen ein Kind gemacht oder es sich in seinem Viertel verschissen hatte. Jedenfalls hatte sich Wassyl vor seinem Kiosk ein Feuerchen angezündet. Zur Erinnerung: Wir befanden uns im Stadtzentrum. Aber Wassyls Feuer kümmerte weiter niemanden. Leute gingen vorüber, die Bullen mussten auch schon vorbeigefahren sein, ein paar Meter vor dem Kiosk lief ja die Hauptverkehrsader der Stadt. Niemand hatte ein Problem damit. Sitzt einer vor dem Kiosk, zündet er sich halt ein Feuerchen an. Ist ja Dezember.

Ich blieb daneben stehen. Angetrunken wie ich war, hatte ich keinen Bock, ins Hotel zu gehen.

»Darf ich?«, fragte ich Wassyl.

»Klar.« Wassyl rutschte ein Stück zur Seite und machte mir Platz auf dem Plattenstapel. »Warum nicht? Hast du was zu trinken?«

Mann Gottes, dachte ich in meinem Herzen. Da sind wir schon bei den hochgeistigen Fragen.

»Ja«, antwortete ich und zog die Kognakflasche aus dem Kragen, die mir Sidortschuk zum Abschied vermacht hatte. Wassyl nahm sie mir ab und begutachtete das Etikett.

»Fusel«, seufzte er. »Was soll's.« Stand auf, ging in seinen heiligen Kiosk und kam zurück, zwei vorschriftsmäßige Kognakschwenker in der Hand, die sich nach oben hin verjüngten, um das Bukett richtig einzufangen. In der anderen Hand hielt er ein Stück Papier, darin eingewickelt eine in Scheiben geschnittene Zitrone. Er schenkte ein, versenkte in jedem Glas eine Scheibe, und wir stießen an.

»Auf deine«, sagte er.

»Nein«, antwortete ich, »auf deine.«

»Also gut«, erwiderte er, »auf unsere.«

»Okay«, stimmte ich zu, und wir tranken.

»Sag mal, Wassyl«, begann ich nach einer kurzen Schweigepause, »was hältst du eigentlich von der Unabhängigkeit Transkarpatiens?«

»Was denn für eine Unabhängigkeit, Himmelhuren …?«, stöhnte Wassyl.

»Na ja«, erwiderte ich, »du sagst doch selber, dass der Pope Iwan diesen Kiosk unterhält. Auf Kirchenkosten. Also ist er dein Arbeitgeber. Und er redet von nichts anderem als der Unabhängigkeit.«

Wassyl sah mich mit einem milden Lächeln an, als wäre ich der letzte Dorfdepp.

»Weißt du«, sagte er, »ihr seid schon komisch da im Westen.«

»Ich weiß«, räumte ich ein. »Je weiter westlich, desto komischer.«

»Ich kapier die Kacke einfach nicht. Wieso seid ihr denn so scharf darauf, dass die Russen für sich sind, die Ukrainer für sich, die Weißruthenen, die Schwarzruthenen, die, keine Ahnung, Grünruthenen, die Arschruthenen, die Ruthenen selber auch noch … wieso?«

Ich zuckte die Achseln. »Ich weiß nicht«, sagte ich. »Ich dachte immer, das kommt irgendwie so von wegen …« Ich blieb stecken. »Ich weiß nicht«, sagte ich schließlich.

»Dann will ich dir das mal erklären«, entgegnete er. »Weil euch der Sowjetmensch nicht passt. In Jugoslawien habt ihr das ja genauso gemacht. Es gab Jugoslawien, alles war gut, aber nein, ihr wolltet ja wieder Kroaten, Bosniaken, Slowenen und sonst was draus machen. Dabei war es gut gewesen! Internationalismus war das! Es gab keine Völker, alles war friedlich! Und jetzt zieht ihr euch da in eurer Union selber still und heimlich den Internationalismus hoch! Was ist das denn: Slawen, gebt euch gegenseitig auf die Fresse, verkloppt euch gegenseitig als Ukrainer und Belarussen, und ihr selber – schwups, europäische Gemeinschaft, Euro-Sojus. Was soll das denn?«

»Hm«, sagte ich.

»Selber hm«, antwortete Wassyl.

Am nächsten Tag brach ich, eine ganze Flasche stilles Wasser Marke »Naftussja« intus, zu meinen Feldstudien auf. Dafür steuerte ich auf den Taxistand zu, wählte wie üblich die älteste und kaputteste Kiste, immer in der Annahme, sie wäre die billigste.

Der Taxifahrer hieß Juri und war ein alter, bärtiger Ukrainer aus Truskawez. Er war bereit, mich für relativ geringes Geld durch Transkarpatien zu fahren. Gas kam obendrauf, er hatte nämlich Gasantrieb. Wir fuhren tanken. Seine Gasinstallation sah nicht besonders Vertrauen erweckend aus, und als ein dürres, trauriges, schnauzbärtiges Männlein mit weiblichen Augen Juri den Tank befüllte, fragte ich, ob er nicht explodieren würde.

»Vielleicht explodiert er auch, wer weiß das schon«, antwortete Juri.

»Explodieren die oft?«, fragte ich nach.

»Ziemlich oft«, bestätigte er.

Von Juri lernte ich, dass es nicht nur völlig sinnlos war, Transkarpatien von der Ukraine loszureißen, sondern dass es überhaupt besser wäre, ganz Polen an die Ukraine anzuschließen.

»Oh«, antwortete ich, »oho.«

»Doch, doch«, sagte Juri, fuhr sein Auto mitten auf der Straße und wich nur nach rechts aus, wenn die Kollision mit der Stoßstange eines entgegenkommenden Fahrzeugs schon unausweichlich schien. »Polen wurde ja, wie der Name schon sagt, von den Polanen gegründet, und dieser Polanenstamm ist identisch mit einem anderen Stamm von Polanen, die ihren Sitz bei Kiew hatten. Ich war nämlich«, Juri rammte sich den Daumen in die Brust, »in Truskawez Geschichtslehrer, mein Lieber. Da hatte ich zwar eine andere Geschichte zu unterrichten, aber die eigene kenne ich auch, ich habe da eigene Forschungen angestellt und bin zu eigenen Schlussfolgerungen gekommen.«

In dem Dorf, an dem wir gerade vorbeifuhren, waren die Schilder an Geschäften und Häusern slowakisch beschriftet.

»Deshalb«, verkündete Juri, »muss ganz Polen zurück in die Heimat, und aus den Polen müssen wir national bewusste Ukrainer machen, umgetauft auf den rechten christlichen Glauben, der wiederum auf das Zweite Rom zurückgeht und nicht auf das erste. Mit dem Papsttum muss gebrochen werden, eine neue Union muss her, diesmal nach slawischen Regeln.«

»Ho, ho«, dachte ich. »Holladiho!«

»Aber damit nicht genug«, fuhr Juri fort, »wenn wir Polen wieder heimgeholt haben, wird das ukrainische Slawenland geeint und erhält Zugang zu den Ostseehäfen und, das ist wichtig, zur germanischen Welt. Mit vereinten Kräften, unterstützt vom polnischen ukrainischen Feuer, stoßen wir das Tor zur Nordsee auf und bringen Hamburg in unsere Gewalt (das alte slawische Gamonograd). Dann holen wir uns noch Berlin (Kopanica/Köpenick) und Lübeck (Lubica), von so unverkennbar slawischen Städten wie Rostock (Roztok), Wismar (Visemêr), Schwerin (Zwĕrin), Stralsund (Stralow), Leipzig (Lipsk), Dresden (Drježdźany), Bautzen (Budyšin), Cottbus (Chociebuż) oder Weißwasser (Běła Woda) ganz zu schweigen.«

Das slowakische Dorf endete. Wir fuhren an bereiften Dezemberwiesen vorbei. An den Hängen zogen sich winterlich kahle Weinberge dahin. Es war hier so mitteleuropäisch, wie es nur sein konnte.

»Im nächsten Schritt«, sprach Juri, »stehen Bewusstsein bildende Maßnahmen südlich der Karpaten an, um jene Völker in die große ukrainische Familie aufzunehmen, die aus ukrainischer Erde hervorgegangen sind, also alle übrigen slawischen Völker Europas: Tschechen und Slowaken, die, wohlgemerkt, lediglich der verlängerte Arm der Ukraine in Richtung Westeuropa sind, das ist ja ein sprachliches Kontinuum, nicht wahr, das Ukrainische geht fließend über ins Ruthenische, das Ruthenische ins Slowakische und das Slowakische ins Tschechische. Apropos, wir sind gerade in einem ruthenischen Dorf.«

Ich schaute mich um. Ein Dorf wie jedes andere. Geduckte Häuser, Zäune, verdorrte Bäume und Sträucher, das Skelett jenes Grüns, das hier im Sommer explodiert.

»Halten Sie hier mal an«, bat ich ihn. »Ich drehe eine Runde, spreche mit den Leuten.«

Draußen war fast niemand unterwegs. Im Dorfladen erwischte ich nur ein paar alte Weiblein, die sich bei der bloßen Erwähnung der Unabhängigkeit hastig bekreuzigten. Ein Kerl, der zu Tode gelangweilt an der Pforte seine Zigarette rauchte, meinte, Unabhängigkeit vielleicht nicht unbedingt, aber an Ungarn anschließen wäre nicht schlecht.

»Da ist Orban«, sagte er. »Ein starker Mann.«

»Sind Sie denn Ungar?«, fragte ich.

»Ich nicht«, erwiderte er, »aber vor hundert Jahren, da waren wir alle noch Ungarn.«

»Und die Ungarn«, fragte ich, »wo leben die jetzt noch in Transkarpatien?«

»Im Nachbardorf.« Er zeigte mit seinem rissigen Finger Richtung Südwest.

»Den Kroaten müssen wir Bewusstsein beibringen«, fuhr Juri fort, als ich wieder im Auto war und Kurs auf das ungarische Dorf nehmen wollte, »den Serben, den Bosniaken, die enttürkt werden, den Makedoniern und den Bulgaren. Das sind ja alles Ukrainer, die sind alle aus dieser Erde hervorgegangen. Aber nicht sie allein. Alle Indoeuropäer sind aus dieser Erde hervorgegangen, aus der Ukraine. Hier war die Urheimat. Wenn dann die von der ukrainischen Urgewalt umgebenen nichtslawischen Völker Mitteleuropas mitbekommen, was los ist, werden sie sich von selbst auf ihre ukrainischen Wurzeln besinnen und zu ihrer wahren Identität zurückkehren. Österreicher und Ungarn erinnern sich, dass sie entsprechend germanisierte und finnougrisierte pannonische Slawen sind. Im nächsten Schritt sind dann die Rumänen dran, die angeblich Nachfahren der Daker sind und einen lateinischen Dialekt sprechen, der aber so stark slawisiert ist, dass man ihn gut und gerne als ›slawisches Latein‹ bezeichnen könnte. Sie können auch an das panukrainische Imperium angeschlossen werden, und sei es nur aus Interesse. Außerdem gehören sie zur griechischen christlichen Kirche, auf der Ebene wird sich also eine gemeinsame Sprache finden lassen. Dann zivilisieren wir sie ein bisschen und vollziehen die symbolische Verbindung zwischen dem alten Rom und dem Slawischen, das dessen Traditionen und Glauben übernommen hat …«

»Und Russland?«, fiel ich ihm ins Wort.

»Ja, mit Russland ist das so eine Sache«, musste Juri einräumen. »Der Russe ist ja einerseits eindeutig ein kultureller Nachfahre der Ukrainer, wenn auch nicht so richtig Fleisch von unserem Fleisch, als slawisierter Finnougrier. Einerseits wäre es natürlich eine feine Sache, das Imperium bis nach China und an den Pazifik auszuweiten, andererseits sind die Russen solche Arschlöcher, dass das kaum vorstellbar ist«, erklärte er und trat aufs Gaspedal.

»Wir haben schon genug damit zu schaffen, die ganze Ukraine zu ukrainisieren«, fuhr er etwas später fort, »da haben uns die verfluchten Dreckskazapen grade noch gefehlt.«

»Oh«, sagte ich. »Da ist das Hemd dann näher als der Rock. Tschechen und Bulgaren sind wohl leichter zu ukrainisieren?«

»Früher oder später werden wir es anpacken müssen, Russland zu ukrainisieren«, brummte Juri. »Aber erst einmal müssen wir uns durch einen Cordon sanitaire von ihnen abgrenzen, damit Kazapenblut und -kultur das Ukrainische nicht infizieren. Die Amputation«, führte er aus, während er ein entgegenkommendes Auto in voller Fahrt an den Straßenrand drängte, dass es fast ins Schleudern kam, »ist ein grässlicher Eingriff, aber unverzichtbar. Deshalb müssen die ukrainischen, aber von der Russengangrän befallenen Glieder abgetrennt werden: die russifizierten Gebiete des Vaterlands. Deshalb müssen der verrusste Donbas und die Krim abgetrennt werden, sogar Odessa. Doch zum Glück«, verkündete er, »ist die Ukraine, anders als die hinfälligen Menschenkinder, in der Lage, ihren Leib zu regenerieren. Ist sie erst von der Kazapenkrankheit genesen, wächst ihr die Krim wieder nach, ebenso der Budshak und Odessa, das östliche Dnjeprland, das Charkiwer Land, sogar das Kuban-Gebiet und Tscherkessien werden nachwachsen. Die gesamte Heilige Rus wird der Ukraine zuwachsen, ob es nun Moskau, die Schwarze Rus, die Weiße oder die Pampa hinterm Ural ist«, sprach Juri. »So«, sagte er, »bitte sehr, das ungarische Dorf. Da wären wir.«

Der Dorfladen war ungarisch in lateinischen Buchstaben beschriftet. Das Kreuz bei der Kirche auch. Die Häuser sahen ungarisch aus. Eigentlich hätte es damit schon gut sein müssen, war es aber nicht. Weil das Postsowjetische durchkam. Das Postsowjetische verdarb das Mitteleuropäische, und ich konnte mich hier, so sehr ich es versuchte, nicht wie in Mitteleuropa fühlen.

»Da drüben«, der Fahrer zeigte mir ein paar rote Ziegeldächer, »das ist schon Ungarn.«

»Ungarn«, wiederholte ich unwillkürlich.

Zwei Jungs fuhren auf einem Motorrad vorbei. Sie tuckerten mit ihrer alten Möhre auf den Maidan vor der Kirche und hielten dort an. Während sie den Motor begutachteten, unterhielten sie sich lauthals auf Ungarisch. Sie sahen aus wie ihre Altersgenossen von hier, nicht wie die in Ungarn.

»Jungs«, sagte ich auf Russisch, »würdet ihr gerne nach Ungarn rüber?«

Sie schauten auf.

»Was?«, fragte der eine mit Stupsnase und leicht hochgezogenen Lefzen. »Bin ich bescheuert?«

»Keine Ahnung«, antwortete ich. »Ihr sprecht Ungarisch, da hab ich gedacht, ihr wollt nach Ungarn.«

»Wenn ich da geboren wäre«, antwortete der andere, die Hände in den Hüften, »würde ich auch da wohnen. Aber ich bin nicht da geboren, also ist das was ganz anderes. Was heißt es schon, dass ich Ungar bin?«

»Das heißt, dass du Ungar bist.«

Er lachte. Dann spuckte er in den schmutzigen, nicht mehr mitteleuropäischen Staub.

»Ich bin ein anderer Ungar als die. Mein Vater hat von Orban einen Pass bekommen und ist arbeiten gegangen. Ein Jahr reiß ich ab, hat er gesagt, dann hol ich euch nach. Nach einem Monat war er wieder da. Sie haben zu ihm gesagt, er wäre Russe. Was soll ich denn da?«

»Und hier?«, fragte ich, weil ich an Taras denken musste.

»Hier bin ich Ungar, und das juckt keine Sau«, meinte der Junge achselzuckend und beugte sich wieder über den Motor.

Gleich wurde es wieder ein bisschen mitteleuropäisch, aber dort, hinter dem Fluss, in Ungarn, etwas weniger.

Aber das alles war nur flüchtig. So flüchtig, dass ich es im Grunde einfach abschütteln wollte, aber ich konnte nicht. Stattdessen lief ich los in Richtung Grenze und sah immer deutlicher die ungarischen Dächer, die Dächer der echten Ungarn, die im echten Ungarn lebten, und ich hatte zunehmend das Gefühl, je näher ich der Grenze kam, desto näher kam ich dem, was die Wachowskis als »Fehler in der Matrix« bezeichneten.

14. Orientalismus

Langsam ging mir das Material aus.

Die Ukraine wurde einfach immer nerviger.

Dieses Lwiw zum Beispiel. Es glich zunehmend einer gewöhnlichen polnischen Stadt. Von vor ein paar Jahren, sagen wir mal. Die komplette postsowjetische Exotik war dahin. Da gab es nur noch Raubtierkapitalismus, Reklamitis, keifende Weiber in den Geschäften, dreiste Autofahrer und Polizisten, Wildwuchs, Korruption, Abgasgestank und dieses vorgebliche Handeln zum Wohle der Allgemeinheit, während jeder, wenn er denn etwas tat, nur auf sich bedacht war.

Oder dieses Odessa. Das war einfach nicht mehr dasselbe. Ich fuhr hin und wollte gleich wieder weg. In der ganzen Stadt konntest du dich nirgends hinsetzen. Die Bänke im Park hatten die Obdachlosen okkupiert, in der Innenstadt – die inzwischen mit einer dicken Schicht Farbe überzogen worden war – gab es überhaupt keine Bänke. Man konnte sich höchstens auf einen teuren, schlecht gemachten Frappé in die Kneipe setzen. Oder auf ein genauso teures Bier. Westbier, versteht sich. Das billigste deutsche Bier wurde hier zu Preisen verkauft, bei denen der Hersteller, hätte er davon erfahren, vor Scham im Erdboden versunken wäre. Alle taten so, als gehörten sie zu einer anderen Welt als ihrer eigentlichen. Sie freuten sich, dass ihre Welt sich veränderte. Klar verstand ich sie, ich hatte mich ja auch gefreut, als in Polen die Veränderung kam. Ich freue mich immer noch. Mein Angepisstsein war schändlich und egoistisch, aber es war da, und das pisste mich nur noch mehr an.

Ins Gras konnte man sich im Park auch nicht setzen, weil es komplett runter war. Und außerdem dürr und gelb. Und alles von den Hunden zugeschissen. Überhaupt, die Hunde. Jeder einzelne ohne Maulkorb und Leine. Und jeder von der Größe eines Hausdrachens. Und die Wachleute – Riesenschränke in schwarzen Anzügen mit Aufnähern von gekreuzten Schwertern, Schlagstöcken oder Schießeisen – jagten einen weg.

Das letzte Mal, als ich in Odessa war, lief gerade das Filmfestival. Ich saß in einer Kneipe in der Deribassiwska, trank Bier und sah zu, wie die Starlets der ukrainischen Fernsehserien hier eintrudelten. Die Paparazzi hinterher wie ein Fliegenschwarm.

Die Starlets verteilten sich auf die Nachbartische. Die Luft wurde dünn von diesen ganzen Gesten, diesem einstudierten Brillenabnehmen und Beineübereinanderschlagen. Von diesem Baden im Bekanntsein und Erkanntwerden. Das einfache Volk drängte sich draußen vor dem Lokal und schoss Handyfotos. Bewunderung und Begehren im Blick, lutschten sie ihr Eis vor dem Fenster.

Und auf einmal marschierte eine Kompanie amerikanischer Matrosen ein. Sie lagen im Hafen vor Anker und hatten Ausgang. Und prompt flirteten sie die Celebrities an. Ohne einen Schimmer zu haben, wer sie waren. Sie behandelten sie einfach als billiges osteuropäisches Freiwild. Und es ließ sich von den Amerikanern wildern. Freiwillig. Die Leute draußen zogen dazu Gesichter, als müssten sie gleich kotzen. Sie steckten ihre Handys ein und verdrückten sich nach Hause.

Oder die Stadt Chmelnyzky, die einzig und allein geschaffen wurde, um zu nerven. Chmelnyzky erinnerte eher an einen Gefängnisspazierhof als an eine Stadt, so angenehm spazierte es sich dort und so einladend wirkte alles. Aber man konnte sich ja an alles gewöhnen, also sicher auch an ein Leben als Strafmaßnahme.

Die einzigen Farbtupfer in diesem bröckelnden, überwältigenden Grau in Grau waren die Werbetafeln. So war, nur als Beispiel, vor eines der richtig runtergekommenen Wohnhäuser eine Monsterplane gespannt, bestimmt zehn mal fünfzehn Meter. Auf diese Plane war das Bild einer strahlend blauen Lagune gedruckt – Palmen, Hügel, weißer Sand, Bikinischönheiten. Es sah aus wie das Tor zu einer anderen Dimension, ein Raumzeitloch, das die Wirklichkeit komplett perforierte.

Hier konnte man sich an lokalem Hardcore berauschen, wie wir uns berauschten, die armen, besoffenen Idioten aus Rumpelland, die sich freuten, dass sie einen gefunden hatten, der noch rumpeliger war als sie.

Später habe ich Taras davon erzählt. Wir saßen in einer Lemberger Kneipe, einem stilisierten UPA-Erdbunker, wo man am Einlass »Slawa Ukraine!« sagen musste und die Kellner Bandera-Uniformen trugen. Wir hatten schon einen penetranten polnischen Konsularbeamten unter den Tisch getrunken, der uns vorgeheult hatte, wie viel Polen für die Ukraine tat und wie undankbar die Ukraine sei und wie sie in die ausgestreckte polnische Hand beiße. Wir hatten ihn dermaßen abgefüllt, dass er am Ende mit den Füßen voran in seinen Mantel steigen wollte und auf allen vieren die Treppe hinaufkrabbelte. Allerdings waren wir bei der Aktion auch selber vollgelaufen.

»Du hattest recht, Taras«, sagte ich. »Hier ist nichts. Das ist ein stinknormales Land. Nur beschissen organisiert.«

Taras zog die Stirn in Falten.

»Du schaust bloß inzwischen mit ukrainischen Augen auf die Ukraine. Und vorher? Warst du hier auf Safari? Die ganze Zeit?«

»Oh Mann …«

»Hm, Orientalismus, wie? Exotik? Waren das hier deine Zoobesuche?«

»Nein.« Ich drückte meine Kippe aus und steckte mir gleich die nächste an. »Nein«, sagte ich noch einmal und wusste nicht, was ich noch sagen sollte.

»Es interessiert mich«, antwortete ich nach einer Weile.

»Und wieso interessiert es dich?«

»Oh Mann«, erwiderte ich, »weil es interessant ist.«

»Aber was ist so interessant? An dem Kaputten? An der Armut?«

»Jessas, Taras«, sagte ich. »So kannst du alles dekonstruieren, so ist das nicht …«

»Hm, hast du die Exotik der Armut erkannt und dich dann interessiert?«

»Ach, verdammt, der Mensch braucht halt … das Orientalische«, sagte ich schließlich doch. »Irgendeine Form von Romantik …«

»Mensch, Mensch.« Taras fläzte sich in seinen Stuhl. »Was redest du da. Wir leben hier, das ist unsere Realität. Wir haben hier unsere Ängste, unsere Hoffnungen. Und nicht nur das, verdammt, wir müssen diese beschissene Realität irgendwie lieben lernen, um nicht durchzudrehen. Sie ernst nehmen. Todernst. Wir haben nämlich keine andere. Und du, mein, Himmelarsch, mein sogenannter polnischer Freund, erzählst mir, du hättest die ganze Zeit mich und meine Landsleute, mein ganzes Land, angeschaut wie die Affen im Zoo?«

»Nein, das stimmt nicht«, sagte ich. »Komm mal wieder runter. Was denn, meinst du, wenn sich einer für Indien oder Afrika interessiert, dann ist er automatisch ein Geier, der sich an menschlichem Leid aufgeilt?«

Schon während ich diese Worte aussprach, wollte ich mir so auf die Zunge beißen, dass ich sie anschließend ausspucken konnte.

»Afrika?«, sagte Taras langsam. »Indien?«

»Verdammt«, sagte ich resigniert und drückte die Kippe in den Ascher.

»Hast du überhaupt versucht, auch nur irgendetwas zu begreifen?« Jetzt war Taras wirklich in Fahrt. »Hast du uns überhaupt als Menschen angesehen, oder«, er zielte anklagend mit dem brennenden Ende seiner Zigarette nach mir, »oder hast du dich hier einfach in deiner Schadenfreude gesuhlt?«

»Was denn für eine Scheißschaden…«, setzte ich an, aber er fiel mir ins Wort.

»Du lebst selber in einem Land am Arsch, das gearschter ist als die meisten anderen Länder in der Gegend. Bis auf meins. Und deshalb kommst du elender Drecksack hierher, um dich besser zu fühlen?«

»Die Nummer kenn ich schon, aber …«

»Aber was? Aber ich fand das ganz in Ordnung? Mann, dein ganzes Gelaber von wegen ›Die Ukraine ist fast wie Polen, bloß …‹ Das war es doch, was du wolltest, du wolltest dich einfach daran aufgeilen, dass es anderen noch dreckiger geht!«

»Halt einfach die Klappe, Taras«, antwortete ich, aber er hatte schon seine Kippe in den Aschenbecher geworfen und war in die Jacke geschlüpft. Hatte seinen Geldbeutel gezückt und ein paar Scheine auf den Tisch geblättert. Die Hrywnja-Noten waren neben den leeren Schnapsgläsern gelandet.

»Hier«, sagte er. »Ich zahle. Danke für diesen Abend. Ich weiß, dass das für dich bestimmt bloß lächerliches Spielgeld ist, Monopoly Money. Aber, weißt du, es ist auch in harte Devisen konvertierbar.«

»Taras«, sagte ich matt. »Lass den Quatsch. Setz dich.«

»Ach, leck mich«, hörte ich noch, »Scheißpole. Weißt du, was mich am meisten ankotzt? Das ganze sogenannte intellektuelle Lwiw – immer nur Polska, Polska. Freunde der Ukraine. Brüder. Deppen sind wir, Volldeppen. Leck mich.«

»Und wir sind wohl …«, schickte ich leise seinem Rücken hinterher. »Selber Pole!«, rief ich, als er schon fast draußen war.

Am nächsten Tag ging er nicht ans Telefon. Ich hatte einen Kater. Ich war fertig. Für den Abend hatte ich einen Interviewtermin mit dem Chef der lokalen Nationalisten, und aus diesem Chef wollte ich in meinem Artikel einen Vollhorst machen.

Aber stattdessen nahm ich ein Taxi zum Bahnhof. Der Fahrer hatte eine karierte Schiebermütze auf. Ein netter, redseliger Typ. Wir quatschten die ganze Fahrt bis Schehyni. Dann drückte er mir kräftig die Hand. Ich schämte mich. Wirklich, ich empfand echte Scham. Ich spürte, dass ich diesen Händedruck nicht verdient hatte.

Am Grenzübergang zeigte ich dem ukrainischen Grenzer meinen Presseausweis vor, damit er mich vor den ganzen Ameisen durchließ. Die Ukrainer hatte ich schnell hinter mir. Am polnischen Übergang nahm ich das Tor »für EU-Bürger«. Ich sah, wie die Grenzer nebenan, am Durchlass für die Schlechteren, die Untervölker, einen älteren Ukrainer demütigten. Er hatte graues Haar, war groß gewachsen und trug ein elegantes Bärtchen. Er sagte, er sei Schriftsteller und hätte eine Lesung in Kraków. In tadellosem Polnisch, übrigens. Die polnischen Grenzer, zwei halbstarke Mittzwanziger, duzten ihn und fragten, wieso er sein Buch nicht in Kiew bewerbe.

Ich ballte die Fäuste und schämte mich.

Verdammt, wie ich mich schämte.

Anmerkungen des Übersetzers

S. 9, Szczypiorno, 15. Mai 1921 Von 1921 bis 1923 waren in Szczypiorno Soldaten der Ukrainischen Volksrepublik interniert, die zuvor im Polnisch-Sowjetischen Krieg an der Seite Polens gekämpft hatten.

S. 11, Eugeniusz Bodo (1899–1943) populärer polnischer Schauspieler und Regisseur der Zwischenkriegszeit

S. 15, Bandera Stepan Bandera (1909–1959), umstrittene Führungsfigur der Organisation Ukrainischer Nationalisten

S. 16, UPA Ukrainische Aufstandsarmee, Partisanenarmee in den 1940er-Jahren

S. 16, Szczepcio und Tońcio Kazimierz Wajda (»Szczepcio«, 1905–1955) und Henryk Vogelfänger (»Tońcio«, 1904–1990), in den 1930er-Jahren berühmtes Lemberger Hörfunkduo

S. 25, Himilsbach Jan Himilsbach (1931–1988), polnische Schauspielerlegende mit Reibeisenstimme und Knittergesicht

S. 27ff., Bruno Schulz (1892–1942), lebte im galizischen Drohobytsch, wo er von einem Gestapo-Mann auf offener Straße erschossen wurde. Die Auszüge aus dem Kapitel *Die Krokodilstraße* aus seinem Roman *Die Zimtläden* werden zitiert nach Doreen Daumes 2008 bei Hanser veröffentlichten Neuübersetzung.

S. 31, Kazimierz Deyna (1947–1989), polnischer Ausnahmefußballer mit Günter-Netzer-Frisur

S. 36, Witkacy (1885–1939), Stanisław Ignacy Witkiewicz, Künstler und wichtiger Schriftsteller der polnischen Moderne

S. 56, ein Buch von Jacek Hugo-Bader (geb. 1957), Journalist und Reportageschriftsteller, *Biała gorączka* (2009) erschien 2014 in der Übersetzung von Benjamin Voelkel als *Ins eisige Herz Sibiriens* bei Malik.

S. 71, prangend voll bunter Ähren und Garben Zeile aus *Pan Tadeusz* von Adam Mickiewicz, zitiert nach der Übersetzung von Siegfried Lipiner *Herr Thaddäus oder Der letzte Einritt in Lithauen*, Leipzig 1882

S. 75, Gott erhalte, Gott beschütze Die Volkshymne des Kaisertums Österreich auf die Melodie Joseph Haydns wurde tatsächlich in zahlreiche Sprachen der Donaumonarchie übertragen.

S. 79, Fear and Loathing nach dem Roman *Fear and Loathing in Las Vegas* von Hunter S. Thompson, deutsch von Teja Schwaner als *Angst und Schrecken in Las Vegas*, Zweitausendeins 1977

S. 93, beredte Aufschrift DAI Das Kürzel der Staatlichen Automobilinspektion (Verkehrspolizei) lässt sich auch als Imperativ lesen: Gib!

S. 113, Isaak Babel (1894–1940), russisch-jüdischer Schriftsteller, seine *Geschichten aus Odessa* erschienen in der Übersetzung von Milo Dor und Reinhard Federmann 1987 bei dtv.

S. 121, Die Reisen des Professor Klecks polnisch-sowjetischer Film (1984) nach einem Kinderbuch von Jan Brzechwa

S. 116, Selbstmord bei Durkheim Émile Durkheim: *Le suicide* (1897), deutsch von Sebastian und Hanne Herkommer 1987 bei Suhrkamp: *Der Selbstmord*

S. 131, Góreckis Georgien-Reportagen Wojciech Górecki (geb. 1970), Journalist und Reportageschriftsteller, seine Georgien-Reportagen *Toast za przodków* (Einen Toast auf die Ahnen) erschienen 2010 im Verlag Czarne.

S. 139, Vier Panzersoldaten polnische Fernsehserie *Vier Panzersoldaten und ein Hund* nach dem gleichnamigen Roman von Janusz Przymanowski, Fernsehklassiker seit 1966

S. 139, Anna German (1936–1982), polnische Sängerin mit russlanddeutschen Wurzeln, besonders populär in Russland und Polen

S. 143, Krimsonette Die Nachdichtung des Krimsonetts *Das Grab der Potocka* von Adam Mickiewicz stammt von Peter

Cornelius aus dessen Band *Gedichte*, erschienen 1905 in Leipzig bei Breitkopf & Härtel.

S. 145, eines Wiesenmeeres Breiten Zeile aus Adam Mickiewiczs Krimsonett *Die Akarnanschen Steppen*, Quelle wie oben

S. 155, Verstand wird Polen nie verstehn Geflügeltes Wort nach einer Gedichtzeile von Fjodor Tjuttschew, eigentlich auf Russland gemünzt

S. 169, Kuban Historische Region im Nordkaukasus, unter Katharina II. von Kosaken besiedelt

S. 170, Piękny Pies Krakauer Szenelokal

S. 181, ich fühlte mich wie der bemalte Vogel Verweis auf den Roman *The Painted Bird* von Jerzy Kosiński (1933–1991), deutsch von Herbert Roch als *Der bemalte Vogel*, Arche 2011.

S. 189, Bima und Amud Die Bima ist ein podestartiger Aufbau mit Tisch oder Pult, an dem in der Synagoge aus der Thora gelesen wird. Der Amud ist das Lesepult des Kantors.

S. 208, Augen wie Anna Maria nach einem Lied der polnischen Gruppe *Czerwone Gitary/Rote Gitarren*, das auch in einer deutschen Fassung eingespielt wurde: »Deine Augen, schönen Augen, die sind heute ohne ein Lächeln. Du bist traurig, sag mir warum? Wer nahm dir dein strahlendes Lächeln …«

S. 212, Antoni-Macierewicz-Lächeln Antoni Macierewicz (geb. 1948), Verteidigungsminister und enger Vertrauter von Jarosław Kaczyński (PiS)

Viktor Martinowitsch

Paranoia

Aus dem Russischen von Thomas Weiler

Ein totalitäres Regime im Osten Europas. Der junge Schriftsteller Anatoli lebt relativ unbehelligt – bis die geheimnisvolle Jelisaweta in sein Leben tritt, mit der er eine leidenschaftliche Affäre beginnt. Doch plötzlich ist Jelisaweta spurlos verschwunden und Anatoli wird vom allmächtigen Geheimdienst zum Gespräch gebeten. Einige Verhöre später löst sich die Grenze zwischen vermeintlicher Realität und Geheimdienstprosa auf. Die Paranoia schlägt zu.

»Aktueller und beklemmender kann ein politischer Roman nicht sein.« (Christian Metz, Frankfurter Allgemeine Zeitung)

400 Seiten, gebunden
ISBN 978-3-86391-085-3
Euro 24,90 (D)
Auch als E-Book erhältlich

Leseprobe auf www.voland-quist.de

Viktor Martinowitsch

Mova

Aus dem Belarussischen von Thomas Weiler

Minsk im Jahr 4741 chinesischer Zeitrechnung, eine Provinzmetropole im Nordwesten des chinesisch-russischen Unionsstaates. Trotz drakonischer Strafen gelangt immer wieder eine Droge ins Land: Mova. Wer die Mova-Briefchen liest, versteht kaum ein Wort, erlebt aber beglückende Rauschzustände. Chinesische Triaden, belarussische Untergrundkämpfer und die staatliche Suchtmittelkontrolle sind in den Drogenkrieg verstrickt. Oder geht es eigentlich um etwas ganz anderes?

»Heftiger Stoff in Buchform, dessen Konsum man nur allerwärmstens empfehlen kann.« (Martin Becker, Deutschlandradio Kultur)

400 Seiten, gebunden
ISBN 978-3-86391-163-8
Euro 25,00 (D)
Auch als E-Book erhältlich

Leseprobe auf www.voland-quist.de